भेदभाव से हुए गुलाम, अब तो इस पर लगे विराम

पाखंडमुक्त भारत

पंकज के. सिंह

डायमंड बुक्स

www.diamondbook.in

प्रकाशक: **डायमंड पॉकेट बुक्स (प्रा.) लि.**
X-30, ओखला इंडस्ट्रियल एरिया, फेज-II
नई दिल्ली-110020
फोन : 011-40712100
ई-मेल : sales@dpb.in
वेबसाइट : www.diamondbook.in
संस्करण : 2016
मुद्रक : आदर्श प्रिंटर्स, शाहदरा, दिल्ली-32

Pakhandmukt Bharat
By Pankaj. K. Singh

समर्पण

उन समस्त भारतवंशियों को, जो भारत को संपूर्ण रूप से अंधविश्वासों, असमानताओं, अवैज्ञानिक दृष्टिकोण और नकारात्मक रुढ़ियों से मुक्त होते देखना चाहते हैं तथा इस हेतु निरंतर कर्मशील एवं प्रयत्नशील भी रहते हैं।

लेखक परिचय

पंकज के. सिंह, राष्ट्रीय महत्व के विचारोत्तेजक विषयों पर लिखने वाले देश के अग्रणी लेखकों में हैं। उनकी लेखनी पाठकों और सामान्य नागरिकों को विषय को समझने की एक नई दृष्टि और समझ प्रदान करती है। पंकज के. सिंह के द्वारा पूर्व में लिखित पुस्तकों 'समर्थ भारत' और 'भारतीय विदेश नीति' को संपूर्ण देश में पाठकों द्वारा बेहद पसंद किया गया है। पंकज के. सिंह राष्ट्रीय महत्व के विषयों पर बारीक समझ रखते हैं। उनके व्यापक चिंतन और विशद अनुभव के कारण नियमित रूप से राष्ट्रीय समाचार पत्रों एवं पत्रिकाओं में प्रकाशित होने वाले उनके लेख बेहद पठनीय एवं तथ्यपूर्ण होते हैं। जो भी विषय एवं क्षेत्र भारत को एक सामर्थ्यवान एवं वैभवशाली विकसित राष्ट्र के रूप में स्थापित करने का मानक बन सकते हैं, उन सभी पर पंकज के. सिंह गहन शोध एवं अध्ययन करते रहे हैं।

प्रस्तुत पुस्तक में इस महत्वपूर्ण बिंदु पर चर्चा की गई है कि सदियों तक अनेक असमानताओं, अंधविश्वासों और रुढ़िगत अदूरदर्शिता के शिकार रहे भारत को कैसे योग्यता पर आधारित एवं वैज्ञानिक दृष्टिकोण से युक्त एक समतावादी और संतुलित समाज के रूप में स्थापित किया जा सकता है।

प्रकाशित पुस्तकें : = समर्थ भारत
= भारतीय विदेश नीति
= स्वच्छ भारत
= बदलो आदतें, बदलेगा देश

ई-मेल : pkstiger@gmail.com
संपर्क-09560754364
-08765980658

भूमिका

भारतीय समाज में सदियों से व्याप्त गैर-बराबरी और रुढ़िगत पाखंडों ने एक राष्ट्र के रूप में भारत का बहुत अहित किया है। इन्हीं कुरीतियों के चलते सर्वसक्षम होने के बावजूद भारत राष्ट्र डेढ़ हजार वर्षों तक निरंतर मुट्ठीभर विदेशी आक्रांताओं के हाथों दासता भोगने को अभिशप्त रहा है। अब समय आ गया है कि भारत को समस्त प्रकार के पाखंडों से मुक्त किया जाए। यह घोर आश्चर्य का विषय है कि एक राष्ट्र के रूप में अपने जिन अनेकानेक दुर्गुणों के कारण भारत हजारों वर्षों की गुलामी भोगने के लिए विवश हुआ, वे दुर्गुण आज भी समाज में सर्वत्र व्याप्त हैं। कहीं कोई चेतना दिखाई नहीं देती कि इन दुर्गुणों को दूर कर राष्ट्र को सशक्त और समर्थ बनाया जाए। सवा सौ करोड़ वाले विशाल भारत देश में आज ऐसे लोग कम हैं, जिनके अंदर सदियों से समाज में व्याप्त इन दुर्गुणों को समाप्त कर राष्ट्र को सशक्त बनाने का संकल्प भाव, यथोचित आचरण और दूरदर्शिता है।

यह विचार का विषय है कि यदि एक दिन की भी परतंत्रता में हमें जीना पड़े अथवा हमारे साथ किसी भी प्रकार का दुर्व्यवहार हो जाए अथवा हमारे आर्थिक हितों को किसी प्रकार की चोट पहुंचाई जाए, तो हम बेहद चिंतित हो जाते हैं। हम बेहद संवेदनशील ढंग से उन कारणों पर विचार करने लगते हैं, जिनकी वजह से हमारी गरिमा को ठेस पहुंची है। हम बिना विलंब ऐसे प्रयास शुरू कर देते हैं, जिससे हम अपने सम्मान और गरिमा को बढ़ा सकें। इसके विपरीत जब बात राष्ट्र के सम्मान के क्षरण की आती है, तो हमारे अंदर इस प्रकार की दूरदर्शिता और चिंतनशीलता यकायक विलुप्त हो जाती है।

डेढ़ हजार वर्षों की विदेशी आक्रांताओं की कष्टसाध्य गुलामी के बाद भी देश के अंदर यदि यह बेचैनी नहीं होगी कि जिन कारणों से यह देश मुट्ठीभर विदेशी आक्रांताओं का गुलाम बना रहा, उन दुर्गुणों का समाज से, राष्ट्र से समूल उन्मूलन बिना विलंब करना है, तब तक राष्ट्र निर्माण एक दिवास्वप्न ही होगा। निश्चित रूप से आज आवश्यकता इस बात की है कि संपूर्ण समाज एकजुट हो। प्रत्येक भारतीय, दूसरे भारतीय नागरिक को अपना परिजन समझे। इस प्रकार के बंधुत्व और भावनात्मक संबंध के आधार पर ही एक संगठित समाज और सशक्त राष्ट्र का निर्माण संभव हो सकता है।

यह बात देश का प्रत्येक व्यक्ति जानता है कि जिन दुर्गुणों की वजह से यह राष्ट्र हजारों वर्ष गुलाम रहा, वे दुर्गुण हैं -समाज में व्याप्त भेदभाव, जाति-द्वेष और आचरणगत पाखंड।

यही वह दुर्गुण हैं, जिन्होंने भारत को कभी भी एक राष्ट्र के रूप और एक समाज के रूप में एकजुट नहीं होने दिया। यह घोर आश्चर्य का विषय है कि इतने कठोर अनुभवों और भयंकर दुष्परिणामों को झेलने के बाद भी एक समाज और राष्ट्र के रूप में हमारे अंदर कोई सजगता, दूरदर्शिता और संकल्पबद्धता का भाव क्यों नहीं उत्पन्न हो पाया। यद्यपि कुछ लोग कह सकते हैं कि इस दिशा में देश में प्रगति हुई है और लोग राष्ट्र के विषय में सजग और प्रयत्नशील हो रहे हैं, परंतु सत्य यही है कि यह प्रक्रिया अभी भी बहुत धीमी है। देश के अधिकांश नागरिक अभी भी राष्ट्रीय समस्याओं और सामाजिक कुरीतियों के प्रति अपने दायित्वबोध से अंजान है।

स्पष्ट है कि भारत को यदि एक सशक्त एवं क्षमतावान राष्ट्र के रूप में उभरना है, तो उसको देश में उपलब्ध विशाल मानव संसाधन का सदुपयोग करना होगा। योग्य व्यक्तियों को राष्ट्र निर्माण के कार्य में लगाना होगा। इसके लिए आवश्यक है कि देश में योग्यता आधारित व्यवस्था का निर्माण किया जाए, जिसमें किसी भी भारतीय नागरिक के लिए योग्यता और प्रतिभा के आधार पर आगे बढ़ने का अवसर सहज ही उपलब्ध होना चाहिए।

मात्र जन्म के आधार पर कोई अयोग्य व्यक्ति सुविधाओं का लाभ उठाता रहे, इस प्रकार की दुर्व्यवस्था का समापन तत्काल किया जाना चाहिए। इसके लिए आवश्यक कानूनी प्रावधान किए जाने चाहिए। यह आवश्यक है कि आधुनिक भारत अवैज्ञानिक जाति व्यवस्था से ऊपर उठकर योग्यता पर आधारित एक अन्यायमुक्त व्यवस्था को अपनाए, जिसमें देश का प्रत्येक नागरिक अपनी क्षमता और योग्यता के आधार पर प्रसन्नतापूर्वक उत्साह के साथ देश के विकास में अपना योगदान दे सके, जैसा कि यूरोप और अमेरिका के अधिकांश विकसित राष्ट्रों में हो रहा है, जिन्होंने योग्यता आधारित व्यवस्था को अपनाकर स्वयं को महाशक्ति और समृद्ध राष्ट्र के रूप में स्थापित कर लिया है।

हमारे प्राचीन मनीषियों और राष्ट्रवादी चिंतकों ने समय-समय पर समाज में व्याप्त पाखंडों और कुरीतियों से मुक्ति के लिए व्यापक एवं सघन सामाजिक अभियान चलाया है। धीरे-धीरे ही सही, इन सामाजिक अभियानों और सामुदायिक प्रयासों का सुपरिणाम भी देश और समाज को मिलना शुरू हो गया है। आज यह आवश्यक है कि भारत के प्रत्येक घर में परिवार के सदस्यों के बीच प्रतिदिन राष्ट्र चर्चा होनी ही चाहिए। राष्ट्रीय समस्याओं के प्रति प्रत्येक भारतीय नागरिक को निरंतर दायित्वबोध होना ही चाहिए।

प्रत्येक नागरिक के अंदर राष्ट्र के लिए, राष्ट्र की एकजुटता के लिए कार्य करने का अदम्य उत्साह, साहस और अभिलाषा होनी चाहिए। जब तक प्रत्येक व्यक्ति में यह भाव पैदा नहीं होगा, तब तक एक सशक्त और वैभवशाली भारत का निर्माण संभव नहीं हो सकेगा। समाज में व्याप्त भेदभाव और पाखंड के विरुद्ध अंतिम युद्ध छेड़ देने की आवश्यकता है। अब यह युद्ध तभी समाप्त होना चाहिए, जब तक कि भारतीय समाज संपूर्ण रूप से जाति आधारित पाखंड एवं भेदभाव से मुक्त न हो जाए।

—इंद्रेश कुमार

प्रस्तावना

यह बहुत आश्चर्यजनक है कि जिस देश में स्वतंत्रता प्राप्ति के लिए करोड़ों राष्ट्र-भक्तों ने अपना तन-मन-धन तथा सर्वस्व जीवन लुटा दिया, उसी भारत में आजादी के बाद न जाने कौन सा 'बैक्टीरिया' और 'वायरस' आ गया कि आजादी मिलने के एक ही दशक के भीतर भारतीय राजनीति और सामाजिक जीवन पूरी तरह पथभ्रष्ट से हो गए। इससे यह सिद्ध हो गया कि हमें आजादी मिली अवश्य, परंतु हम एक राष्ट्र के रूप में अपने गौरव, दायित्वबोध और वास्तविक लक्ष्य को समझ नहीं सके। क्या हम वास्तव में 'स्वशासन' के योग्य नहीं थे? क्या आज भी हम इतने परिपक्व और जिम्मेदार नहीं हो पाए हैं कि बेहतर ढंग से देश का शासन तंत्र संचालित कर सकें? यह स्थिति कई दशकों से कायम है। विश्व में इजरायल और चीन जैसे अनेक राष्ट्र जो हमसे बाद में आजाद हुए या लगभग हमारे साथ ही स्वतंत्र हुए, आज हमसे जीवन के हर क्षेत्र में बहुत अधिक आगे निकल गए हैं। एक राष्ट्र के रूप में भारत और यहां रहने वाले 120 करोड़ नागरिकों को इसके लिए यथेष्ट चिंतन और प्रायश्चित करना चाहिए। इसकी भरपाई किया जाना आसान नहीं होगा। जो समय भारत को अपने आधारभूत संरचना के निर्माण और अपने नागरिकों के मानसिक और चारित्रिक निर्माण में लगाना चाहिए था, वह कीमती समय भारत ने गंवा दिया है।

आज भी देश में सर्वत्र अनेकानेक सामाजिक कुरीतियां और पाखंड व्याप्त है। इनसे मुक्ति पाने के लिए पूरे देश को एकजुट होकर इनके खिलाफ खड़े होने की आवश्यकता है। भारतीय सामाजिक और राजनैतिक जीवन से समस्त प्रकार के निहित स्वार्थों और चारित्रिक दुर्बलताओं का समूल उन्मूलन करने की आवश्यकता है। जब भी देश में जाति, धर्म, क्षेत्र और भाषा के संकीर्ण आधारों पर पक्षपात किया जाता है, तो इससे अयोग्यता और अराजकता को ही बढ़ावा मिलता है। इससे योग्य व प्रतिभाशाली व्यक्तियों का मनोबल कमजोर होता है। स्पष्ट है कि अपने परिश्रमी, मेधावी और योग्य नागरिकों का मनोबल तोड़कर कोई भी राष्ट्र कदापि आगे नहीं बढ़ सकता।

जब-जब धर्म और राष्ट्र की हानि संभावित होती है, तब-तब युद्ध अवश्यंभावी हो जाता है। यद्यपि युद्ध को टालने का हरसंभव प्रयास किया जाना चाहिए, लेकिन इसकी

एक सीमा होती है। राष्ट्र के स्वाभिमान को ताक पर रखकर संधि नहीं की जा सकती। भारत राष्ट्र और समाज के पुनरुत्थान के लिए समस्त प्रकार के बलिदानों के लिए भारतीय राष्ट्रभक्त नागरिकों को सदैव तैयार रहना चाहिए। महाभारत के 'उद्योग पर्व' में भी यह स्पष्ट किया गया है कि युद्ध से पूर्व शांति के समस्त प्रयास कर लिए जाएं। हिंदू, मुस्लिम, सिख, ईसाई या अन्य कोई भी धर्मावलंबी इस देश के नागरिक होते हुए स्वयं को राष्ट्र की मर्यादा से पृथक नहीं कर सकते। यह ध्यान रखना चाहिए कि कोई भी कार्य, जो राष्ट्र विरोधी हो, वह कदापि 'धर्मसम्मत' नहीं हो सकता।

आज देश के समक्ष अधिकांश समस्याएं मात्र इसलिए उत्पन्न हो गई हैं, क्योंकि औसत भारतीय 'आर्थिक लाभ' और 'लोभ' के दास बनकर रह गये हैं। इस पर गंभीर चिंतन और मंथन की आवश्यकता है कि देश में ऐसी चारित्रिक दुर्बलता कब और कैसे प्रवेश कर गई? त्याग और बलिदान की इस भूमि पर हम अति सुरक्षा के इतने आदी क्यों हो गए हैं? आज हम इस तरह से जीवन जी रहे हैं, मानों हमने 'काल' पर विजय प्राप्त कर ली है और हम अनंतकाल के लिए अमर हो गए हैं।

वस्तुओं को प्रधान मानते हुए हमारा पूरा जीवन और ध्यान मात्र इन्हीं के संग्रहण में उलझकर रह गया है। इसके अतिरिक्त मानो जीवन का और कोई लक्ष्य ही नहीं है। वस्तुएं और तरह-तरह के उपभोक्तावादी उत्पाद आखिर कैसे चिंतन, दर्शन और राष्ट्रीय चेतना के उच्च भावों का विकल्प बन सकते हैं? मनुष्य का जीवन और उसका ध्येय क्या मात्र पेट पालने और जीविकोपार्जन करने तक सीमित माना जा सकता है? कदापि नहीं।

अधिकांश भारतीय नागरिक आज अनुशासनहीनता के शिकार हैं। अनुशासनहीनता के कारण ही प्रत्येक क्षेत्र में हम अपेक्षित सफलता प्राप्त नहीं कर पा रहे हैं। कर्महीनता और अनुशासनहीनता के दुष्परिणाम देश को भोगने पड़ रहे हैं। राष्ट्रहित में आखिर क्यों हम पुरुषार्थ नहीं कर सकते? देश की समस्याओं को देखते हुए क्यों नहीं एक नागरिक के रूप में हमें अपने दायित्वों का निष्ठापूर्वक निर्वहन करना चाहिए?

प्रस्तुत पुस्तक में इस महत्वपूर्ण बिंदु पर चर्चा की गई है कि सदियों तक अनेक असमानताओं, अंधविश्वासों और रुढ़िगत अदूरदर्शिता के शिकार रहे भारत को कैसे योग्यता पर आधारित एवं वैज्ञानिक दृष्टिकोण से युक्त एक समतावादी और संतुलित समाज के रूप में स्थापित किया जा सकता है। लेखक ने विचारोत्तेजक तथ्यों, धाराप्रवाह लेखनी तथा रुचिकर भाषा के द्वारा देश के नागरिकों का ध्यान अत्यंत महत्वपूर्ण मुद्दों के प्रति सफलतापूर्वक आकृष्ट किया है। यह पुस्तक देश के प्रत्येक व्यक्ति के लिए पठनीय एवं विचारणीय है।

—डॉ. वेदप्रताप वैदिक

विषय सूची

1. राष्ट्रीय चेतना से विहीन शिक्षा

किसी भी सभ्यता और मानव समाज का निर्माण अनिवार्य रूप से शिक्षा व्यवस्था और वहां की भाषाई संस्कृति की समृद्धि और आत्मगौरव पर टिका होता है। आज भारतीय शिक्षा प्रणाली और शैक्षिक पाठ्यक्रमों में बदलाव की आवश्यकता महसूस की जा रही है। वास्तव में यह मांग बीते कई दशकों से चली आ रही है। स्वतंत्र भारत में शिक्षा प्रणाली और शैक्षिक पाठ्यक्रमों को राष्ट्र निर्माण की भावना से जिस स्तर तक ओत-प्रोत किए जाने की आवश्यकता थी, वैसा अब तक नहीं किया जा सका है। विदेशी आक्रांताओं की दीर्घकालिक परतंत्रता तथा लंबे समय तक औपनिवेशिक शासन के अधीन रहने के कारण देश और समाज में कई प्रकार की विषंगतियां, रूढ़ियां तथा हीन भावना पैठ कर गई थी, जिसके उन्मूलन का दायित्व निःसंदेह भारतीय शिक्षा के कंधों पर ही था। दुर्भाग्यवश स्वतंत्र भारत की पहली सरकार ही इस प्रकार के उत्तरदायित्व से विमुख हो गई। औपनिवेशिक शासन के सम्मोहन से ग्रस्त भारतीय राजनीति राष्ट्र निर्माण के महत्वपूर्ण दायित्व से निरंतर विमुख होती चली गई। स्वतंत्र भारत में भी उसी प्रकार की शिक्षा प्रणाली और शैक्षिक व्यवस्था चलती रही, जो पूर्व में औपनिवेशिक शासन के हितों की पूर्ति का माध्यम बनी हुई थी।

तथाकथित धर्मनिरपेक्षतावादी तथा वामपंथी बुद्धिजीवियों और इतिहासकारों ने भारत की प्राचीन संस्कृति और राष्ट्रीय चेतना के भाव को जान-बूझकर भारतीय शिक्षा प्रणाली से विलग करने का कार्य किया। स्वतंत्र भारत के पिछले छह दशकों में देश में इतिहास की जो भी पुस्तकें भारतीय विद्यालयों के पाठ्यक्रम में पढ़ाई जाती रही हैं, उनमें भारत की मिलीजुली तथाकथित 'गंगा-जमुनी' संस्कृति और हिंदू-मुस्लिम एकता के विषय में बहुत सी 'अलंकारिक' और 'अतिश्योक्तिपूर्ण' बातें लिखी जाती रही हैं। राष्ट्रीय चेतना और मूल्यों से विहीन हमारी शैक्षिक पाठ्य पुस्तकों में मुगल बादशाहों की आन और शान को अदूरदर्शितापूर्वक बड़े अदब के साथ बढ़ा-चढ़ाकर पेश किया जाता रहा है। इसके विपरीत शायद ही कोई छात्र होगा, जिसको मालूम हो कि चन्द्रगुप्त मौर्य के समय पाटिलीपुत्र इतना विशाल शहर था कि उसके संदर्भ में यूनान के राजदूत मैगस्थनीज ने लिखा था कि "यह विश्व का सबसे उन्नत एवं विशाल शहर है।" इसी

प्रकार से हमारी नई पीढ़ी व छात्रों को आर्यभट्ट, हर्षवर्द्धन, कनिष्क, समुद्रगुप्त के विषय में बहुत ही सीमित ज्ञान होता है। इतिहास की पुस्तकों में एक सोची-समझी रणनीति के अंतर्गत भारत के स्वतंत्रता संघर्ष के आंदोलन में क्रांतिकारियों और राष्ट्रवादियों की भूमिका को बहुत ही कम करके पेश किया गया है।

भारत में इतिहास की पुस्तकें अधिकांशतः उन लेखकों और इतिहासकारों द्वारा लिखी गई हैं, जो लंबे समय से औपनिवेशिक मानसिकता के दास रहे हैं। वास्तव में इन इतिहासकारों का भारतीय चेतना और राष्ट्रीय गौरव के प्रति किसी प्रकार का कोई स्पंदन और उसके प्रति आत्मीय भाव रहा ही नहीं है। क्या हमारे इतिहास में राष्ट्रीय चेतना से भरे ऐसे दृष्टांतों पर और अधिक विस्तारपूर्वक विशद चर्चा नहीं होनी चाहिए, जो भावी पीढ़ियों को राष्ट्र के प्रति स्पंदित कर सके? भारतीय आयुर्वेद, योग, भारतीय खेल और भारतीय ललित कलाओं, नाट्यकलाओं, संस्कृति और साहित्य के विषय में और इस क्षेत्र में राष्ट्रीय उपलब्धियों के प्रति गौरवगाथा कहने में हमारी इतिहास की पुस्तकें इतनी कंजूसी क्यों बरतती रही हैं? किसी भी राष्ट्र के लिए इतिहास उसकी ऐसी थाती होता है, जिसके स्मरण मात्र से राष्ट्र की चेतना एक नया रूप ले लेती है। वास्तव में एक राष्ट्र उसी प्रकार के रंग-रूप में ढल जाता है, जैसा कि उस राष्ट्र में पलने-बढ़ने वाली नई पीढ़ी के तौर-तरीके और सोच होती है। यह आवश्यक है कि भारतीय शिक्षा और इतिहास का पुनर्निर्माण और पुनर्लेखन यथाशीघ्र किया जाए तथा उसे राष्ट्र निर्माण के लिए आवश्यक मूल्यों से सुसज्जित किया जाए।

मैकॉले द्वारा विकसित और स्वतंत्र भारत की सरकारों द्वारा दुर्भाग्यजनक ढंग से अदूरदर्शितावश, अज्ञानतावश पोषित किए जाने से जीविकोपार्जन और रोजगार सृजन को ही सर्वस्व मानने वाली इस दूषित शिक्षा प्रणाली ने हमारे मानस को वास्तव में चेतनाविहीन सा कर दिया है। देश का मानस दीर्घकाल से वस्तुतः अर्द्धमूर्च्छित सा पड़ा हुआ है। हमारी शिक्षा में समाज और राष्ट्र के प्रति चेतना बोध और स्पंदन का भाव नहीं है। यही कारण है कि आज अधिकांश नागरिक स्वयं को राष्ट्र से जोड़कर नहीं देख पाते। यदि उनमें राष्ट्र के प्रति समर्पण का किंचित मात्र भी भाव होता, तो क्या वह राष्ट्रविरोधी गतिविधियों में संलग्न होते? विश्व के समस्त विकसित राष्ट्र अपनी राष्ट्रवादी शिक्षा प्रणाली और शैक्षिक मूल्यों के कारण ही नागरिकों को एकजुट कर सके हैं। राष्ट्रवादी मूल्यों पर आधारित शिक्षा के कारण ही विकसित राष्ट्रों के नागरिक राष्ट्रीय दायित्व में अपनी भूमिका को जिम्मेदारी और संवेदनशीलता के साथ महसूस करते हैं।

भारत में कतिपय लोग ऐसे भी हैं, जिन्होंने समाज और राष्ट्र को पृथक-पृथक मान लिया है। कुछ ऐसे भी हैं, जिन्होंने जाति और धर्म को ही प्रधान मान लिया है। ऐसे लोगों के लिए 'राष्ट्र' गौड़ विषय हो गया है। वास्तव में ऐसी पृथकतावादी व अलगाववादी सोच मात्र अज्ञानता और अदूरदर्शिता के ही कारण ही उत्पन्न होती है। ऐसी संकीर्ण सोच

हमें, समाज और राष्ट्र को कहीं भी ले जा सकने में कदापि समर्थ नहीं हो सकती है। इस संकीर्ण सोच से न तो स्वयं व्यक्ति का, न ही उसकी जाति और संप्रदाय का और न ही व्यापक एवं समग्र रूप से राष्ट्र और समाज का ही किसी प्रकार का कोई कल्याण होगा। हमें यह अनिवार्य रूप से ध्यान रखना चाहिए कि जब तक देश सक्षम, स्वतंत्र और सामरिक रूप से सुरक्षित है, तभी तक हम भी सुरक्षित और स्वतंत्र रह सकते हैं। समाज और राष्ट्र के हितों से अलग एक नागरिक के रूप में हमारे और कोई हित वास्तव में हो ही नहीं सकते।

राष्ट्र के लिए अहम मुद्दों से स्कूली बच्चों को सीधे तौर पर जोड़ने की आज बहुत अधिक आवश्यकता है। यदि विद्यार्थी के रूप में यह बच्चे राष्ट्रीय समस्याओं के प्रति जागरूक और उनके निराकरण के लिए चिंतनशील हो जाएं, तो निश्चय ही एक बेहतर राष्ट्र का निर्माण किया जा सकता है। स्कूलों में प्रतिवर्ष राष्ट्रीय महत्व की तिथियों, पर्यावरण और ऊर्जा संरक्षण से जुड़े राष्ट्रीय-अंतर्राष्ट्रीय दिवसों को उत्सवों की भांति मनाया जाना चाहिए। इससे भारतीय छात्रों को राष्ट्र के प्रति अपने दायित्वों का बोध और स्मरण निरंतर होता रहेगा। विकसित देशों में राष्ट्रीय नायकों से संबंधित और 'संयुक्त राष्ट्र' द्वारा घोषित महत्वपूर्ण तिथियों को बेहद उत्साह एवं रचनात्मक ढंग से मनाए जाने का चलन है। भारतीय विद्यालयों और समाज में भी इस प्रकार की रचनात्मक आदतों का विकास किया जाना चाहिए। यह रचनात्मकता न केवल समग्र नागरिकों को एक सूत्र में जोड़ती है, वरन राष्ट्रीय गौरव में भी वृद्धि करती है।

दीर्घकालिक गुलामी और औपनिवेशिक शासन के कारण प्रायः भारत में इस प्रकार की धारणा बनी रही है कि भारतीय शिक्षा प्रणाली के साथ विदेशी आक्रांताओं द्वारा बड़े पैमाने पर छेड़छाड़ की गई है और योजनाबद्ध ढंग से भारतीय शिक्षा को मूल्यरहित बनाने की साजिश की जाती रही है। मूल्य रहित शिक्षा की वजह से ही भारतीय नागरिकों में 'राष्ट्रवाद' का भाव प्रबल नहीं हो सका है। भारतीय शिक्षा नई पीढ़ी को राष्ट्रीय विचारों और राष्ट्रवाद के महान भाव से नहीं जोड़ पाती। वास्तव में इस धारणा पर बल देते समय हमें यह भी ध्यान रखना चाहिए कि क्या भारत एक समाज और राष्ट्र के रूप में इतना निर्बल और दीन-हीन रहा है कि मात्र मुट्ठी भर विदेशी आक्रांता भारतीय शिक्षा और समाज पर निरंतर हमला बोलते रहे और उसे निर्बाध रूप से लूटते ही चले गए।

भारत जैसे विशाल राष्ट्र को यह कहना शोभा नहीं देता कि उसके विरुद्ध मुट्ठी भर विदेशी लोगों ने षड्यंत्र रचा और उसे आर्थिक, वैचारिक, शैक्षणिक और सामरिक रूप से डेढ़ हजार वर्षों की लंबी अवधि के लिए गुलाम बना लिया। वास्तव में एक समाज और राष्ट्र के रूप में हमें अनिवार्य रूप से भारत में व्याप्त रही उन रूढ़ियों और समस्याओं पर चिंतन करना चाहिए, जिनके कारण भारत जैसे विशाल राष्ट्र को एक लंबी अवधि के लिए मुट्ठी भर विदेशी आक्रांताओं की चाकरी करनी पड़ी।

भारत में आदिकाल से ही एक से बढ़कर एक चिंतक, मनीषी, दार्शनिक और शिक्षाविद् कार्य करते रहे हैं तथा समाज एवं व्यवस्था को महत्वपूर्ण सुझाव देते रहे हैं। यदि इनके सुझावों पर ईमानदारी से अमल किया गया होता, तो निश्चित रूप से वैचारिक स्तर पर भारत आज इतना विपन्न नहीं होता। कभी विश्व को नित नए दर्शन और शोध प्रदान करने वाला भारत आज अंतर्राष्ट्रीय स्तर पर निर्धारित शिक्षा के मानकों पर बहुत नीचे चला गया है। 'विश्व शैक्षणिक इंडेक्स' में भारत आज विश्व में बहुत नीचे 147 वें स्थान पर पहुंच गया है। हमसे कहीं छोटे देश होने के बावजूद फिनलैंड, डेनमार्क तथा न्यूजीलैंड आज शिक्षा के क्षेत्र में विश्व में क्रमशः प्रथम, द्वितीय तथा तृतीय स्थान पर स्थापित हो गए हैं। शिक्षा के गिरते स्तर का प्रभाव संपूर्ण समाज और राष्ट्र पर पड़ता है। जब शिक्षा प्रणाली कमजोर और अप्रांसगिक किस्म की होती है, तो नागरिकों का वैचारिक और मनोवैज्ञानिक स्तर भी निरंतर क्षीण होता जाता है।

भारत में यद्यपि शिक्षा व्यवस्था को बेहतर बनाने के लिए कई प्रयास किए गए हैं, परंतु यह नाकाफी ही सिद्ध हुए हैं। शिक्षा का अधिकार कानून लागू होने के बाद देश के प्राइमरी स्कूलों में यद्यपि बुनियादी सुविधाओं का विकास हुआ है, लेकिन भारतीय शिक्षा में गुणवत्ता की कमी अभी भी चिंताजनक स्तर पर बनी हुई है। वर्ष 2014 में प्राथमिक शिक्षा के स्तर पर भारत में छात्र और शिक्षक अनुपात गत वर्षों की तुलना में और अधिक बढ़कर 49.3 प्रतिशत पर पहुंच गया है। विद्यालयों में पेयजल की उपलब्धता 75.6 प्रतिशत, इस्तेमाल योग्य महिला शौचालय 55.7 प्रतिशत, कंप्यूटर उपलब्धता 19.6 प्रतिशत तथा पुस्तकालय उपलब्धता 78.1 प्रतिशत आंकी गई है। प्राथमिक शिक्षा की गुणवत्ता का स्तर यह है कि भारत में अभी भी 25 प्रतिशत आठवीं कक्षा के बच्चे दूसरी कक्षाओं के पाठ तक नहीं पढ़ पाते हैं। इसी प्रकार तीसरी कक्षा तक के मात्र 25.3 प्रतिशत विद्यार्थी ही दो अंकों में घटाव कर पाते हैं। आंकड़ों के अनुसार पांचवी कक्षा के मात्र 25 प्रतिशत बच्चे ही सामान्य अंग्रेजी पढ़ पाते हैं।

आंकड़े बताते हैं कि स्कूल की पढ़ाई करने वाले नौ छात्रों में से एक ही कॉलेज तक पहुंच पाता है। भारत में उच्च शिक्षा के लिए रजिस्ट्रेशन कराने वाले छात्रों का अनुपात दुनिया में सबसे कम यानी मात्र 11 प्रतिशत ही है। अमेरिका में ये अनुपात 83 प्रतिशत है। इस अनुपात को 15 प्रतिशत के लक्ष्य तक पहुंचाने के लिए भारत को तीन लाख करोड़ रुपये की भारी-भरकम धनराशि का निवेश करना होगा, जबकि 11वीं योजना में इसके लिए सिर्फ 70 हजार करोड़ रुपये का ही प्रावधान रखा गया था। 'नैसकाम और मैकिन्जी' के शोध के अनुसार, 'मानविकी' में 10 में से एक तथा 'इंजीनियरिंग' में डिग्री ले चुके चार में से एक भारतीय छात्र ही नौकरी पाने के योग्य आंके गए हैं। भारत के पास विश्व की सबसे बड़ी तकनीकी और वैज्ञानिक मानव शक्ति होने के दावों को यह आंकड़े स्पष्ट चुनौती देते दिखाई पड़ रहे हैं।

'राष्ट्रीय मूल्यांकन और प्रत्यायन परिषद' का शोध बताता है कि भारत के 90 प्रतिशत कॉलेजों और 70 प्रतिशत विश्वविद्यालयों में शिक्षा का स्तर बेहद खराब है तथा यह मानकों के अनुकूल नहीं है। 'आईआईटी' मुबंई जैसे शिक्षण संस्थान भी वैश्विक स्तर पर घोषित श्रेष्ठ संस्थानों की सूची में जगह नहीं बना सके हैं। भारतीय शिक्षण संस्थाओं में शिक्षकों की कमी बहुत अधिक है। 'आईटीआई' जैसे प्रतिष्ठित संस्थानों में भी 15 से 25 प्रतिशत शिक्षकों की कमी है। भारतीय विश्वविद्यालय औसतन प्रत्येक पांच से 10 वर्ष में अपना पाठ्यक्रम बदल देते हैं, परंतु फिर भी ये विश्वस्तरीय मानकों को नहीं छू पा रहे हैं।

भारत में स्वतंत्रता प्राप्ति के पहले 50 सालों में सिर्फ 44 निजी संस्थाओं को 'डीम्ड विश्वविद्यालय' का दर्जा मिला था, जबकि पिछले 16 वर्षों में 69 और निजी विश्वविद्यालयों को 'डीम्ड विश्वविद्यालय' की मान्यता दे दी गई है। अच्छे शिक्षण संस्थानों की कमी से अच्छे कॉलेजों में प्रवेश पाने के लिए 'कट ऑफ' प्रतिशत असामान्य हद तक बढ़ जाता है। कतिपय शोध अध्ययनों के अनुसार, सेकेंड्री स्कूल में अच्छे अंक लाने के दबाव से छात्रों में आत्महत्या करने की प्रवृति देश में बहुत तेजी से बढ़ रही है। भारतीय छात्र विदेशी विश्वविद्यालयों में पढ़ने के लिए हर साल सात अरब डॉलर यानी लगभग 43 हजार करोड़ रुपये खर्च करते हैं। भारतीय छात्रों की विदेशी विद्यालयों की ओर बढ़ती दौड़ यह स्पष्ट संकेत दे रही है कि भारतीय विश्वविद्यालयों में शिक्षा का स्तर बेहद खराब हो गया है और यह विश्वस्तरीय मानकों की कसौटी पर खरा नहीं उतरता है।

भारत में 'ज्ञान आयोग' के प्रमुख सैम पित्रोदा का भी कहना है कि, 'आजकल वैश्विक अर्थव्यवस्था, विकास, धन उत्पत्ति और संपन्नता की संचालक शक्ति सिर्फ शिक्षा को ही कहा जा सकता है।' भारतीय शिक्षा की बुनियादी समस्या गुणवत्ता की कमी रही है। ये एक कटु सत्य है कि भारत के आधे से अधिक प्राथमिक विद्यालयों में कोई भी स्तरीय शैक्षणिक गतिविधि होती ही नहीं है। प्राथमिक विद्यालयों में पढ़ाने वाले अध्यापकों के ज्ञान का स्तर भी बहुत नीचा रहता है। अब समय आ गया है कि चॉक और ब्लैकबोर्ड के आदिम युग को भुलाकर गांवों में भी प्राथमिक शिक्षा के लिए आवश्यक नवीन विश्वस्तरीय तकनीक का प्रयोग किया जाए।

वर्तमान में भारत में उच्च शिक्षा के स्तर पर कई प्रकार के गंभीर सुधार किए जाने की आवश्यकता है। भारत में मौजूदा उच्च शिक्षा के स्तर को संतोषजनक नहीं माना जा सकता। यदि भारत को शिक्षा एवं अनुसंधान के क्षेत्र में महाशक्ति के रूप में स्थापित होना है, तो शिक्षा की गुणवत्ता के स्तर में किसी प्रकार का समझौता करना उचित नहीं होगा। देश को शिक्षा सुधार की दिशा में एक नई दृष्टि और सोच के साथ आगे बढ़ने की आवश्यकता है। अब देश को 'विश्वविद्यालय अनुदान आयोग' जैसे संस्थानों से कहीं

अधिक आगे देखने की जरूरत है। छह दशक पूर्व स्थापित किए गए 'विश्वविद्यालय अनुदान आयोग' को भी नवीन अंतर्राष्ट्रीय मानकों के अनुकूल स्वयं को बनाने की आवश्यकता है।

भारत में आज शिक्षा का क्षेत्र एक बहुत बड़ा कारोबार बन गया है। भारत का समृद्ध वर्ग बड़े पैमाने पर काले धन के निवेश के लिए शिक्षा के क्षेत्र में प्रवेश कर रहा है। हजारों की संख्या में प्राइवेट कॉलेज प्रत्येक वर्ष देश में निर्मित हो रहे हैं। इन प्राइवेट संस्थानों का अधिकांशतः शिक्षा के स्तर से कोई लेना-देना नहीं होता। प्रायः देश का समृद्ध वर्ग अपनी शान और कमाई बढ़ाने के लिए ऊंची-ऊंची इमारतों वाले निजी संस्थान बना रहे हैं। भ्रष्टाचार के कारण इन्हें आसानी से तकनीकी तथा प्रबंधन संस्थान बनाने की अनुमति भी मिल जाती है। अधिकांश निजी संस्थानों में शिक्षा का स्तर इतना खराब है कि वहां पढ़कर निकलने वाले युवा वांछित स्तर पर रोजगार और करियर पाने में असफल रहते हैं।

शिक्षा पर निवेश, फायदे अनेक –

राष्ट्र निर्माण का कार्य वास्तव में विद्यालयों से ही शुरू होता है। हमारे विद्यालय ही राष्ट्र निर्माण की सबसे बड़ी निर्माता इकाई है। इन विद्यालयों में तैयार उत्पाद यानी चेतनावान व अनुशासित नागरिक ही राष्ट्र निर्माण की आधारशिला रखते हैं। विद्यालय ही भारतीय समाज और राष्ट्र को एक नवीन और वैज्ञानिक सोच में ढाल सकते हैं। विद्यालयों से निकलने वाले प्रज्ञावान छात्र ही राष्ट्रहित में समस्त प्रकार की कुरीतियों को समाप्त करने की क्षमता रखते हैं। एक राष्ट्र की विभिन्न सामाजिक, आर्थिक एवं मनोवैज्ञानिक आवश्यकताओं की पूर्ति का सामर्थ्य उस राष्ट्र के विद्यालयों में ही होता है। कई दशक पूर्व मार्टिन लूथर किंग ने अपना सपना इन शब्दों में व्यक्त किया था कि- 'एक दिन ऐसा आएगा, जब एक काला बच्चा, एक गोरे बच्चे के हाथ में हाथ डालकर एक ही बस में, एक ही स्कूल में, एक ही छत के नीचे बैठेगा।'

अमेरिका की ही तरह भारत में भी गैर बराबरी और छुआछूत एक बड़ी सामाजिक समस्या रही है। रंगभेद या छुआछूत या जाति प्रथा का निवारण तो शिक्षा के प्रचार-प्रसार तथा वैज्ञानिक दृष्टिकोण के द्वारा ही हो सकता है। वर्षों पूर्व महात्मा गांधी ने शिक्षा के महत्व के विषय में कहा था कि शिक्षा का हर व्यक्ति तक पहुंचना ही भारत के लिए आशा की एकमात्र किरण है। स्वतंत्र भारत में समान विद्यालय व्यवस्था में संकल्पना यही थी कि बच्चा किसी जाति या धर्म का हो, गरीब हो या अमीर घर से आया हो, जब सभी विद्यालयों में साथ-साथ सीखेंगे और साथ-साथ खेलेंगे, तो समता और समानता पर आधारित एक जिम्मेदार समाज और सशक्त राष्ट्र का निर्माण हो सकेगा। विश्व शांति का मार्ग भी वस्तुतः विद्यालयों में दी जाने वाली ऐसी ही मूल्यपरक शिक्षा से होकर निकलता है।

दुर्भाग्यवश स्वतंत्र भारत में सरकारी विद्यालयों की स्थिति को बहुत बेहतर नहीं बनाया जा सका है। सरकारी आंकड़ों और दावों के बावजूद इन सरकारी विद्यालयों की साख को 'वर्ल्ड बैंक' व 'यूनेस्को' की सहायता भी बचा नहीं पाई है। गांधी जी लोकतंत्र के अंतिम पंक्ति के अंतिम छोर पर खड़े जिस व्यक्ति के बारे में कहते थे कि सुशासन का लक्ष्य अंतिम छोर पर खड़ा वह व्यक्ति है तथा सभी को उसका ख्याल रखना चाहिए। उसके बच्चे या तो विद्यालय जाते ही नहीं हैं या कुछ वर्ष बाद विद्यालय छोड़ देते हैं और निरक्षरों की श्रेणी में शामिल हो जाते हैं। भारत में करोड़ों बच्चे विद्यालय जाते भी हैं, तो मात्र 'मिड डे मील' के लालच में।

भारत में प्राथमिक शिक्षा अमीर और गरीब के बीच बंट चुकी है। एक तरफ जहां देश में महंगी फीस वाले शानदार, भव्य तथा सुव्यवस्थित स्कूल हैं, वहीं दूसरी ओर करोड़ों गरीब बच्चों के लिए प्राथमिक विद्यालयों में उठने-बैठने तथा पढ़ने के लिए बुनियादी सुविधाओं तक की कमी है। इन स्कूलों में न तो रौशनी की उचित व्यवस्था है न ही बच्चों के बैठने के लिए कुर्सियां ही हैं। प्रायः इन विद्यालयों तक जाने के लिए सही रास्ते भी नहीं है। सरकारी विद्यालयों में पढ़ाने वाले अध्यापक न तो बच्चों को पढ़ाने में पर्याप्त रूचि ही लेते हैं और न ही इनकी स्वयं की पढ़ाई-लिखाई का स्तर ही बहुत ऊंचा होता है।

सरकार द्वारा कठोरता बरते जाने के बावजूद अधिकांश शिक्षक अभी भी समय पर विद्यालय आने को तैयार नहीं हैं। कई राज्यों में तो पिछले वर्षों में यह तक देखने में आया कि अध्यापक विद्यालय जाते ही नहीं थे और अपनी जगह किसी दूसरे बेरोजगार युवा को पढ़ाने के लिए भेज देते थे। यह भी देखने में आया है कि भारतीय प्राथमिक विद्यालयों के शिक्षक बड़े पैमाने पर ठेकेदारी तथा अन्य कार्यों में उलझे हुए हैं तथा ये सरकारी नौकरी मात्र समाज में अपनी शान बढ़ाने के लिए कर रहे हैं। कई अध्यापक इस हद तक गैर जिम्मेदार हैं कि वे बच्चों से स्कूल अवधि में ही अपने निजी काम करवाते रहते हैं। कुल मिलाकर भारत में प्राथमिक शिक्षा की दशा-दिशा अभी संतोषजनक नहीं कही जा सकती। मात्र येन-केन-प्रकारेण साक्षरता प्राप्त नागरिक देश की शिक्षा व्यवस्था का लक्ष्य नहीं हो सकते। सुयोग्य एवं कौशलयुक्त नागरिक तैयार करना ही भारत में प्राथमिक शिक्षा का उद्देश्य होना चाहिए।

सन 1960 से ही 'यूनेस्को' ने सौ प्रतिशत प्राथमिक शिक्षा का लक्ष्य रखा था, लेकिन आज पांच दशक बीतने के बाद भी हालात यह हैं कि छह करोड़ बच्चे स्कूलों तक नहीं पहुंच पाते हैं। अब यह कोशिश रहेगी कि वर्ष 2030 तक 100 प्रतिशत प्राथमिक शिक्षा का लक्ष्य हासिल कर लिया जाए। भारत में 1999 में 69 प्रतिशत प्राथमिक शिक्षा का लक्ष्य पा लिया गया था। अगले 10 वर्षों में यह 97 प्रतिशत अवश्य हो गया, लेकिन अब भी काफी काम बाकी है। अंतर्राष्ट्रीय अनुभव इस ओर स्पष्ट संकेत

करते हैं कि विकासशील देशों के लिए शिक्षा पर खर्च करना सर्वश्रेष्ठ निवेश होता है। शिक्षा पर निवेश से भारत जैसे विकासशील देशों को बहुत दूरगामी लाभ प्राप्त होते हैं।

शिक्षा ही वह तत्व है जिससे भारत गरीबी, बेरोजगारी, असमानता और असुरक्षा के दुष्चक्र से मुक्त हो सकता है। इसलिए कहा जाता है कि प्राथमिक शिक्षा पर खर्च करना सबसे ज्यादा मुनाफे का सौदा होता है। इसमें भी लड़कियों की शिक्षा से सबसे बेहतर परिणाम मिलने की संभावना रहती है। शिक्षा ही वह मार्ग है, जो भारत को सशक्त राष्ट्र के रूप में स्थापित करने के लक्ष्य तक पहुंचा सकता है।

बेहतर शिक्षा, बेहतर समाज –

भारत में प्राथमिक शिक्षा को बेहतर किए जाने की आवश्यकता है। इसके बिना देश में न तो उच्च शिक्षा का स्तर बेहतर हो सकता है और न ही कार्यकुशल मानव संसाधन का निर्माण किया जा सकता है। दुर्भाग्यवश भारत में प्राथमिक शिक्षा की स्थिति बेहतर नहीं कही जा सकती। पूरे देश में बेसिक शिक्षा परिषद की ओर से संचालित प्राथमिक विद्यालयों की दुर्दशा अक्सर सुनने को मिलती ही रहती है। इन प्राथमिक विद्यालयों में सुधार के लिए बहुत कुछ किए जाने की आवश्यकता है। प्राथमिक शिक्षा को बेहतर बनाने के लिए पर्याप्त संसाधन और प्रशासनिक इच्छाशक्ति अनिवार्य शर्तें हैं।

देश के कुछ राज्यों में प्राथमिक शिक्षा के स्तर में सुधार की दिशा में उल्लेखनीय प्रयास किए जा रहे हैं। इस संदर्भ में उत्तर प्रदेश का उदाहरण लिया जा सकता है, जहां के हरदोई जिले में एक अभिनव प्रयोग हो रहा है। इसके तहत जिला स्तर पर योजना बनी है, जिसमें बेसिक शिक्षा अधिकारी से लेकर खंड शिक्षा अधिकारी, ब्लॉक समन्वयक तक कुछ विद्यालयों और शिक्षकों का चयन कर रहे हैं। ये शिक्षक पिछड़े और सघन जनसंख्या वाले चयनित विद्यालयों में कक्षा पांच से आठ तक के बच्चों को पढ़ाने के लिए शाम के समय दो घंटे का अतिरिक्त समय देंगे। लोक शिक्षा केंद्रों पर पेट्रोमेक्स आदि की व्यवस्था की गई है। इस योजना का उद्देश्य यह है कि प्रारंभ में जिन शिक्षकों और विद्यालयों का चयन किया जाए, उन्हें अन्य के समक्ष 'आदर्श' के रूप में प्रस्तुत किया जा सके। यदि इस योजना के परिणाम आशानुरूप निकलते हैं, तो यह निश्चय ही सभी के लिए उदाहरण बन सकता है।

उल्लेखनीय है कि हमारे यहां परिषदीय विद्यालयों में जितने संसाधन उपलब्ध हैं, उनका ही पूरा इस्तेमाल नहीं हो पा रहा है। प्रोत्साहन की अनेक योजनाएं समय-समय पर सरकार द्वारा बनाई जाती रही हैं, परंतु उनका जमीनी क्रियान्वयन उतना ठोस नहीं रहा है। भारत में प्राथमिक शिक्षा के क्षेत्र में छात्र-शिक्षक अनुपात की दृष्टि से निःसंदेह शिक्षकों की भारी कमी है, परंतु यह भी सत्य है, कि जितने शिक्षक उपलब्ध हैं भी उनका भी सदुपयोग नहीं हो पा रहा है। सुदूर क्षेत्रों में शिक्षकों की उपस्थिति नगण्य रहती है।

जो उपस्थित भी होते हैं, उनमें से अधिकांशतः पूरी रूचि से नहीं पढ़ाते हैं। जहां तक छात्रों का सवाल है, तो पूरे विद्यालय समय में उनकी उपस्थिति बनाए रखना ही शिक्षकों के लिए बड़ी चुनौती है।

परीक्षा के समय छात्रों की उपस्थिति पूरी करने के लिए शिक्षकों को घर-घर जाकर छात्रों से ही नहीं, उनके अभिभावकों से भी याचना करनी पड़ती है। मध्यान्ह भोजन योजना, निःशुल्क पुस्तकें और निःशुल्क विद्यालयीय परिधान के वितरण जैसी अनेक कल्याणकारी योजनाएं चल रही हैं, किन्तु प्रोत्साहन के इन उपायों को भी पूरी तरह लागू नहीं किया जा सका है। प्रायः इन योजनाओं के क्रियान्वयन में कई प्रकार की खामियां और भ्रष्टाचार की शिकायतें सामने आती रहती हैं।

भारत में शिक्षा क्षेत्र में करियर बनाने की चाहत रखने वाले युवाओं की संख्या न के बराबर होती जा रही है। भारतीय युवा इंजीनियर, डॉक्टर तथा अफसर बनने की रूचि अधिक रखते हैं। शिक्षक बनने की रूचि रखने वाले युवा भारत में दिनोंदिन कम होते जा रहे हैं। स्पष्ट है कि जब देश को शिक्षा कार्यों में रूचि लेने वाले शिक्षक मिलेंगे ही नहीं, तो फिर देश में बदहाल होती जा रही प्राथमिक शिक्षा की दशा आखिर कैसे सुधरेगी। शिक्षा क्षेत्र में आज देश में व्यापक अनुसंधान और शोध कार्यों की आवश्यकता है। युवाओं को प्रोत्साहन देने के लिए शिक्षा करियर को और अधिक आकर्षक तथा सम्मानजनक बनाए जाने की आवश्यकता है।

भारत में शिक्षा क्षेत्र एक बड़े कारोबार के रूप में स्थापित होता जा रहा है। देश में ऐसे विद्यालयों की बाढ़ सी आ गई है, जो मात्र डिग्रियां बेच रहे हैं। शिक्षा एवं अनुसंधान की गुणवत्ता से इनका कोई लेना-देना नहीं है। काली कमाई के धन से बन रहे इन विद्यालयों से वास्तव में देश को कोई बौद्धिक लाभ होने वाला नहीं है। देश में बहुत कम ही ऐसे शिक्षण संस्थान हैं, जिनकी प्रतिष्ठा और मान्यता अंतर्राष्ट्रीय स्तर की है। मात्र डिग्रियां बेचने-खरीदने की इस घातक एवं राष्ट्रविरोधी मनोवृत्ति से कई प्रकार की सामाजिक, आर्थिक तथा पेशेवर समस्याएं उत्पन्न हो रही हैं। भारत में उच्च शिक्षा का स्तर सुधर नहीं पा रहा है, तो इसके पीछे शैक्षिक क्षेत्र को उद्योग में बदल डालने की यह सोच मुख्य भूमिका निभा रही है।

उच्च शिक्षा की बदहाली के साथ-साथ देश में प्राथमिक एवं माध्यमिक शिक्षा का स्तर भी सुधर नहीं पा रहा है। कुछ प्रतिष्ठित निजी विद्यालयों को छोड़ दें, तो ऐसे निजी विद्यालयों की संख्या तेजी से बढ़ी है, जो शिक्षा विभाग के अफसरों से साठ-गांठ कर मानक के विपरीत संचालित हो रहे हैं, या बिना मान्यता के शिक्षा दे रहे हैं। विडंबना है कि परिषदीय विद्यालय पहले ही शिक्षा और सुरक्षा के मामले में अपनी प्रासंगिकता खो चुके हैं। शिक्षा के बजाय वह महज साक्षरता केंद्र बनकर रह गए हैं।

विद्यालय भवन निर्माण और स्कूल यूनिफार्म उपलब्ध कराने की जिम्मेदारी मिलने

के बाद प्रधानाध्यापकों की भूमिका शिक्षक के बजाय ठेकेदार की बनकर रह गई है। विद्यालय के अन्य कर्मचारियों की भूमिका मध्याह्न भोजन बनवाकर बंटवारे तक सीमित रह गई है। सुरक्षा की स्थिति यह है कि आये दिन मध्याह्न भोजन खाकर या खेल-खेल में जहरीले जट्रोफा के बीज उदरस्थ कर बच्चों के बीमार पड़ने की खबर आती रहती है।

यह भारत का दुर्भाग्य है कि यहां नौनिहालों को उनके अभिभावक बड़ी संख्या में विद्यालयों में मात्र इसलिए भेज देते हैं, ताकि कम से कम उनको दोपहर का भोजन तो मिल जाए। नीति निर्माण के स्तर पर यह भारत की विडंबना और दुविधा है कि वह योजनाओं की प्रासंगिकता और कार्यकुशलता का आंकलन करे या अपनी अधिसंख्य बदहाल जनता के उदरपोषण और मानवता पर आधारित कल्याण के विषय में सोचे। भारत जैसे देश को एक साथ दोनों नावों पर सवारी करनी पड़ती है। स्वतंत्र भारत के अब तक के भारत के नियोजन की यही कड़वी सच्चाई है। यही वजह है कि न तो हम कभी अपने योजनागत लक्ष्यों को पूरा ही कर पाते हैं और न ही यहां कभी लक्ष्य पूरा न हो पाने के लिए जिम्मेदार कारणों की विवेचना और दायित्व निर्धारण ही करना संभव हो पाता है। प्रायः देखने में आया है कि भारी-भरकम शिक्षण शुल्क वसूलने वाले निजी विद्यालय भी बच्चों की शिक्षा के स्तर के प्रति कोई बहुत गंभीर रवैया नहीं अपना रहे हैं। उनके लिए बच्चे मात्र एक उपभोक्ता बनकर रह गए हैं।यह हास्यास्पद है कि भारी-भरकम फीस वसूलने वाले निजी विद्यालय बच्चे का दाखिला लेने से पहले उसका लंबा-चौड़ा टेस्ट लेते हैं। यही नहीं, यह विद्यालय बच्चे के परिवार, उसकी सामाजिक-आर्थिक स्थिति का भी पूरा ब्यौरा इकट्ठा करते हैं और उसके बाद अभिभावकों का भी साक्षात्कार लेते हैं। इनसे पूछा जाना चाहिए कि जब इन्हें सब कुछ श्रेष्ठ, सक्षम और 'रेडीमेड' ही मिल जाएगा, तो इनकी भूमिका वास्तव में शेष क्या रह जाएगी। इन विद्यालयों का स्वभाव प्रायः राष्ट्र विरोधी भी हो जाता है, जब यह निर्धन वर्ग के छात्रों को अपने यहां दाखिल नहीं होने देते। यह कोई न कोई तरीका अपनाकर सरकार के उन आदेशों को धता बता ही देते हैं, जिसमें इन विद्यालयों पर निर्धारित संख्या में निर्धन छात्रों के दाखिले के लिए उन्हें बाध्य किया गया है। अपने अगाध अंग्रेजी प्रेम के कारण मैकाले की मानसिक दासता के वाहक यह विद्यालय प्रायः भारतीय भाषाओं का उपहास करते भी दिखाई पड़ते हैं। कुल मिलाकर यह निजी विद्यालय सत्ता और पैसे के अहंकार में चूर रहते हैं। इन विद्यालयों का प्रायः कुछ बिगड़ता भी नहीं है, क्योंकि इन्हें चलाने वाले सत्ता के गलियारों में अच्छी-खासी पैठ रखते हैं। जब तक नौनिहालों की शिक्षा को सरकार पूरी तरह अपनी जिम्मेदारी और प्राथमिकता पर नहीं लेती, तब तक स्थिति में बड़े बदलाव की कल्पना संभव नहीं दिखती।

भारत में एक लंबे समय से शिक्षा को लेकर असमंजस की स्थिति बनी हुई है। अन्य क्षेत्रों की तरह ही भारत में शिक्षा भी 'संसाधनहीनता बनाम गुणवत्ता' के

दुविधाग्रस्त संघर्ष से जूझ रही है। भारत में बहुत बड़ी संख्या में अनियोजित ढंग से बच्चे पैदा किए जाते हैं और इनकी शिक्षा व्यवस्था को लेकर किसी प्रकार की कोई योजना इनके अभिभावकों, परिवार, समाज तथा राष्ट्र के स्तर पर पूर्वनिर्धारित नहीं होती। मात्र सरकारी आंकड़े पूरे करने तथा दिखावे के लिए व्यर्थ की योजनाएं बनाकर प्राथमिक शिक्षा के लक्ष्य को येन-केन-प्रकारेण प्राप्त करने का प्रयास किया जाता रहा है।

भारत एक ऐसा दुर्भाग्यशाली राष्ट्र है, जहां समाज और राष्ट्र के भविष्य पर किसी प्रकार का कोई गंभीर ध्यान नहीं दिया जाता है। भारत में 60 प्रतिशत से अधिक जनसंख्या संसाधनविहीन जीवन जीने के लिए अभिशप्त है। इस विशाल जनसंख्या द्वारा बच्चों की प्राथमिक शिक्षा और उनकी बेहतर परवरिश की ओर कोई ध्यान नहीं दिया जाता है।

देश के करोड़ों बच्चे अनियोजित ढंग से पैदा होकर अस्त-व्यस्त ढंग से पलते-बढ़ते रहते हैं। ऐसे करोड़ों बच्चों को न तो उचित देखभाल और भोजन ही मिल पाता है और न ही बेहतर शिक्षा और खेल-कूद के पर्याप्त अवसर ही। जिंदगी की कठोर सच्चाइयों और यंत्रणाओं के बीच ये किसी तरह बड़े हो जाते हैं। सही देखभाल न होने के कारण बहुत छोटी उम्र में ही ये करोड़ों भारतीय बच्चे कुसंगति, नशा तथा अपराधों के जाल में फंस जाते हैं। स्पष्ट है कि जिन बच्चों पर भारतीय समाज और राष्ट्र ने न तो पर्याप्त ध्यान दिया और न ही उन पर वांछित निवेश किया, वे जब बड़े होंगे, तो यकायक देश के आदर्श सभ्य नागरिक नहीं बन सकेंगे। भारतीय प्राथमिक शिक्षा आज मात्र 'दोपहर का भोजन' (मिड-डे मील) मिलने का जुगाड़ मात्र बनकर रह गई है। अभिभावक केवल इसीलिए बच्चों को स्कूल भेज देते हैं कि इससे वे बच्चों के लिए भोजन जुटाने के भारी दायित्व से बच जाएंगे। आधिकारिक आंकड़ों के अनुसार भारत में आठवीं कक्षा से पहले 42 प्रतिशत बच्चे स्कूल छोड़ देते हैं। इसी प्रकार भारत में 51 प्रतिशत दलित बच्चे तथा 58 प्रतिशत आदिवासी तथा अल्पसंख्यक बच्चे आठवीं कक्षा से पहले ही स्कूल छोड़ देते हैं। भारत में 64 प्रतिशत लड़कियां आठवीं कक्षा से पहले स्कूल छोड़ देती हैं। इससे पता चलता है कि भारत में प्राथमिक शिक्षा की गंभीरता का स्तर क्या है?

भारत के विपरीत विकसित देशों में बच्चों की प्राथमिक शिक्षा और उनके पालन-पोषण पर बहुत अधिक ध्यान केंद्रित किया जाता है। बचपन से ही उनकी प्रतिभा को पहचान कर उसे तराशा और निखारा जाता है। छोटी उम्र से ही बच्चों को उनकी रूचि के क्षेत्र में उच्चस्तरीय प्रशिक्षण दिया जाता है। शारीरिक और मानसिक रूप से पुष्ट एवं बेहतर ढंग से शिक्षित एवं प्रशिक्षित बच्चे समय आने पर राष्ट्र के लिए बहुत बेहतरीन उपलब्धियां अर्जित करते हैं। विकसित देश अपनी बेहतरीन प्राथमिक शिक्षा और बच्चों के बेहतर पालन-पोषण के कारण ही समृद्ध, सशक्त और सक्षम बन सके हैं।

□□

2. विकृत इतिहास लेखन

भारत के संदर्भ में एक विचित्र समस्या यह है कि देश में उपलब्ध इतिहास मूलतः विदेशी इतिहासकारों द्वारा लिखा गया है। इस इतिहास लेखन में मूलतः औपनिवेशिक शासन के दौरान किए गए शोध एवं अध्ययन सामग्री को आधार बनाया गया है। प्रायः यह देखा गया है कि इतिहास लेखन विभिन्न प्रकार के पूर्वाग्रहों से ग्रस्त रहता है। विश्व के सभी देशों में इतिहासकार अपने पूर्वाग्रहों और देश के प्रति प्रेमभाव से मुक्त नहीं हो सके हैं। यही कारण है कि संपूर्ण वैश्विक जगत में तटस्थ इतिहास लेखन बहुत कम हो सका है। भारत जैसी प्राचीन सभ्यताओं के संदर्भ में भिन्न-भिन्न इतिहासकारों और विद्वानों ने अपने-अपने ढंग से इतिहास लेखन किया है। इनमें परस्पर इतना अधिक विरोधाभास है कि सही तथ्य सामने नहीं आ पाते हैं। सामान्य नागरिक इस प्रकार के विविधतापूर्ण और प्रायः विकृत दृष्टि से किए गए इतिहास लेखन से गलत धारणाएं बना लेता है।

यह एक अनुभव है कि जब भी किसी समाज या सभ्यता द्वारा अपना मूल्यांकन तटस्थ भाव से करते हुए अपने दोषों का निराकरण नहीं किया जाता है, तब तक वह समाज व सभ्यता इतिहास में एक सशक्त स्थान सुरक्षित नहीं कर सकती। इतिहास को लेकर निराधार ढंग से प्रशंसा भाव रखना या हीन भाव रखना, दोनों ही उस देश और समाज को गंभीर रूप से प्रभावित करते हैं। इतिहास में इस बात की भी व्याख्या गुणात्मक रूप से की जानी चाहिए कि एक समाज और राष्ट्र के रूप में विशाल भारत क्यों निरंतर मुट्ठीभर विदेशी आक्रांताओं के हाथों पराजित होता रहा और दीर्घकालिक परतंत्रता का विषपान करता रहा। निश्चय ही भारतीय समाज में व्याप्त दोषों और पाखंडों के कारण ही विदेशी आक्रांता भारत को पराजित करने में निरंतर सफल होते रहे।

भारतीय छात्रों को यह बताया जाना चाहिए कि वे दोष, पाखंड और स्वार्थ क्या थे, जिनकी भयंकर कीमत और दुष्परिणाम संपूर्ण राष्ट्र को सैकड़ों-हजारों वर्षों तक चुकाने पड़े। इन्हें जाने और माने बिना भारत की नई पीढ़ी कैसे उन दोषों और पाखंडों से सावधान और मुक्त हो सकेगी। यह तय है कि जब तक भारतीय समाज अपने रोगों को स्वीकार नहीं करेगा, तब तक उनका उपचार भी किया जाना संभव नहीं हो सकेगा। रोग

का उपचार हो, इसके लिए आवश्यक है कि पहले रोग का उचित निर्धारण किया जाए। रोगी के लिए भी यह आवश्यक है कि वह रोग को स्वीकार करे और उसके निदान के लिए आवश्यक समस्त कठोर दिशा-निर्देशों और कड़वी औषधियों के सेवन के लिए मानसिक और शारीरिक रूप से तैयार रहे।

भारतीय इतिहास लिखने वालों ने इतिहास के कालखण्डों का विभाजन भी अत्यन्त ही विचित्र ढंग से किया है। पहला प्राचीन काल, दूसरा शक-हूणादि के आक्रमणों का काल, तीसरा मुस्लिम काल एवं चौथा ब्रिटिश काल। इतिहास लेखन के लिए भारत में जिस आधारभूत सामग्री को आधार बनाया गया है, वह मूलतः विदेशी लेखकों के प्रवास वर्णन, यात्रा वृतांत, केस स्टडी तथा शोध-निबंध आदि रहे हैं। बिना विचारे तथा मनगढ़ंत आधार पर यह सिद्धांत भी इन इतिहासकारों ने स्वतः ही गढ़ लिया कि इतिहास लेखन के लिए उपलब्ध भारतीय सामग्री विश्वसनीय नहीं है। इस आधार पर इतिहास की जो भी पुस्तकें लिखी गईं, उनमें विदेशियों को अधिकाधिक महत्व और प्रधानता मिलना स्वाभाविक ही था।

भारत के राष्ट्रवादी नायकों और उनके प्रयासों तथा उपलब्धियों का चित्रण हमारे इतिहास की पुस्तकों में नाममात्र के लिए भी नहीं रहा है। औपनिवेशिक मानसिकता से ग्रस्त इतिहासकारों तथा लेखकों के मत में भारत केवल एक भौगोलिक इकाई मात्र ही रहा है। ऐसे में स्वाभाविक ही था कि भारत को मातृभूमि मानकर उसके लिए जीवन बलिदान करने वाले राष्ट्रनायकों का इतिहास की पुस्तकों में व्यापक तिरस्कार किया जाता। इसीलिए इतिहास की अधिकांश पाठ्य पुस्तकों में महाराणा प्रताप, गुरु गोविंद सिंह तथा छत्रपति शिवाजी जैसे अनेक राष्ट्रीय महावीरों को अकबर और औरंगजेब के विरुद्ध बगावत करने वाले पुरुषों के रूप में अत्यंत ही गौण स्थान मात्र देकर बस हल्का-फुल्का वर्णन भर किया गया है। राष्ट्रीय नायकों के दर्शन और उनके कर्मठ प्रयासों के प्रति किसी भी प्रकार के सम्मान और सराहना का भाव इतिहास की पुस्तकों में सर्वथा नदारद ही रहा है।

ब्रिटिश शासन के विरुद्ध देश के विभिन्न हिस्सों में आदिवासी क्रांतिकारियों ने उल्लेखनीय आंदोलन किए, परंतु इतिहासकारों ने इन तमाम राष्ट्रीय घटनाओं को नजरंदाज करते हुए अपने पूर्वाग्रहों के कारण औपनिवेशिक दृष्टि से इतिहास का लेखन किया है। राष्ट्र के चिरंतन स्फूर्ति-स्रोत बने हुए महापुरुषों की इतिहास में यदि इसी प्रकार उपेक्षा होती रहेगी, तो गत हजार वर्षों की विदेशी दासता के फलस्वरूप भिन्न-भिन्न क्षेत्रों में जो जटिल समस्याएं खड़ी हुई हैं, उनका निराकरण कर एक समर्थ एवं समृद्ध राष्ट्र के रूप में भारत को खड़ा करना कठिन ही नहीं, अपितु असंभव भी हो जाएगा।

भारतीय इतिहास में राष्ट्रनायकों को पर्याप्त सम्मान एवं स्थान नहीं मिल सका है। औपनिवेशिक शासन से प्रभावित इतिहासकारों ने देश के समक्ष उन राष्ट्र नायकों को

आदर्श के रूप में स्थापित नहीं होने दिया, जिन्होंने देश के लिए अपना सर्वस्व न्योछावर कर दिया था। ऐसे राष्ट्रनायको के स्थान पर कथित उदारवादी और औपनिवेशिक शासन का अनुकरण करने वाले व्यक्ति इतिहास के अनावश्यक रूप से अंग बन गए हैं। इस प्रकार के इतिहास से भारतीय नागरिकों को न तो कोई प्रेरणा आज तक मिली है और न ही भविष्य में मिल सकेगी।

भारत में किसी भी इतिहास की पाठ्यपुस्तक में इस बात का जिक्र नहीं है कि सरदार वल्लभ भाई पटेल ने जवाहर लाल नेहरू की कश्मीर नीति पर एकाधिकारपूर्ण एवं अदूरदर्शी रवैये का विरोध करते हुए 23 दिसंबर 1947 को मंत्रिमंडल से इस्तीफा दे दिया था, परंतु महात्मा गांधी के बीच-बचाव के कारण सरदार पटेल विवश होकर रह गए। पटेल जहां नवस्वतंत्र हुए देश की एकता और अखंडता को सुदृढ़ करने के लिए गंभीर रूप से बेचैन और परेशान थे, वहीं नेहरू येन-केन-प्रकारेण मात्र अपनी छवि चमकाने में लगे हुए थे। प्रत्येक व्यक्ति को यह समझ लेना चाहिए कि इतिहास के पृष्ठों में झूठ, अतिश्योक्ति और काल्पनिक बातें अधिक समय तक स्थायी भाव प्राप्त नहीं कर पाती हैं। इतिहास निःसंदेह निर्ममता से सत्य को उजागर कर ही देता है। तत्समय स्वार्थवश लिखी गई कई भ्रामक बातें कालांतर में समय के निष्ठुर हाथों द्वारा बेनकाब कर दी जाती हैं। यह बात आधुनिक भारत के इतिहास के संदर्भ में भी अत्यंत ही प्रासंगिक है।

भारतीय स्वतंत्रता आंदोलन और उसके नायकों का विवेचन खासतौर पर इतिहासकार करते रहे हैं। उनके दोषपूर्ण एवं पक्षपातपूर्ण विवेचन ने भारतीय स्वतंत्रता आंदोलन के इस महत्वपूर्ण दौर के इतिहास को ही पूरी तरह असंतुलित और सत्य से परामुख कर डाला है। नेहरू एक प्रतिबद्ध स्वतंत्रता सेनानी और देश के एक सशक्त प्रधानमंत्री थे। नेहरू एक लंबी अवधि के लिए भारत के राजनैतिक रूप से सशक्त प्रधानमंत्री रहे। उनका अपनी पार्टी पर पूर्ण प्रभाव और नियंत्रण था और उन्होंने निरंतर बिना किसी चुनौती के राष्ट्र के सर्वोच्च नीति निर्णायक पद पर डेढ़ दशक तक कार्य किया। इस अवधि में राष्ट्र निर्माण के लिए आवश्यक ऐसे बहुत से कार्य नहीं किए जा सके, जो स्वतंत्रता प्राप्ति के शुरू के इन वर्षों में किए जाने बेहद आवश्यक थे। औपनिवेशिक सम्मोहन से ग्रस्त नेहरू ने सदैव राष्ट्रवाद से प्रेरित मूल्यों का तिरस्कार किया और जान-बूझकर राष्ट्रीय महत्व के समस्त पदों पर अपने जैसी विचारधारा वाले अपने शिष्यों और अनुयायियों को ही पदासीन किया। इससे भारत का संपूर्ण शैक्षणिक और वैचारिक तंत्र नेहरू की व्यक्तिगत व्यक्ति पूजा में परिवर्तित होकर रह गया। इतिहास लेखन एवं शैक्षणिक अनुसंधानों से जुड़े महत्वपूर्ण राष्ट्रीय पदों और आयोगों में नेहरू के अनुयायी तथा औपनिवेशिक मानसिकता रखने वाले व्यक्ति पदासीन होते रहे और उनकी मिथ्या स्तुतिगान में ही उलझे रहे।

स्पष्ट है कि भारत में स्वतंत्रता प्राप्ति के पहले दो दशकों में इतिहास एवं शैक्षणिक अनुसंधान के स्तर पर जो प्रयास किए जाने चाहिए थे, वे पूरी तरह छूट गए। इसके परिणामस्वरूप देश की एक पूरी की पूरी पीढ़ी राष्ट्रीय मूल्यों, राष्ट्रीय विचारों और राष्ट्र निर्माण की प्रक्रिया में अपने दायित्व बोध से ही पूरी तरह वंचित हो गई। इस वजह से भारत में लगातार राष्ट्र निर्माण की प्रक्रिया टूटती सी ही चली गई। औपनिवेशिक सम्मोहन से ग्रस्त रही भारतीय शिक्षा का सबसे बड़ा दुष्परिणाम यह रहा है कि आज देश में राष्ट्र के प्रति किसी भी प्रकार के चिंतन को बड़े ही आश्चर्य और कौतूहल से देखा जाने लगता है, जबकि किसी भी राष्ट्र के लिए यह बहुत ही सहज और सामान्य व्यवहार होना चाहिए। आश्चर्यजनक ढंग से इस देश में राष्ट्रविरोधी बातों को बेहद सहज और राष्ट्रवादी विचारों को बेहद कौतूहल के साथ ग्रहण करने की परिपाटी सी चल पड़ी है। एक राष्ट्र के रूप में इससे अधिक घातक मनोविज्ञान, आचरण और चिंतन कुछ भी नहीं हो सकता।स्वार्थपूर्ण कारणों से किए गए इतिहास लेखन में अनेक तथ्यों और सत्य का गला घोंट दिया गया है। इसका असर सिर्फ इतिहास की किताबों तक ही सीमित नहीं रहा, बल्कि इसने देश को राजनीतिक, सामाजिक और सांस्कृतिक जीवन को भी भटकाने एवं भ्रमित करने का काम किया है। इतिहास का पुनर्मूल्यांकन हमेशा कड़वा होता है। जब काल्पनिकता, अतिशयोक्ति और कृत्रिमता को वास्तविकता और मौलिकता से विस्थापित किया जाता है, तो वह एक क्षण के लिए अविश्वसनीय, मानसिक रूप से हिंसात्मक, मर्यादा पर क्रूर प्रहार लगता है, परंतु कालांतर में सत्य अपने संपूर्ण स्वरूप में उद्घाटित होकर ही रहता है। नेहरू की छवि पाठ्यक्रम से लेकर प्रचार माध्यमों और विमर्शों में इस प्रकार से गढ़ दी गई है कि उनके विषय में सत्य बोलना एवं तथ्य प्रकट करना भी उनकी आलोचना लगने लगती है।

नेहरू के व्यक्तित्व के निर्माण में दो महत्वपूर्ण कारक रहे हैं। पहला-उनकी शिक्षा-दीक्षा यूरोप की श्रेष्ठ संस्थाओं में हुई थी, इसलिए यूरोप के दर्शन, साहित्य और दृष्टिकोण का उनके वैश्विक दर्शन पर गहरा प्रभाव था। दूसरा-महात्मा गांधी का प्रभाव। नेहरू और गांधी में वैचारिक, व्यवहार और संस्कारों के स्तरों पर समानता कम, असमानता अधिक थी, परंतु दोनों की निकटता संभवतः उनकी पीढ़ियों में सबसे अधिक थी। गांधी ने नेहरू के व्यक्तित्व को व्यावहारिक बनाने और उनका भारतीय सामाजिक जीवन से जुड़ाव बनाने के लिए अनेक बार हस्तक्षेप किया था। नेहरू ने गांधी के सुझावों एवं निर्देशों को एक आज्ञाकारी शिष्य के नाते अपनाने की भी भरपूर कोशिश की थी।

नेहरू के व्यक्तित्व में उपनिवेशवाद और गांधीवाद का मिश्रित प्रभाव स्पष्ट दिखाई पड़ता है। सन 1920 का एक प्रसंग यहां उदाहरणस्वरूप लिया जा सकता है, जब पंडित नेहरू ने महात्मा गांधी को राष्ट्रीय समस्याओं के संदर्भ में एक विस्तृत पत्र लिखा था। इस पत्र के जबाव में गांधी ने आश्चर्य व्यक्त करते हुए लिखा कि नेहरू द्वारा लिखित

इस विस्तृत पत्र में हिंदू समाज में व्याप्त 'अस्पृश्यता' का कहीं जिक्र तक नहीं है। वास्तव में नेहरू की राजनीति और उनका चिंतन स्वयं के व्यक्तित्व का विस्तार मात्र था। समाज के विषय में उनकी जानकारी सीमित थी और बेहद सशक्त एवं क्षमतावान पदों पर रहने के बावजूद समाज सुधार की दिशा में उनके द्वारा कोई महत्वपूर्ण प्रयास नहीं किए गए। राजनैतिक रूप से वह घोर महत्वाकांक्षी थे, परंतु उनकी राजनीतिक जमीन और वैचारिक चिंतन का स्तर कमजोर था। वह अच्छे वक्ता तथा आकर्षक व्यक्तित्व के स्वामी थे और अपने व्यक्तित्व को अधिकाधिक आकर्षक कैसे बनाया जाए, इसके प्रति सदैव सजग रहते थे। वे उदारवादी छवि के कारण व्यापक रूप से लोकप्रिय भी थे, परंतु संघर्ष और कष्टों की आग में तप कर देश की आजादी में शामिल स्वतंत्रता सेनानियों, राष्ट्रभक्तों और क्रांतिकारियों के बीच उनकी वैसी साख नहीं थी।

विलुप्त होती मातृभाषा -

स्वतंत्र भारत में इतिहास के साथ ही भारतीय भाषाओं के साथ भी बड़ा दुर्व्यवहार हुआ है। स्वतंत्र भारत के छह दशकों में निरंतर भारतीय भाषाओं के साथ सौतेला व्यवहार होता ही रहा है। निःसंदेह भाषा ही संवाद का माध्यम होती है। भाषा की सहजता उसके प्रचलन, प्रसारण में सहायक बनती है। अन्य भाषाओं से रचनात्मक आदान-प्रदान का कार्य विश्व की प्रायः सभी भाषाओं ने किया है। प्रत्येक वर्ष बहुत से नए शब्दों को अंग्रेजी शब्दकोष में शामिल किया जाता है। निश्चित रूप से वही भाषा अंतर्राष्ट्रीय स्तर पर अधिक फलती-फूलती है, जिसमें अन्य भाषाओं की सफलता को समाहित करने की क्षमता हो। हिंदी भाषा ने भी उपमहाद्वीप में बोली जाने वाली अन्य सभी भाषाओं से सरलता और समग्रता पाने का प्रयास किया है।

भारत में हिंदी के प्रचार-प्रसार को बढ़ावा देने में भारतीय सिनेमा, टेलीविजन और अन्य संचार माध्यमों का अभूतपूर्व योगदान रहा है। भारत में निजी टीवी चैनल यद्यपि हिंदी भाषा और साहित्य पर विशेष रूप से कोई कार्यक्रम प्रस्तुत नहीं करते, परंतु भारतीय समाचार पत्र, मीडिया जगत और सरकारी प्रसारण संस्थान हिंदी सहित अन्य भारतीय भाषाओं के विकास के लिए कार्य करते रहे हैं। अमेरिकन टीवी पर 'स्पेल बी' जैसे कार्यक्रमों का आयोजन होता है, जिससे भाषा की शुद्धता को विकसित करने के लिए बच्चों को प्रेरित किया जाता है। इस प्रकार के कोई प्रयास भारतीय विचार माध्यमों में नहीं किए जा रहे हैं। भारतीय संचार माध्यम तथा टीवी चैनल आदि का अधिक ध्यान अपने कारोबार और राजनीति, खेल तथा मनोरंजन उद्योग से जुड़े समाचारों और आयोजनों पर ही अधिक रहता है। भारतीय भाषाओं के विकास के लिए इनके द्वारा निष्ठापूर्वक वैसे प्रयास नहीं किए जाते। हमारे यहां बच्चों के भाषा और सांस्कृतिक विकास के लिए पर्याप्त प्रयास नहीं किए जा रहे हैं।

भारतीय साहित्य, विशेषकर हिंदी साहित्य पर भारतीय टीवी चैनलों और अन्य संचार माध्यमों को सप्ताह में कम से कम एक या दो कार्यक्रम तो अनिवार्य रूप से करने ही चाहिए। भारतेंदु हरिश्चंद्र ने उचित ही कहा है 'निज भाषा उन्नति अहे, सब उन्नति को मूल।' अपनी मातृभाषा व राजभाषा के विकास पर ध्यान देना परम आवश्यक है, क्योंकि यह विषय हमारे स्वाभिमान और हमारी बुनियादी पहचान से जुड़ा होता है। हिंदी विश्व की तीसरी सबसे अधिक बोली जाने वाली भाषा है, लेकिन यह चिंता का विषय होना चाहिए कि विश्व व्यापार जगत में हिंदी का कहीं कोई स्थान ही नहीं है। इसका एक प्रमुख कारण है कि हिंदी आज न तो विज्ञान की भाषा ही बन सकी है और न ही यह आधुनिक करियर निर्माण विषयों और व्यवसायों की भाषा ही बन सकी है। हिंदी को उचित सम्मान व प्रतिष्ठा मिले, इसके लिए आवश्यक है कि इसके माध्यम से बड़े पैमाने पर रोजगार भी उपलब्ध हो सकें।

हिंदी आज अनेकानेक पूर्वाग्रहों की शिकार है। देश में अधिकांश हिंदी बोलने वाले भी हिंदी भाषा के प्रति पूर्वाग्रहों और संकीर्ण धारणाओं से ग्रस्त हैं। 'क्विलपैड' जैसे सॉफ्टवेयर, एक बेहतर रचनात्मक तकनीकी प्रयास हैं, जिसकी बदौलत 'एसएमएस' और 'व्हाट्सएप' पर शनैः-शनैः अब रोमन लिपि का वर्चस्व घटने लगा है। इंटरनेट पर भी विभिन्न भारतीय भाषाओं के प्रयोग की सुविधा, आने वाले दिनों में हमारी भाषाओं को पुनर्जीवित करने में महत्वपूर्ण भूमिका निभा सकती है। भारत सरकार को अब हिंदी को अनुष्ठान के रूप में विकसित और पुष्ट करने का संकल्प लेना होगा। भारतीय नागरिकों को भी राष्ट्रभाषा और अन्य भारतीय भाषाओं को सम्मान देने का भाव विकसित करना होगा।

विश्व के अनेक विकसित और सक्षम राष्ट्र भाषा के प्रति एक स्पष्ट राष्ट्रीय नीति और गौरव भाव रखते हैं। चीन, जापान, कोरिया, स्पेन, फ्रांस, जर्मनी जैसे अनेक देश अपनी भाषाओं के बल पर ही बहुत अधिक प्रगति करने में सक्षम हुए हैं। चीन का अपनी भाषा के प्रति गौरव भाव रखने का ही परिणाम है कि आज अमेरिका में चीनी भाषा 'मैंडरिन' सीखने वालों की संख्या बहुत तेजी से बढ़ रही है। स्पष्ट है कि भाषा के मामले में चीन ने अंग्रेजी नियंत्रित विश्व समुदाय के समक्ष घुटने नहीं टेके, बल्कि खुद को इतना सक्षम और समर्थ बना दिया कि आज पश्चिमी देश भी चीनी भाषा को सीखने के लिए लालायित हो रहे हैं। चीन का अपना स्वयं का एक सर्च इंजन है, जो मात्र चीनी भाषा में ही कार्य करता है। चीन ने 'फेसबुक' जैसे अंग्रेजी भाषा में काम करने वाले सोशल मीडिया मंचों को अपने देश में प्रवेश नहीं करने दिया है। भारत इस प्रकार के उदाहरण से प्रेरणा ले सकता है। अपनी भाषा के विकास के लिए भारतीयों को भी ऐसी ही दृढ़ इच्छाशक्ति दिखानी होगी। यदि दूसरे हमारी भाषा सीखने में दिलचस्पी नहीं ले रहे, तो हम ही मानसिक रूप से दासता से ग्रस्त क्यों हैं?

समाज में आज सर्वत्र सूचना, तकनीक और प्रौद्योगिकी का प्रभाव सर्वत्र दिखाई पड़ रहा है। संचार एवं सूचना क्रांति के प्रभाव से आज संपूर्ण राष्ट्र चमत्कृत है। प्रत्येक व्यक्ति संचार माध्यमों और तकनीक का जानकार बनना चाह रहा है। विद्यार्थी अपनी पढ़ाई के बाद और कामकाजी व्यक्ति अपनी नौकरी या व्यवसाय के बाद जिस शेष समय में अपनी रचनात्मकता का विकास करते थे, वह समय पूरी तरह से अब सूचना, तकनीक के साधनों और आधुनिक संचार माध्यमों के हवाले हो चुका है। प्रायः ऐसा लगने लगा है कि मानो सूचना, तकनीक हमारे लिए नहीं है, वरन हम स्वयं सूचना, तकनीक के लिए बने हैं और उसके दास होकर रह गए हैं। वास्तव में सूचना-तकनीक स्वयं में एक साधन मात्र है, साध्य नहीं। इसके विपरीत आज हमने इसे साध्य मान लिया है।

साधन को ही साध्य मान लेने की अपरिपक्वता और अदूरदर्शिता से भारतीय जीवन में आज रचनात्मकता, सृजनशीलता व संवेदनशीलता का तेजी से ह्रास होता जा रहा है। 'ईमेल' और 'चैटिंग' के दौर में पत्र लिखने की कला लुप्त होती जा रही है। पत्र लेखन के द्वारा व्यक्ति की रचनात्मकता व सृजनशीलता का विकास होता है। पत्र के द्वारा ही अपेक्षित भावों का उचित संप्रेषण संभव है, मैसेज के द्वारा नहीं। सूचना तकनीक में क्रांति से न केवल पत्र लेखन की कला का ह्रास हो रहा है, अपितु इनके प्रभाव से अनेकानेक दूसरी कलाएं भी अपना अस्तित्व खोती जा रही हैं, जिसके फलस्वरूप रचनात्मकता को बहुत नुकसान पहुंच रहा है।

हिंदी वास्तव में वैदिक भाषा का ही एक परिष्कृत रूप है। पाली, प्राकृत से लेकर देवनागरी लिपि तक संस्कृत का सफर सदियों पुराना है।

हिंदी आज भारतीय संस्कृति की पहचान बन गई है। किसी भी अन्य देश की तुलना में भारत मातृभाषा और स्थानीय भाषाओं के संदर्भ में कई जटिलताओं से घिरा हुआ है। जिस देश में प्रत्येक 'चार कोस' पर भाषा बदल जाने की मिसाल दी जाती है, वहां ऐसी जटिलताएं स्वाभाविक ही हैं। वर्तमान में देश में लगभग दो दर्जन आधिकारिक भाषाएं हैं और अनेक यह दर्जा पाने की होड़ में हैं। स्पष्ट है कि अब तक भारतीय स्वयं को एक सर्वमान्य राष्ट्रीय भाषा के ध्वज तले एकजुट नहीं कर सके हैं और यही राष्ट्रभाषा तथा अन्य भारतीय भाषाओं की बदहाली का सबसे बड़ा कारण रहा है। इसी वजह से भारतीय भाषाएं, शिक्षा और नौकरियों में से लुप्त होती जा रही हैं।

भारत में संस्कृत आज बोलचाल की भाषा नहीं रह गई है और बहुत कम लोग ही ऐसे होंगे, जो इस भाषा के जरिये अपनी आजीविका कमाने में समर्थ होंगे। संस्कृत तमाम संपन्नता के बावजूद अपनी प्रासंगिकता बचा नहीं सकी है। संस्कृत सिर्फ समाज से ही ओझल नहीं हुई, बल्कि स्कूली शिक्षा में भी जर्मन, फ्रेंच, कोरियन आदि विदेशी भाषाओं ने उसका स्थान ले लिया है। भारत सरकार को इस दुर्व्यवस्था को बदलने के

लिए तत्काल ठोस कदम उठाने होंगे।

'सीबीएसई' बोर्ड की एक बड़ी कमजोरी यह है कि उसमें हिंदी समेत अन्य भारतीय भाषाएं एक विषय के रूप में तो सम्मिलित कर ली गई हैं, किंतु वे अब तक अध्ययन का माध्यम नहीं बनाई गई हैं। यह स्थिति तब है जब हिंदी और अन्य भारतीय भाषाएं अंग्रेजी के मुकाबले बोलचाल में अधिक प्रचलन में है और विद्यार्थियों के लिए विषयवस्तु को समझने में अधिक मददगार हो सकती हैं। दो-तीन वर्ष संस्कृत की पढ़ाई से उन्हें अपनी संस्कृति के बारे में शायद ही कोई ठोस ज्ञान हो सके। वेद-उपनिषद के ज्ञान तक पहुंचने के लिए उन्हें संस्कृत का गहन अध्ययन करना होगा और आज के जमाने में यह संभव नहीं है कि विद्यार्थी केवल वेद-उपनिषद और अन्य प्राचीन ग्रंथ पढ़ने के लिए संस्कृत का इतना गहन अध्ययन करें। इसके लिए उन्हें स्कूल, कॉलेज से निकलकर विश्वविद्यालयों में भी संस्कृत विषय का अध्ययन करने के लिए प्रोत्साहित करना होगा।

हमारे नीति-नियंताओं को इस पर ध्यान देना चाहिए कि देश में अपनी संस्कृति का गहन अध्ययन करने और उसके प्रचार-प्रसार में योगदान देने वाले लोगों की कमी क्यों होती जा रही है? यह भारत सरकार तथा राज्यों का दायित्व है कि वह देश की सांस्कृतिक धरोहर बचाने के लिए लोगों को महाविद्यालयों अथवा विश्वविद्यालयों में सांस्कृतिक विषयों के गहन अध्ययन और शोध के लिए प्रेरित करें। राष्ट्रभाषा तथा संस्कृत इस अध्ययन का एक महत्वपूर्ण पहलू होना चाहिए।

हिंदीः भारतीयता की वाहक -

वस्तुतः कोई भी राष्ट्र बिना अपनी मौलिक भाषा के विश्व जगत में एक सम्मानजनक एवं दृढ़ स्थान प्राप्त नहीं कर सकता है। भारत की पहचान आज संपूर्ण विश्व में हिंदी से है और इसे सशक्त एवं लोकप्रिय बनाकर ही अंतर्राष्ट्रीय मंच पर भारत एक सक्षम राष्ट्र के रूप में स्वीकृति प्राप्त कर सकता है। यह दुर्भाग्य का विषय है कि स्वतंत्रता के उपरांत भी देश में हिंदी के विकास को लेकर पर्याप्त प्रयास नहीं हुए हैं। हिंदी और उससे जुड़ा साहित्य आज कई प्रकार के बदलावों का सामना कर रहा है। वर्तमान हिंदी साहित्य आधुनिकता और उसके बाद के विमर्श से भी परिचित हो रहा है।

सूचना-तकनीक और संचार माध्यमों के बढ़ते प्रयोग के बीच पल-बढ़ रही नई युवा पीढ़ी के प्रयासों से आज 'हिंग्लिश' जन्म ले रही है और सरल बनाने के नाम पर हिंदी को अंग्रेजी जैसा ही बना डालने का प्रयास किया जा रहा है। संस्कृतनिष्ठ हिंदी भी अबूझ होने के कारण प्रयोग से बाहर हो जाती है। हिंदी ही निश्चित रूप से भारत की सांस्कृतिक विरासत की वाहिका और सामाजिक स्मृति का कोष रही है। वह भारतीय ज्ञान संवर्द्धन के लिए एक महत्वपूर्ण 'खिड़की' है, जिसे खुला रखना आवश्यक है। राष्ट्र यह विश्वास करता है कि भविष्य में भाषा के प्रति कहीं अधिक गंभीर दृष्टिकोण

अपनाया जाएगा और बहुत तेजी से हिंदी को समर्थ भाषा के रूप में स्थापित करने के लिए हरसंभव प्रयास किया जाएगा।

भारत में जन्मी तथा पली-बढ़ी हिंदी, देश की संस्कृति का अंग भी है और समर्थ भारत के निर्माण में भी इसकी प्रमुख भूमिका रही है। धर्म, जाति, क्षेत्र जैसी बाधाएं लांघती हिंदी में अमीर खुसरो, कबीर, सूर, तुलसी, जायसी, मीरा, रैदास, रसखान, भारतेंदु, प्रेमचन्द्र, प्रसाद, निराला जैसे तमाम रचनाकारों का समावेश है। वल्लभाचार्य, रामानुज, बिठ्ठलदास, रामानंद, केरल के स्वाति तिरुनाल, महाराष्ट्र के संत देवराज, तंजौर के साहूजी, मछलीपतनम के आंदेल पुरुषोत्तम ने हिंदी में काव्य-रचना की। गुजरात के नरसी मेहता, महाराष्ट्र के नामदेव और ज्ञानेश्वर, पंजाब के गुरु नानक देव, असम के शंकरदेव, बंगाल के चैतन्य महाप्रभु, गुजरात के महर्षि दयानंद और अनेक सूफी संतों ने भी हिंदी भाषा के माध्यम से ही देश के जन-जन तक अपनी बात निवेदित की।

गांधीजी ने हिंदी को संपर्क भाषा के रूप में स्वतंत्रता आंदोलन का हिस्सा बनाया। वे स्वयं चाहते थे कि हिंदी भाषा सरल, सभी को स्वीकार्य और तकनीकी रूप से सक्षम हो। उनके शब्दों में हिंदी उस भाषा का नाम है, जिसे भारत में हिंदू और मुसलमान कुदरती तौर पर बगैर प्रयत्न के बोलते हैं। हिंदुस्तानी और उर्दू में कोई फर्क नहीं है। देवनागरी में लिखी जाने पर वह हिंदी और फारसी लिपि में लिखी जाने पर वह उर्दू हो जाती है।

भारतीय संसद ने 14 सितंबर 1949 में हिंदी को 'राजभाषा' के रूप में स्वीकार किया था। औपनिवेशिक मानसिकता और सीमित स्वार्थों के कारण ही देश में आज तक हिंदी का प्रचार-प्रसार वांछित स्तर तक नहीं हो पाया है। भाषा के संदर्भ में आवश्यक दिशा-निर्देश संविधान के अनुच्छेद 343 में 'राजभाषा' के रूप में उल्लिखित और अनुच्छेद 351 में वर्णित संविधान की 8वीं अनुसूची में समाविष्ट हैं। हिंदी लगभग 50 करोड़ लोगों की मातृभाषा, साहित्यिक भाषा और जातीय भाषा है। देवनागरी लिपि में लिखी जाने वाली कई अन्य भाषाएं भी हिंदी की निकट संबंधी हैं। स्पष्ट है कि हिंदी ही संपूर्ण भारत को एक सूत्र में जोड़ने की सामर्थ्य रखती है।

अंतर्राष्ट्रीय स्तर पर हिंदी की प्रतिष्ठा में वृद्धि हो, इसके लिए योजनाबद्ध ढंग से व्यापक प्रयास किए जाने की आवश्यकता है। विश्व स्तर पर हिंदी को विकसित और प्रतिष्ठापित करने की दिशा में कई अच्छे प्रयास भी होते रहे हैं। कई संगठन, साहित्यकार और भाषा प्रेमी हिंदी के विकास और संवर्द्धन के लिए अपना संपूर्ण जीवन तक अर्पित करते रहे हैं। आज यह भी प्रयास चल रहे हैं कि किस प्रकार हिंदी को नई सूचना एवं तकनीक प्रधान युग में अनुकूलनशील बनाया जाए। अंतर्राष्ट्रीय स्तर पर हिंदी के विकास में प्रवासी भारतीयों की विशेष भूमिका रही है। वे भारत से बाहर भारत की भाषा-संस्कृति को जीवंत और पुष्ट किए हुए हैं।

विदेशों में हिंदी की अनेक पत्र-पत्रिकाओं का भी प्रकाशन हो रहा है। मॉरीशस का 'बसंत', इंग्लैंड की 'पुरवाई', अमेरिका का 'सौरभ' और 'विश्व विवेक' तथा नार्वे का 'शांतिदूत' विशेष रूप से उल्लेखनीय हैं। अनेक भाषाओं के द्विभाषी शब्दकोश भी तैयार किए गए हैं। अनेक प्रवासी भारतीय लेखकों द्वारा बेहद महत्वपूर्ण लेखन निरंतर किया जा रहा है। अनुकरणीय बात यह है कि अधिसंख्य प्रवासी भारतीय हिंदी को भारतीय अस्मिता का प्रतीक मानते हैं। अनेक रचनाओं का विदेशी भाषाओं में अनुवाद हुआ है। कम्प्यूटर और इंटरनेट के चलते हिंदी की वैश्विक धरातल पर उपस्थिति निरंतर बढ़ रही है, जैसा कि 'गूगल' की पहल से भी स्पष्ट होता है। अखबारों के 'ई-संस्करण' भी निकल रहे हैं। आज हिंदी थाईलैंड, संयुक्त राज्य अमेरिका तथा इंग्लैंड आदि अनेक देशों में भी प्रयुक्त हो रही है। संख्या एवं स्वीकार्यता की दृष्टि से चीनी और अंग्रेजी भाषा के बाद हिंदी ही आज विश्व में सर्वाधिक बोली एवं प्रयोग की जाने वाली भाषा है। विगत कुछ वर्षों में साहित्य की दृष्टि से हिंदी भाषा सृजनधर्मी, लचीली और संप्रेषण लायक हुई है। संचार माध्यमों में हिंदी प्रभावी हो रही है। उसके उपयोग के क्षेत्र बढ़े हैं और अभिव्यक्ति-सामर्थ्य का विस्तार हुआ है।

□□

3. भाषा के संदर्भ में हीनभाव

हिंदी को भारतीय संविधान द्वारा संघ की अधिकृत भाषा के रूप में स्थापित किया गया। अंग्रेजी को संविधान पारित होने से पहले की ही भांति स्वतंत्र भारत में संविधान लागू होने के बाद पहले 15 वर्षों के लिए राजकाज की भाषा के रूप में इस्तेमाल करने पर सहमति स्थापित हुई। यह भी प्राविधान किया गया कि यदि आवश्यकता हुई, तो भारतीय संसद कानून बनाकर राजकाज की भाषा के रूप में अंग्रेजी के प्रयोग को 15 वर्ष की अवधि के लिए और बढ़ा सकती है। इस प्रावधान से यह पता चल जाता है कि भारतीय संविधान निर्माता और नीति नियंता चाहते थे कि साल दर साल क्रमिक रूप से राजकाज की भाषा के रूप में अंग्रेजी का प्रयोग और उस पर निर्भरता निरंतर कम होती जाए और इस अवधि में राष्ट्रीय भाषा के रूप में हिंदी को पर्याप्त रूप से सक्षम और विकसित कर लिया जाए, ताकि समस्त नीतिगत, प्रशासनिक तथा विधिक कार्य आसानी से हिंदी में किए जा सकें।

ऐसा करने के लिए भारतीय संविधान के अनुच्छेद 351 के अंतर्गत नीति निर्देश भी स्पष्ट किए गए थे, जिनके अनुसार संघ का यह कर्तव्य होगा कि वह हिंदी भाषा का प्रसार बढ़ाए तथा उसका समग्र विकास करे, जिससे कि वह भारत की सामाजिक संस्कृति के समस्त तत्वों की अभिव्यक्ति का उचित माध्यम बन सके। यह भी निर्देशित किया गया कि उसमें भाषायी हस्तक्षेप किए बिना 'हिंदुस्तानी' के और आठवीं सूची में विनिर्दिष्ट भारत की अन्य भाषाओं के प्रयुक्त रूपों, शैलियों और पदों को आत्मसात करते हुए और जहां आवश्यक या वांछनीय हो, वहां उसके शब्द भंडार के लिए मुख्यतः संस्कृत से और अन्य भाषाओं से शब्द ग्रहण करते हुए उसकी समृद्धि सुनिश्चित करे।

निश्चय ही हिंदी भाषा को राष्ट्रभाषा के रूप में स्थापित करने और समग्र रूप में उसका संवर्द्धन करने के लिए संविधान निर्माताओं की नीयत पर संदेह नहीं किया जा सकता। वास्तव में स्वतंत्र भारत के पहले ही दशक में संघ के शासन व प्रशासन तंत्र में उच्च पदों पर अंग्रेजी भाषी बैठे हुए थे। भारतीय सशस्त्र सेनाओं, विधि क्षेत्र तथा व्यावसायिक क्षेत्र में भी औपनिवेशिक सम्मोहन से ग्रस्त अंग्रेजी भाषाई लोगों का प्रभुत्व था। इस वर्ग का छुपा हुआ एजेंडा कुछ और ही था। ये लोग भारतीय संविधान के

प्रावधानों को अमल में लाए जाने के प्रति गंभीर नहीं थे। वे अंग्रेजी भाषा के सम्मोहन से ग्रस्त थे और उसी भाषा में व्यवहार करने के अभ्यस्त हो चुके थे।

औपनिवेशिक सभ्यता के यह अनेकानेक मानसिक दास विदेशी भाषा के मोह में अड़ कर अपनी मातृ भाषा, संस्कृति तथा पहचान तक को बहुत पहले ही छोड़ चुके थे। इस वर्ग को स्वतंत्र भारत के शक्तिमान नेता तथा प्रधानमंत्री जवाहर लाल नेहरू का पूर्ण संरक्षण प्राप्त था। स्पष्ट है कि स्वतंत्रता प्राप्ति के पश्चात भारत में राष्ट्रवादी मूल्यों के संचार के लिए जो प्रयास किए जाने चाहिए थे तथा इस दिशा में जो भी कारगर कदम तत्समय उठाए जाने चाहिए थे, वैसा कुछ भी नहीं किया गया। निश्चित रूप से भारत ने इस बेहद दुर्लभ और कीमती अवसर को अदूरदर्शिता के कारण गंवा दिया। इस प्रकार के राष्ट्रद्रोह को क्षमा नहीं किया जा सकता।

मुठ्ठी भर राष्ट्रद्रोही लोगों ने स्वार्थवश अपनी औपनिवेशिक मानसिक दासता के कारण तथा शासन तंत्र तथा लाभ के महत्वपूर्ण पदों पर अपनी पकड़ बनाए रखने के लिए करोड़ों भारतवासियों के भविष्य और राष्ट्र के सम्मान को हमेशा के लिए दांव पर लगा दिया। स्वतंत्र भारत में नेहरू के अनुयायियों ने भाषा को लेकर निरंतर कुटिल चालें चलीं। भाषाई आधार पर राज्यों के पुर्नगठन को लेकर राष्ट्रव्यापी टकरावों को आधार बनाकर भी अंग्रेजी के हित निरंतर साधे जाते रहे। स्वतंत्र भारत में अब तक अंग्रेजी भाषाइयों का ही सर्वत्र प्रभाव बना रहा और वे स्वयं को राष्ट्र का 'भाग्य विधाता' और 'नीति नियंता' मानते रहे हैं। इसी वर्ग ने जान-बूझकर अपने फायदे के लिए एक भारत के अंदर कई अनेक देशों, वर्गों तथा संप्रदायों का निर्माण कर दिया।

भाषा का बाजार -

वर्तमान में भाषा का क्षेत्र एक बहुत बड़ा व्यापार बन चुका है। अंग्रेजीपरस्त भाषा नीति के फलस्वरूप अंग्रेजी की बड़ी व्यापारिक सफलता को देखकर फ्रेंच, जर्मन और स्पैनिश भाषाएं भारत में निरंतर अपना दायरा बढ़ाने के प्रयास में अनवरत जुटी हुई हैं। विदेशी सरकारें हमारे स्कूलों में अपनी भाषाओं के लिए जगह बनवाकर अपने विश्वविद्यालयों के लिए भावी शिक्षार्थी तैयार करती रहती हैं। यह शिक्षार्थी भारी-भरकम विदेशी मुद्रा खर्च करके विदेशों में पढ़ने जाते हैं। भारतीय मीडिया और समाचार पत्रों में प्रतिदिन सामने आने वाले विदेशी शैक्षणिक संस्थानों के अनेक विज्ञापन भारतीय विद्यार्थियों को आकृष्ट करते हैं। इंग्लैंड और अमेरिका के अनेक विश्वविद्यालय जब से लाखों भारतीय विद्यार्थियों को आकर्षित कर अरबों डॉलर की कमाई करने लगे हैं, तब से यूरोप के अन्य देश भी भारतीय छात्रों को आकर्षित करने के प्रयास में निरंतर लगे हुए हैं। भारतीय छात्र स्कूल में जर्मन पढ़ेंगे, तो उच्च शिक्षा के लिए जर्मनी ही जाएंगे। विकसित राष्ट्रों की यह नीति भारतीय शिक्षा और ज्ञान को गंभीर क्षति पहुंचा रही है।

भारत को शिक्षा के क्षेत्र में अब राष्ट्रहित को और अधिक नजरंदाज नहीं करना चाहिए।

भारत में व्याप्त वैचारिक पाखंड के कारण भारतीय शिक्षा और भारतीय भाषाओं की बहुत अधिक दुर्दशा हो चुकी है। यह दुर्दशा अभी भी अनवरत जारी है। यह इस देश की भाषाओं का दुर्भाग्य है कि उनके पक्ष में बोलना 'पिछड़ापन' कहलाता है, जबकि विदेशी भाषाओं को 'आधुनिक' होने का तमगा समाज में दिया जाता है। भारतीय भाषाओं के विषय में एक सोची-समझी रणनीति के अंतर्गत निरंतर भ्रामक प्रचार किया जाता रहा है। प्रायः 'संस्कृत' को हिंदुत्ववाद से जोड़ दिया जाता है और उसे सांप्रदायिक भाषा की तरह पेश किया जाता है। आज संपूर्ण विश्व को यह बताए जाने की आवश्यकता है कि संस्कृत ज्ञान की बड़ी भाषा थी और अब तक है। संस्कृत के ग्रंथों और संस्कृत साहित्य को पढ़कर सहज ही इसका अनुभव किया जा सकता है।

संस्कृत भाषा का आकर्षण तो इतना है कि उसके धुर विरोधी सेक्यूलर तक अपने बच्चों के नाम संस्कृतगर्भित ही रखना पसंद करते हैं। संस्कृत भाषा को लेकर देश के मनीषियों में सदैव ही एक आकर्षण और सम्मान का भाव रहा है। इससे इनकार नहीं किया जा सकता कि संस्कृत भाषा ही प्राचीन भारतीय सभ्यता, संस्कृति, दर्शन, कला और साहित्य की दृष्टा और वाहक रही है।

स्वाधीनता आंदोलन के दौरान देश के सर्वोच्च राष्ट्रीय नेताओं तथा मनीषियों यथा-तिलक, रवीन्द्रनाथ ठाकुर, महात्मा गांधी, श्री अरविंद आदि का आग्रह था कि संस्कृत ही भारत में कालांतर में उत्पन्न हुईं समस्त क्षेत्रीय भाषाओं की जननी है। भारतीय आत्मबोध को जागृत करने वाले प्राचीन वांगमय का प्रवेशद्वार तो संस्कृत भाषा ही हो सकती है। गांधी जी कहा करते थे कि प्रत्येक भारतवासी को संस्कृत भाषा सीखनी ही चाहिए। उनका कहना था कि मुस्लिम और ईसाई बच्चों को भी संस्कृत की शिक्षा देना आवश्यक है। गांधी जी ने 1930 में कारागृह में सरदार पटेल आदि सभी सहयोगियों को संस्कृत पाठन के लिए प्रेरित किया। महादेव भाई की डायरी और गांधीजी के पत्राचार में यह दृष्टांत सुरक्षित है। संस्कृत का स्थान जर्मन भाषा को दे देने वाले कथित अभिजात्य व्यक्तियों को न भारत के इतिहास का बोध है, न ही उन्हें राष्ट्रीय एकता और राष्ट्रीय गौरव की ही कोई चिंता है।

प्राच्य विद्या के रूप में संस्कृत के विविध पक्षों पर विदेशों में अनेक विश्वविद्यालयों में शोध और अध्ययन का कार्य हो रहा है, परंतु भारत में इसकी उपेक्षा चिंता का विषय है। भारत में संस्कृत भाषा की दुर्दशा का प्रमुख कारण संस्कृत को लेकर व्याप्त भ्रम, अफवाह तथा हीन भावना और इसे पुरातनपंथी मानना रहा है। इसे केवल संग्रहालय और ऐतिहासिक महत्व की वस्तु मात्र मान लिया गया है। संस्कृत को छद्म पंथनिरपेक्षता के लिए खतरा मानना, वस्तुतः तथ्य पर आधारित न होकर एक नितांत रूढ़िगत धारणा है। भारत में संस्कृत के प्रति यह दुर्भावना पूर्वाग्रह तथा राजनैतिक कारणों से भी ग्रसित

है। संस्कृत को खोने का मतलब होगा, प्राचीन भारतीय विशाल ज्ञान संपदा से देश को वंचित कर दिया जाना।

भाषा वास्तव में मात्र अक्षर या शब्द भंडार की यांत्रिक व्यवस्था मात्र नहीं होती है। यह अपने साथ बहुत सारे विचार और दर्शन भी लाती है। विश्व और समाज को देखने का एक दृष्टिकोण भी भाषा ही प्रदान करती है। निश्चित रूप से भाषा इस पृथ्वी पर मनुष्य का अब तक का सर्वश्रेष्ठ एवं सर्वाधिक महत्व का 'अविष्कार' रहा है। संस्कृत की विरासत संभालकर ही भारत अपनी मौलिकता बचा सकता है। भारतीय भाषाओं के माध्यम से ही भारत वैश्विक मंच पर समकालीन विमर्श में एक सार्थक उपस्थिति बना सकेगा।

इससे असहमत नहीं हुआ जा सकता कि भारतीय संस्कृति और सभ्यता का आधार संस्कृत भाषा ही है। जिन वेद, उपनिषद जैसे ग्रथों को भारत की पहचान माना जाता है, वे संस्कृत भाषा में ही लिखे गए हैं और कोई भी संस्कृत भाषा को जाने बिना इन ग्रंथों के मर्म को नहीं समझ सकता। समय के साथ जैसे-जैसे संस्कृत का प्रसार कम होता गया, वैसे-वैसे ही वेद-उपनिषद आदि ग्रंथ भी लोगों की स्मृति से ओझल होते गए। परिणाम यह हुआ कि जो ज्ञान इन ग्रंथों में भरा पड़ा है, उसका पूरा लाभ समाज को नहीं मिल पा रहा है।

यह सही है कि संस्कृत भाषा की अपनी कुछ जटिलताएं हो सकती हैं, लेकिन विश्व में ऐसी कौन सी भाषा है, जिसमें कुछ जटिलताएं न हों? भारत में प्रायः संस्कृत को समाज में व्याप्त जाति-भेद और पाखंड से भी जोड़कर देखा जाता रहा है। इन धारणाओं के कारण ही संस्कृत में उपलब्ध ज्ञान का वांछित लाभ भारतीय समाज एवं राष्ट्र को अब तक नहीं मिल सका है। संस्कृत ने धीरे-धीरे अपनी पहचान खोई है। मुगल शासन के पहले संस्कृत पठन-पाठन का माध्यम होने के साथ-साथ भारतीय समाज में भी व्यापक रूप से लोकप्रिय थी। कालांतर में अरबी-फारसी के बढ़ते प्रभाव के बीच संस्कृत हाशिये पर जाती रही। मुगल शासन में राजकाज की भाषा अरबी-फारसी थी और यह स्वाभाविक है कि जिस भाषा को शासकीय सहयोग, संरक्षण मिलता है, वह अन्य भाषाओं की तुलना में कहीं अधिक तेजी से फलती-फूलती है।

सरकार ने गत वर्ष नवंबर 2014 में केंद्रीय विद्यालयों में कक्षा छह से आठ तक के छात्रों को तीसरी भाषा के रूप में जर्मन की जगह संस्कृत पढ़ाने का आदेश जारी किया था। कुछ अभिभावकों ने इस आदेश को सुप्रीम कोर्ट में चुनौती दी। जिस पर सुप्रीम कोर्ट ने सरकार से जवाब मांगा था। सरकार ने स्पष्ट रूप से कहा है कि सारे पहलुओं पर विचार करने के बाद ही जर्मन की जगह संस्कृत पढ़ाने का फैसला किया गया है। ऐसा करते समय ध्यान रखा गया है कि न तो बच्चों पर अतिरिक्त बोझ पड़े और न ही उनके हित प्रभावित हों। इसलिए इस वर्ष सिर्फ शुरुआती संस्कृत पढ़ाई जाएगी। जो बच्चे कक्षा आठ में हैं, उन्हें कक्षा छह के पहले सत्र की ही संस्कृत पढ़ाई जाएगी, ताकि उन पर बोझ न पड़े।

कक्षा छह से आठ तक बच्चों की प्रगति का आंकलन स्कूल के अध्यापकों द्वारा ही किया जाता है। बाहर के शिक्षक उनका आंकलन नहीं करते हैं। ऐसे में उन्हें परेशान होने की जरूरत नहीं है। जो बच्चे जर्मन भाषा के आधार पर अपना करियर बनाना चाहते हैं, उनके हित भी प्रभावित नहीं होंगे, क्योंकि जर्मन अतिरिक्त विषय के रूप में पढ़ी जा सकती है। ऐसे में देश भर में 504 केंद्रीय विद्यालयों में जर्मन पढ़ रहे 74 हजार बच्चों के हित भी प्रभावित नहीं होंगे। इनमें से लगभग 24 हजार बच्चे जर्मन भाषा अतिरिक्त विषय के तौर पर ही पढ़ रहे हैं। सरकार ने कहा है कि अभी तक जर्मन, केंद्रीय विद्यालय संगठन और मैक्समूलर भवन के बीच हुए करार के तहत पढ़ाई जा रही थी। यह करार सितम्बर 2014 को समाप्त हो गया और सरकार ने भी इसे उचित ही राष्ट्रहित में दोबारा नवीनीकृत नहीं किया है। स्पष्ट है कि यदि भारत को समर्थ और सशक्त बनाना है, तो अनिवार्य रूप से भारतीय भाषाओं और शिक्षा को भी आत्मनिर्भर और स्वाभिमानयुक्त बनाना होगा।

'तकनीक' से बदलती भाषाएं –

नवीन सूचना तकनीक प्रौद्योगिकी तथा 'इंटरनेट' आज वैश्विक ज्ञान का प्रमुख स्रोत बने हुए हैं। वर्तमान युग में कोई भी भाषा तब तक सशक्त नहीं हो सकती, जब तक कि उसका व्यापक प्रयोग 'इंटरनेट' पर संभव न हो। आंकड़े बताते हैं कि वर्तमान में 'इंटरनेट' पर उपलब्ध 55.8 प्रतिशत सामग्री अंग्रेजी भाषा में है, जबकि विश्व की मात्र 5 प्रतिशत जनसंख्या ही अंग्रेजी का प्रयोग अपनी प्रथम भाषा के रूप में करती है। विश्व के मात्र 21 प्रतिशत लोग ही अंग्रेजी की समझ रखते हैं। इसकी अपेक्षा अरबी या हिंदी जैसी भाषाओं में, जो दुनिया में बड़े पैमाने पर बोली जाती है, 'इंटरनेट' सामग्री क्रमशः 0.8 और 0.1 प्रतिशत ही उपलब्ध है। बीते कुछ वर्षों में इंटरनेट और विभिन्न सोशल नेटवर्किंग साइट्स जिस तरह लोगों की अभिव्यक्ति, आशाओं और अपेक्षाओं का माध्यम बनकर उभरी हैं, वह उल्लेखनीय है। वास्तव में भारत में इंटरनेट को भी तभी और गति तथा लोकप्रियता प्रदान की जा सकती है, जब इसकी अधिकतर सामग्री हिंदी समेत अन्य क्षेत्रीय भाषाओं में हो।

हिंदी और अन्य भारतीय भाषाओं को 'इंटरनेट' पर बढ़ावा देना होगा, तभी गैर अंग्रेजी भाषी लोग 'इंटरनेट' से ज्यादा जुड़ेंगे। हिंदी और अन्य क्षेत्रीय भाषाओं के विस्तार का दायरा अभी भले ही 'इंटरनेट' खोज और वॉयस सर्च तक सिमटा है, मगर उम्मीद यही है कि इस प्रयोग का असर जीवन के प्रत्येक क्षेत्र में पड़ेगा। इसका सबसे बड़ा फायदा ग्रामीण क्षेत्रों में रहने वाले किसानों को मिलेगा, क्योंकि 'इंटरनेट' पर अभी तक हिंदी या अन्य क्षेत्रीय भाषाओं में खेती से संबंधित बहुत ज्यादा सामग्री उपलब्ध नहीं हो पाई है और उनका अंग्रेजी ज्ञान भी अत्यंत सीमित है।

वैश्विक बाजार में आज संपर्क भाषा के रूप में अंग्रेजी का वर्चस्व सिद्ध है, किंतु

विश्व में अधिकांश देश अपनी भाषा में ही न केवल कार्य कर रहे हैं, बल्कि इनके प्रति वह एक गौरव का भाव भी रखते हैं। आज विश्व में सबसे अधिक लोग 'मंडारिन' भाषा का उपयोग करते हैं। 'मंडारिन' भाषा का प्रयोग करने वाले लोग मुख्यतः चीन, ताइवान, सिंगापुर, मलेशिया आदि में रहते हैं। इसके बाद विश्व में सबसे अधिक बोली जाने वाली भाषा हिंदी है, जो भारत, नेपाल, फिजी, मॉरिशस के लोग बोलते हैं, किंतु देश में एक ऐसा कथित अभिजात्य वर्ग है, जो हिंदी को लेकर हीनभावना रखता है।

यह आश्चर्यजनक है कि अंग्रेजी बोलने वालों की संख्या विश्व में मात्र 5.43 प्रतिशत ही है, परंतु इस भाषा का आधिपत्य संपूर्ण वैश्विक तंत्र पर सिद्ध हो चुका है। निश्चय ही यह उपलब्धि अंग्रेजी भाषियों की मेहनत और तकनीक के क्षेत्र में उनके द्वारा किए गए निरंतर नवीन शोधों का परिणाम है। भारत में इसी उपलब्धि को प्रेरणा मानकर क्यों नहीं हम अपनी मातृभाषा को सक्षम, लोकप्रिय और सशक्त बना सकते हैं। विडंबना यह है कि भारत का संपन्न, सक्षम और कथित अभिजात्य वर्ग ही भारतीय भाषाओं का विरोधी है। इसी की वजह से भारतीय भाषाएं अपेक्षित विकास, स्वीकृति, लोकप्रियता तथा सम्मान प्राप्त नहीं कर पा रही हैं। भारतीय भाषाओं के विरुद्ध हो रही इस साजिश को 'राष्ट्रद्रोह' की संज्ञा दी जानी चाहिए।

विश्व में सर्वाधिक बोली जाने वाली भाषाओं में जर्मन 11 वें स्थान पर है, किंतु 'कुलीन' कहे जाने वाले भारतीय तथा हमारे नीति नियंता ही देश की संस्कृति की वाहक 'संस्कृत' से अधिक वरीयता जर्मन भाषा को दे रहे हैं। वास्तव में ऐसे लोग मैकाले-मार्क्स के 'मानसपुत्र' हैं। इस देश की शिक्षा पद्धति मैकाले की नीति पर चल रही है, जिसने देश की शिक्षा एवं शासन व्यवस्था में अंग्रेजी माध्यम को ब्रिटिश औपनिवेशिक हितों को साधने के लिए लागू किया था। उसकी योजना अंग्रेजी भाषा और पाश्चात्य रहन-सहन से युक्त ऐसे छद्म तथा जड़विहीन भारतीय वर्ग का सृजन करने की थी, जो स्थानीय स्तर पर ब्रितानियों का न केवल पक्षधर बनता, वरन औपनिवेशिक तंत्र को भारत में अनंत काल तक चिरस्थायी भी बनाए रखता।

आजादी प्राप्त होते ही देश में अंग्रेजी औपनिवेशिक काल में प्रचलित शिक्षा और शासन पद्धति को तत्काल बदला जाना चाहिए था, किंतु ऐसा नहीं किया गया। मैकाले के 'मानस पुत्रों' ने इस राष्ट्र के स्थान पर औपनिवेशक तंत्र के प्रति अपनी स्वामी भक्ति सिद्ध की। नेहरू, जो खुद को मानसिक और वैचारिक स्तर पर एक अंग्रेज ही मानते थे, उन्होंने इसकी आवश्यकता नहीं समझी कि भारतीय शिक्षा और शासन व्यवस्था 'भारतीय' लगे। उन्होंने देश की शीर्ष शिक्षण नियामक संस्थानों और देश के प्रशासनिक तंत्र को ऐसे हाथों में सौंप दिया, जो इस धरा की संस्कृति और राष्ट्रप्रेम के भाव से लगभग विरक्त से थे और वे मात्र आंग्लवादी विचारधारा तक ही सीमित होकर रह गए। मैकाले के इन्हीं 'मानसपुत्रों' के दूषित आचरण के कारण ही भारत कभी भी वैश्विक

मंच पर एक गरिमापूर्ण राष्ट्र के रूप में स्थापित नहीं हो सका है। भारत में शैक्षिक क्षेत्र में जो भी थोड़ा-बहुत सुधार स्वतंत्र भारत में हुआ भी है, उसमें भी अधिकांशतः प्राच्यवादियों और राष्ट्रवादी चिंतकों का ही योगदान रहा है।

क्या बिहार, उत्तर प्रदेश, झारखंड, राजस्थान, हरियाणा जैसे भारतीय राज्यों के लाखों गांवों में रहने वाले तथा अपनी भाषा में पढ़ने वाले करोड़ों नागरिकों को इस आधार पर नकार देना कि उन्हें अंग्रेजी नहीं आती, नागरिकों के मूल अधिकारों के खिलाफ की गई कार्रवाई नहीं है? क्या ज्ञान, कौशल या बुद्धिमत्ता पर मात्र अंग्रेजी भाषा का ही विशेषाधिकार सिद्ध है? अंग्रेजी भाषियों का यह तर्क भी निराधार ही है कि विश्व भर में कानून और तकनीक की भाषा सिर्फ अंग्रेजी ही है। क्या जर्मनी, जापान, चीन, कोरिया तथा फ्रांस जैसे देश कानून, प्रशासन, अनुसंधान तथा शोध संबंधी समस्त कार्य अपनी राष्ट्रीय भाषाओं में सफलतापूर्वक नहीं कर रहे हैं? वस्तुतः इन देशों की प्रगति का मूल आधार ही यह रहा है कि उन्होंने अपनी-अपनी राष्ट्रभाषा में ही उक्त समस्त कार्य किए हैं। यही वजह है कि इन देशों के प्रत्येक नागरिक राष्ट्रीय नीतियों और कर्तव्यों से अपना स्पष्ट जुड़ाव और दायित्व बोध महसूस करते हैं। दुर्भाग्यवश यदि भारत में ऐसा नहीं हो सका है, तो इसके पीछे मुख्य ऐतिहासिक कारण भारतीय भाषाओं का निरंतर होने वाला अपमान ही है।

देश में अंग्रेजी भाषियों की संख्या मात्र दो करोड़ है और मात्र इतने नागरिकों को साथ लेकर भारत वैश्विक महाशक्ति नहीं बन सकता। स्पष्ट है कि भारत का विकास भारतीय भाषाओं के विकास में ही निहित और सुरक्षित है। राष्ट्रीयता की बात करने वाले भारतीय नागरिकों के लिए अब परीक्षा की घड़ी आ गई है। भारतीय शिक्षा में प्रचलति मौजूदा पाठ्यक्रमों तथा बच्चों की मौजूदा पाठ्य पुस्तकों तथा अन्य अध्ययन सामग्रियों पर दृष्टि डाली जाए, तो यह स्वतः ही स्पष्ट हो जाता है कि कैसे आधुनिक शिक्षा के नाम पर अंग्रेजी, समस्त भारतीय भाषाओं को निगलती चली जा रही है? क्या यही एक स्वाभिमानी और स्वाधीन राष्ट्र की पहचान होती है? क्या इसी प्रकार की 'वैचारिक दासता' और कुंठित मानसिकता बनाए रखने के लिए ही लाखों क्रांतिकारियों और राष्ट्रभक्तों ने स्वतंत्र भारत के लक्ष्य प्राप्ति के लिए अपने जीवन का बलिदान किया था? क्या भारत जैसा विशाल स्वाधीन राष्ट्र आज अपनी मातृभाषा तक का सम्मान करने लायक नहीं बन सका है? क्या भारत इतना दीन-हीन है कि अपनी भाषाओं का विकास नहीं कर सकता तथा उन्हें इस लायक नहीं बना सकता कि भारतीय भाषा बोलने वाले अपनी भाषा में शोध, अनुसंधान, विज्ञान, तकनीक, प्रशासन तथा कानून का अध्ययन और संचालन कर सकें।

यह हास्यास्पद है कि ज्यादातर या पूरी पढ़ाई अपनी भारतीय भाषाओं में करने के बाद अनेक व्यक्ति महत्वपूर्ण पदों पर बैठने के बाद अंग्रेजी बोलने की कोशिश करने लगते हैं। भारतीय प्रशासन, भारतीय न्याय व्यवस्था तथा भारतीय नीति नियोजन सभी

कुछ भाषाई रूप से आजपर्यंत गुलामी के शिकार हैं। इस प्रकार की मानसिक दासता ने एक राष्ट्र के रूप में भारत को बहुत अधिक नीचा दिखाया है। यह स्थिति जितनी जल्दी बदल जाए, उतना ही देश के लिए बेहतर होगा।

भारतीय भाषाएं : न शिक्षा में, न नौकरियों में –

भारत में हिंदी आंदोलन का जन्म हिंदी भाषी क्षेत्रों में नहीं, बंगाल, महाराष्ट्र और गुजरात जैसे अहिंदी भाषी प्रांतों से हुआ था। बंगाल के राजेन्द्र लाल मित्रा, केशवचन्द्र सेन, भूदेव मुखोपाध्याय एवं नवीन चन्द्र दास जैसे मनीषियों ने ही हिंदी को भारत की संपर्क भाषा का गौरव प्रदान किया। स्वामी दयानंद ने 'देवनागरी' लिपि को मराठी भाषा के लिए लागू किया, किंतु स्वाधीनता मिलने के बाद भाषा का प्रश्न राष्ट्रीयता से अधिक रोजगार और जीवन-यापन का विषय मात्र बनकर रह गया है।

क्षेत्रीय भाषाओं के साथ जन्मे अहिंदी भाषियों का मत था कि यदि अंग्रेजी को हटाकर हिंदी को आधिकारिक कामकाज की भाषा के रूप में स्थापित कर दिया गया, तो उनकी भाषा शिक्षा और रोजगार की प्रतिस्पर्धा में पिछड़ जाएगी। इस भावना का आदर करने के लिए ही देश में 'त्रिभाषा फॉर्मूले' का जन्म हुआ, जिसमें 8वीं कक्षा तक हिंदी और अंग्रेजी को अनिवार्य भाषाओं के साथ-साथ किसी भी एक क्षेत्रीय भाषा-विशेषतः किसी दक्षिण भारतीय भाषा को सीखने का आग्रह किया गया। 1968, 1986, 1992 आदि वर्षों में लागू राष्ट्रीय शिक्षा योजनाओं में भी इस फॉर्मूले को स्वीकृति प्रदान की गई।

यदि भारत को एक वैश्विक महाशक्ति के रूप में स्थापित होना है, तो उसे अनिवार्य रूप से अपनी भाषा को भी अंतर्राष्ट्रीय मानकों और नवीन सूचना तकनीक प्रौद्योगिकी के अनुकूल तथा पूर्णतः सक्षम एवं समृद्ध बनाना होगा। जिस प्रकार फ्रांस, जर्मनी, जापान, चीन, कोरिया, हॉलैंड, स्पेन, रूस जैसे विकसित और सक्षम देश अपनी भाषा में ही आज वैज्ञानिक शोध तथा तकनीकी दक्षता के कार्यों को अंजाम दे रहे हैं। इन देशों में प्रशासनिक तथा न्यायिक व्यवस्था में भी राष्ट्रभाषा को पूरी क्षमता के साथ सहज भाव से प्रयोग किया जा रहा है। यह आश्चर्य का विषय है कि भारत अभी भी अपनी भाषाओं के गौरव का अर्थ व महत्व नहीं समझ पाया है। भाषा को लेकर आत्मनिर्भर होने की दिशा में देश में कोई वातावरण नहीं बन पा रहा है। ऐसा लगता है कि हजारों वर्षों की दासता और औपनिवेशिक शासन के चलते हम विदेशी भाषाओं के सम्मोहन से अभी तक उबर नहीं पाए हैं। भारत में आज भी अंग्रेजी की तुलना में भारतीय भाषाओं को दोयम दर्जे का न केवल माना जा रहा है, वरन उसे नीति निर्माण के प्रत्येक स्तर पर सिद्ध भी किया जा रहा है।

□□

4. सक्षम भाषा, सक्षम राष्ट्र

भारत में छात्र करियर बनाने के लिए विदेशी भाषाएं सीखने की ओर आकर्षित हो रहे हैं। इसमें कोई बुराई नहीं है, परंतु यह निजी भाषाओं के नुकसान की कीमत पर नहीं किया जाना चाहिए। जर्मन, जापानी, चीनी इत्यादि विदेशी भाषाओं के विभाग विश्वविद्यालय स्तर पर भले ही बनाए जा सकते हैं, परंतु स्कूली स्तर पर इन भाषाओं को पढ़ाया जाना बेमतलब होगा। स्वतंत्र भारत में होना तो यह चाहिए था, कि हम अंग्रेजी भाषा से भी भारतीय समाज, प्रशासन, न्याय व्यवस्था, शिक्षा एवं शोध तथा तकनीक एवं मीडिया के क्षेत्र को समय रहते मुक्त करा देते।

भाषा के स्तर पर यदि भारत निरंतर पराधीनता से ग्रस्त लज्जास्पद व्यवहार करता रहेगा, तो भविष्य में उसे और भी अधिक संकटों का सामना करना पड़ सकता है। यदि भविष्य में जापान, चीन या फ्रांस भी अपनी भाषाओं को भारतीय स्कूलों में पढ़ाने की जिद करें और हम उनकी जिद को पूरा भी करते रहें, तो क्या यह हमारी शिक्षा व्यवस्था और बच्चों के साथ अन्याय नहीं होगा? भारतीय संदर्भ में एक महत्वपूर्ण सबक सीखने की जरूरत यह है कि अपनी भाषा व संस्कृति के निरंतर विस्तार के लिए जर्मनी ने अपने भाषा प्रेम के कारण संवाद, विमर्श व भारत के नीति निर्णयन में अपनी पूरी ताकत झोंक डाली है। भारत ने निश्चित रूप से कभी भी अपनी मौलिक भारतीय भाषाओं के लिए इस स्तर पर प्रयास नहीं किए हैं। वास्तव में भारत में तो इसके बिल्कुल विपरीत ही आचरण होता रहा है।

विश्व के अनेक विकसित देश जहां अपनी भाषाओं के लिए जीने-मरने का संघर्ष करते हैं, वहीं भारत में अभी तक अपनी भाषा को लेकर यह गौरव भाव उत्पन्न नहीं हो सका है। यह दुर्भाग्यपूर्ण सत्य है कि आज भारतीय भाषाएं न तो शिक्षा में ही बची हैं, न ही नौकरियों में ही इनका कहीं कोई भविष्य दिखाई पड़ रहा है। एक राष्ट्र के रूप में हम निरंतर उन विषयों की उपेक्षा करते रहे हैं, जो वास्तव में हमारे लिए गौरव का विषय होने चाहिए। एक राष्ट्र के रूप में हमने अपनी भाषा और संस्कृति को सशक्त बनाने के लिए वास्तव में कुछ नहीं किया है। भारत विश्व में इकलौता ऐसा अभागा राष्ट्र है, जो अपनी 'राष्ट्रीय पहचान' तक के लिए चिंतित नहीं रहता है। सैकड़ों वर्षों से भाषा के

मामले में भारत वास्तव में मनोवैज्ञानिक दासता और हीन भावना का ही प्रदर्शन करता चला आ रहा है। यह बात समझ से परे है कि क्यों हम अपनी मातृभाषा को आवश्यक गौरव प्रदान नहीं कर सकते और उसका समग्र विकास नहीं कर सकते?

युवा भारत -

'संयुक्त राष्ट्र जनसंख्या कोष' के अनुसार, विश्व में 10 से 24 वर्ष आयुवर्ग के युवाओं की कुल जनसंख्या 1.8 अरब के आंकड़े पर पहुंच गई है। विश्व में आज युवाओं की सर्वाधिक जनसंख्या वाला देश भारत बन गया है। भारत में यदि इस विशाल युवा जनसंख्या की बुनियादी आवश्यकताओं, रोजगार के अवसर और आकांक्षाओं को पूरा करने के लिए सही दिशा में तत्काल ठोस कदम नहीं उठाए गए, तो देश में बेरोजगारी एवं उससे जुड़ी अन्य गंभीर समस्याएं विकट रूप ले लेंगी। युवाओं की शक्ति राष्ट्र निर्माण कार्य में लगे, न कि नकारात्मक और विध्वंसात्मक राष्ट्र एवं समाज विरोधी कार्यों में, इसके लिए युवा जनसंख्या को जीवन में आगे बढ़ने और खुशहाल रहने के बेहतर अवसर उपलब्ध कराने होंगे।

मानव सभ्यता के इतिहास में निश्चय ही यह पहला अवसर है, जब इतनी विशाल युवा जनसंख्या भारत को उपलब्ध है। भारत में वर्तमान समय में 25 वर्ष से कम आयुवर्ग के लोगों की कुल जनसंख्या 60.5 करोड़ का आंकड़ा पार कर गई है। यह जनसंख्या संपूर्ण यूरोप की जनसंख्या से भी अधिक है। स्पष्ट है कि इस विशाल युवा जनसंख्या का लाभ उठाने के लिए हमें शिक्षा, स्वास्थ्य, कौशल विकास एवं रोजगार सृजन जैसी चुनौतियों से निपटना होगा।

वर्तमान में भारतीय संसाधन क्षमता को देखते हुए इस चुनौती से निपटने के लिए तत्काल एक व्यापक एवं ठोस रणनीति पर काम करने की आवश्यकता है। भारतीय अनुभव बताता है कि प्रत्येक वर्ष अच्छे विद्यालयों में दाखिले के लिए विद्यार्थियों में भयंकर संघर्ष की स्थिति उत्पन्न होती है। यहां तक कि 90 प्रतिशत अंक पाने वाले मेधावी विद्यार्थी भी प्रतिस्पर्धा की इस लड़ाई के चलते मनचाहे एवं अच्छे कॉलेजों में दाखिला नहीं ले पाते। यह कदापि नहीं कहा जा सकता कि जिन विद्यार्थियों को कथित अच्छे विद्यालयों में दाखिला नहीं मिला, उनमें किसी प्रकार की प्रतिभा की कोई कमी थी।

सत्य तो यह है कि भारत में अभी भी पर्याप्त संख्या में अच्छे एवं विश्वस्तरीय विद्यालय निर्मित नहीं किए जा सके हैं। इसकी वजह से प्रतिवर्ष करोड़ों युवाओं को बेहतर शिक्षा प्राप्त करने की अपनी इच्छाओं का दमन करना पड़ जाता है। इससे उनका व्यक्तिगत अहित तो होता ही है, उनकी प्रतिभा से वंचित होने वाले समाज और राष्ट्र का भी बहुत अधिक अहित होता है। ऐसा क्यों नहीं हो सकता कि विद्यार्थियों की संख्या के

ही अनुपात में योजना बनाकर देश के प्रत्येक जिले, शहर एवं कस्बे में न्यूनतम एक या दो कला, वाणिज्य, विज्ञान, तकनीक, प्रबंधन तथा प्रौद्योगिकी क्षेत्र की विशेषज्ञता वाले विश्वस्तरीय विद्यालय स्थापित कर दिए जाएं। इससे संपूर्ण देश में एक साथ शिक्षा का बेहतर वातावरण स्थापित किया जा सकेगा तथा संसाधनों और अवसरों के अभाव में देश की किसी भी प्रतिभा के साथ अन्याय नहीं हो सकेगा। स्थानीय स्तर पर विश्वस्तरीय विद्यालय मिल जाने से भारत के सुदूर क्षेत्रों की संसाधनविहीन प्रतिभाओं को भी इस प्रक्रिया से बहुत अधिक लाभ प्राप्त हो सकेगा।

वर्तमान समय में जिस तरह से शिक्षा का अत्यधिक व्यवसायीकरण हो गया है, उसके चलते संसाधनविहीन एवं गरीब वर्ग के युवाओं के लिए उच्च एवं व्यावसायिक शिक्षा हासिल करना निरंतर बहुत मुश्किल होता चला जा रहा है। यदि शिक्षा पर भी धन के आधार पर एक वर्ग विशेष ने सुविधाजनक ढंग से आधिपत्य स्थापित कर लिया, तो इससे अधिक बुरा समाज एवं राष्ट्र के लिए कुछ और नहीं होगा। 'अंतर्राष्ट्रीय श्रम संगठन' (आईएलओ) का अनुमान है कि 2020 तक भारत में 20 से 24 उम्र समूह के 11.6 करोड़ लोग कार्यशील जनसंख्या का हिस्सा बन जाएंगे।

भारत में प्रत्येक वर्ष एक करोड़ से ज्यादा नए लोग रोजगार की कतार में खड़े हो जाते हैं, जबकि पिछले 10 वर्षों में करीब 1.5 करोड़ नए रोजगार का ही सृजन हो पाया है। अवसरों को लेकर बढ़ती प्रतिस्पर्धा के कारण भारतीय युवाओं के मध्य भी लैंगिक और वर्गीय असमानता के आधार पर मनोवैज्ञानिक संघर्ष बढ़ता जा रहा है। कई बार देखने में आया है कि भारतीय युवाओं के मध्य भी कई प्रकार के राजनैतिक, सामाजिक वर्ग तैयार हो गए हैं और वे परस्पर हितों को लेकर आपस में संघर्षरत होने लगे हैं। संसाधनों एवं अवसरों की कमी के कारण ही इस प्रकार के संघर्ष उत्पन्न हो रहे हैं। युवा शक्ति का इस प्रकार का नाहक दुरुपयोग राष्ट्र के लिए बहुत अहितकर है। बढ़ती बेरोजगारी तथा अवसरों एवं प्रोत्साहन की कमी के कारण करोड़ों भारतीय युवा व्यर्थ में अपना समय बर्बाद करने के लिए विवश हैं।

गांवों से लेकर कस्बों एवं शहरों तक करोड़ों भारतीय युवा व्यर्थ के कार्यों और व्यर्थ की बहस में अपना कीमती समय बर्बाद कर रहे हैं। इन्हीं युवाओं की भीड़ बड़े पैमाने पर देश में हर समय आयोजित होती रहने वाली राजनैतिक रैलियों, अनुत्पादक धरना-प्रदर्शनों, कथित आध्यात्मिक एवं धार्मिक आयोजनों, सार्वजनिक प्रदर्शनों में सर्वत्र दिखाई पड़ती रहती है। अवसरों एवं प्रेरणा की कमी से जूझ रहे करोड़ों भारतीय युवाओं को इन व्यर्थ के आयोजनों एवं संगठनों में शामिल होने से स्वयं के जीवन के लिए 'एक सार्थक उद्देश्य ढूंढ लेने' की छद्म एवं क्षणिक मनोवैज्ञानिक राहत मिल जाती है। इन अनेकानेक चुनौतियों से निपटने के लिए यह आवश्यक है कि देश के रणनीतिकार युवाओं को कुशल, शिक्षित, नवोन्मेषी बनाने के लिए अविलंब एक ठोस

रणनीति तैयार करें।

निःसंदेह वर्तमान युग 'ज्ञान' और 'नवाचार' का युग है। विशाल युवा जनसंख्या भारत के लिए एक अवसर की भांति है। यदि भारत अपने युवाओं को तकनीकी एवं शैक्षिक रूप से युग सापेक्ष तथा कौशलयुक्त बना पाया, तो निश्चित रूप से एक दशक की अवधि में ही भारत को एक तकनीकी रूप से दक्ष वैश्विक महाशक्ति के रूप में स्थापित किया जा सकेगा। देश का 60 करोड़ युवा यदि एकजुट होकर रचनात्मक ढंग से सही दिशा में उत्साह के साथ राष्ट्र निर्माण के कार्य में लग जाए, तो देश का शीघ्र ही कायाकल्प हो सकता है।

अंतर्राष्ट्रीय मंचों पर एक विशाल युवा देश का प्रतिनिधित्व करने की बात अब तक के समस्त भारतीय प्रधानमंत्री करते ही रहे हैं, तथापि शिक्षा, रोजगार और उद्यमशीलता को प्रोत्साहित करने वाली कोई भी स्पष्ट 'युवा नीति' देश में आज तक निर्मित नहीं की गई है। वर्ष 2012 में भारत सरकार ने अपनी 'युवा नीति' के मसौदे में 'युवा विकास सूचकांक' बनाने की बात कही अवश्य थी, परंतु इस दिशा में कोई योजनाबद्ध सुस्पष्ट रणनीति देश के समक्ष नहीं रखी जा सकी। अनेकानेक प्रयासों के बावजूद सत्य एवं तथ्य यही है कि लगभग 1.13 करोड़ भारतीय युवा प्रतिवर्ष काम तलाशने वाले बेरोजगारों की निरंतर व साल दर साल बढ़ती जा रही कतार में शामिल हो जाते हैं। उनमें से ज्यादातर के पास अपनी प्रतिभा तथा क्षमता का समुचित विकास करने और उसका रचनात्मक उपयोग करने का कहीं कोई अवसर ही प्राप्त नहीं है।

यह भी एक विडंबना है कि भारतीय शिक्षा अभी भी पुरातनपंथी ढर्रे पर चली आ रही है। 20 वर्ष तक निरंतर पढ़ाई करने के बाद जब भारतीय युवा रोजगार और अन्य उद्यमों के क्षेत्र में कदम रखते हैं, तो उन्हें पता चलता है कि जो पढ़ाई वे अब तक करते रहे हैं, उसका कहीं कोई व्यावहारिक प्रयोग ही नहीं है। भारतीय शिक्षा पूरी तरह से किताबों और येन-केन-प्रकारेण रट-रटाकर अंक बटोरने मात्र तक सीमित होकर रह गई है। इसमें मौलिक ज्ञान तथा व्यावहारिक उपयोग की क्षमता न के बराबर है।

भारतीय शिक्षा कर्मठता, प्रयोगधर्मिता, रचनात्मकता तथा मौलिकता को बढ़ावा नहीं दे पा रही है। यही कारण है कि अधिकांश भारतीय युवा अपने जीवन में रचनात्मकता एवं उद्यमशीलता से जुड़े साहसी फैसले नहीं ले पाते हैं और किसी भी तरह मात्र नौकरी करके जीवन-यापन करने के लिए विवश रहते हैं। भारतीय शिक्षा हमारे युवाओं को मनोवैज्ञानिक रूप से आत्मनिर्भर और साहसी निर्णय लेने में सक्षम नहीं बना पा रही है। आंकड़े बताते हैं कि भारत में तीन प्रतिशत से भी कम छात्र ऐसे होते हैं, जिन्हें हाईस्कूल स्तर पर कोई कामकाजी शिक्षा मिली हो। उच्च शिक्षा की दहलीज तक पहुंचने का मौका प्राइमरी पास करने वाले हर पांच में से एक ही छात्र को मिल पाता है।भारत में अपना कोई कारोबार या उद्यम शुरू करने की पूंजी, कौशल तथा अन्य आवश्यक संसाधन तो

और भी कम युवाओं के पास होते हैं। पढ़ाई खत्म होने या छूट जाने के दो-तीन साल बाद तक अपनी मर्जी का कोई काम न मिल पाने के कारण करोड़ों भारतीय युवा गंभीर निराशा और अवसाद के शिकार हो रहे हैं। यूं तो बेरोजगार रहने के पीछे कई वजहें होती हैं, लेकिन सबसे बड़ी वजह उनका 'अकुशल' होना ही होता है। करोड़ों भारतीय युवा स्वयं को तथा अपने समाज और देश को बेहतर एवं सशक्त होते देखना चाहते हैं। देश का भी यह दायित्व है कि वह अपनी युवा पीढ़ी को शिक्षा, स्वास्थ्य, कौशल, रोजगार, उद्यमशीलता, सामाजिक मूल्यों और संसाधनों से सुसज्जित करे।

□□

5. भारतीय मीडिया

एक राष्ट्र के रूप में हमारा हीनभाव प्रायः जब-तब प्रदर्शित होता ही रहता है। इस प्रकार के आचरण की वजह से वैश्विक मंच पर हमारी जगहंसाई ही होती है। पिछले कई दशकों में प्रायः भारतीय राजनैतिक व्यक्ति अधिकांश अवसरों पर विदेशों में विभिन्न सम्मेलनों और आयोजनों में जाते रहे हैं, परंतु वैश्विक मीडिया द्वारा उन्हें कोई विशेष स्थान या महत्व प्रायः नहीं दिया जाता है। यहां तक कि विभिन्न कार्यक्रमों से लेकर मीडिया रिपोर्टों तक में उनका नाम सही ढंग से उच्चारित तक नहीं किया जाता, लेकिन इस सबको न तो उन देशों में और न ही हमारे तंत्र द्वारा किसी प्रकार की गंभीरता से लिया जाता है। ईसके विपरीत हमारे देश में जब कोई बाहरी नेता आते हैं, तो हम स्वागत में पलक पावड़े बिछाकर दीवाने हो उठते हैं, जबकि उनमें से अधिकांश विदेशी राजनैतिक व्यक्ति भारत के प्रति किसी प्रकार का निष्ठा भाव भी नहीं रखते। अभी हाल ही में जब चीन के राष्ट्रपति शी जिनपिंग भारत आए, तो एक भारतीय टेलीविजन एंकर ने केवल इसलिए अपनी नौकरी गंवा दी, क्योंकि वह चीनी राष्ट्रपति के जटिल नाम का सही उच्चारण नहीं कर सका। इस प्रकार के हीनभाव से ग्रस्त व्यवहार को मान्यता नहीं दी जा सकती।

यह भी चिंता का विषय है कि भारतीय मीडिया केवल उसके अपने व्यावसायिक हितों की पूर्ति करने वाले और उत्तेजना फैलाने वाले तात्कालिक सारहीन व अदूरदर्शी समाचार सामग्रियों में उलझकर रह गया है। मीडिया समूहों की परस्पर 'गलाकाट प्रतिस्पर्धा' के चलते राष्ट्रीय महत्व के बौद्धिक विषयों से भारतीय मीडिया का ध्यान काफी हद तक हट चुका है। देश के अधिकांश मीडिया संगठनों में कार्यरत साधारण पत्रकार प्रायः औपचारिक अथवा अनौपचारिक रूप से प्रशिक्षित तक नहीं होते हैं। भारत में अभी भी पत्रकारिता के क्षेत्र में विश्वस्तरीय शोध संस्थानों का अभाव है। व्यावसायिक कारणों से अभी भी भारतीय मीडिया 'टीआरपी' के जाल में उलझा हुआ है। सुबह से लेकर देर रात तक चौबीसों घंटे के न्यूज चैनल चल रहे हैं, लेकिन इनके पास दिखाने के लिए कोई बहुत स्तरीय सामग्री और गंभीर समाचार प्रायः नहीं होते हैं। भारतीय मीडिया अभी भी जनता का ध्यान आकर्षित करने के लिए 'शार्टकट' तरीकों को ही अधिक महत्व दे रहा है। इसकी वजह से भारतीय जनता को प्रायः गंभीर और रचनात्मक समाचार एवं सूचनाएं प्राप्त नहीं हो पाती हैं।

भारतीय मीडिया अधिकांशतः उन खबरों पर अधिक ध्यान केंद्रित करता है, जो दिल्ली और मुंबई महानगरों के इर्द-गिर्द घटित होती हैं। चूंकि अधिकांश मीडिया संस्थानों के कार्यालय इन्हीं शहरों में कार्यरत हैं, इसलिए इनके लिए इस प्रकार की खबरों को कवर करना अधिक सहज, मितव्ययी और सुलभ रहता है। इन महानगरों में घटित होने वाली आपराधिक घटनाओं को न्यूज चैनलों द्वारा अचानक ही राष्ट्रीय घटना बना दिया जाता है। प्रायः अपराधों से जुड़ी घटनाओं को इस प्रकार सनसनीखेज ढंग से प्रसारित किया जाता है कि उस घटना और उससे संबंधित 'फॉलोअप' को आने वाले कई दिनों तक नए-नए रंग-ढंग से पेश किया जा सके। कई बार इस प्रकार का 'मीडिया ट्रायल' अनेक नागरिकों के मौलिक अधिकारों का हनन तक कर डालता है और व्यापक रूप से न्यायिक प्रक्रिया को भी प्रभावित कर देता है। अनेक बार इस प्रकार का 'मीडिया ट्रायल' रचनात्मक भी होता है, तो कई बार यह अनावश्यक 'मीडिया ट्रायल' दोषरहित नहीं रह जाता है। इसके चलते कई मामलों की गुणवत्तापूर्वक तथ्यात्मक जांच भी नहीं हो पाती।

'मरे हुए का शिकार' –

कई बार यह भी देखने में आया है कि मीडिया पहले जिन कथित प्रभावशाली व्यक्तियों और उनसे जुड़े कार्यकलापों का महिमामंडन करती है, बाद में कतिपय मामलों में उनकी संलिप्तता उजागर होने के बाद मीडिया उन्हीं व्यक्तियों और उनसे जुड़े कार्यकलापों के प्रति यकायक 'यू-टर्न' ले लेती है। यह पूछा जाना चाहिए कि जब मीडिया को इस प्रकार के प्रभावशाली व्यक्तियों और उनसे जुड़े कार्यकलापों की जानकारी पहले से थी, तो उन्होंने अपनी तरफ से ऐसे दूषित कार्यकलापों को समय रहते उजागर क्यों नहीं किया? जांच एजेंसियों द्वारा कार्रवाई शुरू करने के बाद ही मीडिया अचानक हमलावर क्यों हो जाता है? मीडिया का यह सुविधाजनक व्यवहार एक प्रकार से 'मरे हुए का शिकार' करने की तरह होता है। इस प्रकार के आचरण से भारतीय मीडिया सम्मान प्राप्त नहीं कर सकती। मीडिया को संपूर्ण भारत के सुदूर क्षेत्रों में रहने वाली करोड़ों वंचित जनमानस की पीड़ाओं की अभिव्यक्ति का भी माध्यम बनना चाहिए। यदि मीडिया मात्र देश के कुछ सक्षम और प्रभावशाली लोगों के इर्द-गिर्द ही मंडराता रहेगा, तो वह अपने मौलिक दायित्वों का निर्वहन कैसे कर सकेगा?

भारत के सुदूर ग्रामीण अंचलों में घटित होने वाली आपराधिक घटनाओं को कवर करने की ऐसी दिलचस्पी प्रायः न्यूज चैनल नहीं दिखाते हैं। प्रिंट मीडिया में अलग-अलग राज्यों से अनेकानेक संस्करण प्रकाशित किए जाते हैं। क्षेत्रीय संस्करण प्रकाशित होने के कारण समाचार पत्र प्रायः स्थानीय संस्करण में जनहित से जुड़े अनेकानेक स्थानीय समाचारों को विशेष महत्व देते हैं। इसके विपरीत अधिकांश न्यूज चैनल राष्ट्रीय स्तर पर एकल प्रसारण करते हैं। इसके कारण भारतीय न्यूज चैनल राष्ट्रीय महत्व के

समाचारों और क्षेत्रीय स्थानीय समस्याओं से जुड़ी खबरों के मध्य उचित संतुलन नहीं बना पाते। ऐसे में न्यूज चैनल यह भी प्रयास करते हैं कि किस प्रकार एक खबर को इस प्रकार रोचक एवं सनसनीखेज ढंग से बढ़ाया जाए कि कई दिनों तक वह समान रूप से संपूर्ण देश के लिए उत्सुकता का आधार बन सके।

'बात का बतंगड़' -

भारत में यह भी देखा जा सकता है कि प्रतिदिन दर्जनों न्यूज चैनल मात्र इसी प्रयास में अनवरत लगे रहते हैं कि किसी बड़ी राष्ट्रीय या 'खबर बनाऊ' शख्सियत के मुंह से कुछ 'चर्चा योग्य' वक्तव्य निकाल सकें। इस प्रकार के विवादित व्यक्तव्य न्यूज चैनलों को कई दिन तक 'प्राइम टाइम' में देश को उलझाए रखने का मसाला प्रदान करते हैं। कई बार अनावश्यक एवं अतार्किक ढंग से मीडिया द्वारा अपने निजी हितों और 'शक्ति प्रदर्शन' के अहंकार के कारण 'बात का बतंगड़' बनाया जाता रहता है। 'निर्भया कांड' के समय भी भारतीय न्यूज चैनलों का यही अहंकार और राष्ट्रीय जनमानस को दिग्भ्रमित करते रहने की उनकी प्रवृत्ति स्पष्ट रूप से सामने आई थी। न्यूज चैनल कई दिनों तक पूरे देश में यही सूंघते रहे कि इतने बड़े कांड के बाद भी कौन-कौन से महत्वपूर्ण व्यक्ति नववर्ष की पार्टी मना रहे हैं या कहीं सामान्य ढंग से उठते-बैठते, हंसते-मुस्कुराते देखे गए हैं? इन न्यूज चैनलों से पूछा जाना चाहिए कि यदि वे 'निर्भया कांड' तथा ऐसे ही भारत में प्रतिदिन घटित होने वाले अनेक आपराधिक कृत्यों से वास्तव में इतने विचलित और संवेदनशील हैं, तो क्यों नहीं इन्होंने शोक में कुछ मिनट के लिए ही अपने विज्ञापन तथा वित्तीय अनुबंध रोक दिए?

संसाधन और शक्ति वास्तव में सदुपयोग करने की वस्तु होते हैं। संसाधन और शक्ति का दुरुपयोग कर दबाव बनाने की प्रवृत्ति को उचित नहीं कहा जा सकता। मीडिया का यह रवैया कि 'मंच हमारे पास है, हम जो चाहेंगे, दिखाएंगे और जैसे चाहेंगे, वैसे पेश करेंगे' अपने अधिकार क्षेत्र और नागरिक उत्तरदायित्व की भावना के पूर्णतः प्रतिकूल है। मीडिया और प्रेस वास्तव में समाज का आईना होते हैं और उन्हें इसी रूप में कार्य करना चाहिए। मीडिया बलपूर्वक एवं दबाव की शक्ति के आधार पर समाज के 'डिजाइनर' या 'स्वयंभू न्यायाधीश' की भूमिका अपनाना चाहता है, जिसे उचित नहीं कहा जा सकता। मार्कण्डेय काट्जू का यह सुझाव उचित ही है कि पत्रकारों के लिए भी पेशेवर एवं विशेषज्ञ शिक्षा अनिवार्य की जानी चाहिए।

असल मुद्दे कुछ और हैं...

भारतीय लोकतंत्र में मीडिया को महत्वपूर्ण स्तंभ के रूप में स्वीकृति प्रदान की गई है। भारतीय राजनायिकों तथा राष्ट्रपति, प्रधानमंत्री, उपराष्ट्रपति तथा केंद्रीय मंत्रियों

इत्यादि को विदेश यात्राओं के समय मीडिया को साथ में ले जाना पड़ता है। यह आवश्यक है कि भारतीय पत्रकारों को अनिवार्य रूप से भारतीय संविधान, संसदीय प्रणाली, लोकतांत्रिक व्यवस्था, विधि एवं कानून, विज्ञान एवं तकनीकी तथा समाज एवं प्रशासन की पर्याप्त जानकारी होनी ही चाहिए। इस ज्ञान के बिना सामान्यतः भारतीय मीडिया 'सस्तेपन' का शिकार बना ही रहेगा। फिलहाल भारतीय न्यूज चैनल भयंकर रूप से 'सस्तेपन' और 'उथलेपन' का शिकार हैं। ऐसा प्रतीत होता है कि येन-केन-प्रकारेण इन्हें मात्र दिन काटना है।

सुबह धार्मिक प्रवचनों, उसके बाद फिटनेस कार्यक्रम, उसके बाद क्रमशः रसोई से जुड़े कार्यक्रम, टेलीविजन पर प्रसारित हो रहे विभिन्न 'सोप ओपेरा' (अनंतकाल तक जारी रहने वाले व्यर्थ के धारावाहिक) की रिकॉर्डिंग, बॉलीवुड खबरें, कॉमेडी शो इत्यादि से समय काटा जाता है। शाम होने के बाद प्राइम टाइम पर कुछ नेताओं को बिठाकर अधिकांशतः अनर्गल चर्चा की जाती है। अधिकांश अवसरों पर यह बहस जबर्दस्ती के कुछ विवादित बयानों को लेकर होती है। इन बहसों से राष्ट्रीय स्तर पर कोई विशेष लाभप्रद विमर्श सामने नहीं आता है। देश की सवा सौ करोड़ जनता को व्यर्थ की टीवी बहसों से प्रायः कुछ भी हासिल नहीं होता है। ऐसा लगता है कि अधिकांश भारतीय न्यूज चैनल शाम होते ही झगड़ा कराने और झगड़ा सुलझाने वाले अड्डे के रूप में परिवर्तित हो जाते हैं। रात में 11 बजते ही न्यूज चैनलों को कुछ बाबाओं, तांत्रिकों, ज्योतिषियों तथा टेली शॉपिंग एजेंसियों के हवाले कर दिया जाता है, जो सुबह होने तक देश की करोड़ों जनता को निर्बाध रूप से 'मूर्ख' बनाने के प्रयास में लगे रहते हैं।

न्यूज चैनल प्रतिदिन और अब तो प्रतिघंटे 'ब्रेकिंग न्यूज' के लिए बेचैन रहते हैं। कई बार यह दावा करने में भी न्यूज चैनल दिन-रात एक कर देते हैं कि अमुक स्टोरी या 'ब्रेकिंग न्यूज' केवल और केवल उन्हीं के पास है। अधिकांश न्यूज चैनल 'स्वयंभू सर्वोच्च न्यायालय एवं न्यायाधीश' के रूप में व्यवहार करने लगते हैं। एंकर प्रायः आगंतुकों और अतिथियों से बात कम, लड़ाई अधिक करते हैं। इनकी बेचैनी इसको लेकर रहती है कि आमंत्रित अतिथि 'वह' क्यों नहीं बोल रहा है, जो 'वह' चाहते हैं? स्पष्ट है कि भारतीय मीडिया अभी पूरी तरह परिपक्व नहीं हो पाया है और उसका वैचारिक एवं ज्ञान का स्तर भी अभी पर्याप्त नहीं है। भारतीय मीडिया का निश्चय ही राष्ट्र के निर्माण में बहुत महत्वपूर्ण दायित्व है। भारतीय मीडिया को अपने इस उत्तरदायित्व का निर्वहन और अधिक गंभीरतपूर्वक करना चाहिए तथा अपने ऊपर लग रहे अनेक आरोपों का तथ्यपरक एवं वैचारिक निराकरण करना चाहिए।

आज अंग्रेजी मीडिया पूरे विश्व में एक विशेष प्रकार की सांस्कृतिक एवं मनोवैज्ञानिक हीन भावना को पैदा कर रहा है। 'उपभोक्तावाद' को इसने पूरे विश्व के लिए प्रतिष्ठा का सवाल बना दिया है। अल्प विकसित देशों में अपने प्रचार तंत्र, जबर्दस्त मार्केटिंग

नेटवर्क और अंग्रेजी भाषा के बल पर इसने ऐसा वातावरण विकसित कर दिया है कि यह पाश्चात्य देशों के उत्पादों की बिक्री और उनकी नकल करने के आधार पर अन्य देशों एवं इसके नागरिकों को सभ्यता का प्रमाणपत्र देने की स्वयंभू स्थिति में आ गया है। अपनी कुशल मार्केटिंग के बल पर विदेशी मीडिया और बहुराष्ट्रीय औद्योगिक घराने अपने घटिया माल को भी बड़ी आन-बान-शान के साथ गरीब एवं अल्पविकसित देशों में जबर्दस्ती खपाए दे रहे हैं। भारत में भी बड़े धड़ल्ले से बासी, स्वास्थ्य के लिए हानिप्रद पिज्जा, बर्गर, हॉट डॉग तथा कंफेक्शनरी उत्पाद आदि बिक रहे हैं, जबकि कहीं अधिक स्वास्थ्यवर्द्धक एवं भारतीय परिस्थितियों के अनुकूल भारतीय 'स्नैक्स' और 'स्ट्रीट फूड' मार्केटिंग तौर-तरीकों के अभाव में सारी योग्यता के बावजूद पीछे छूटता जा रहा है।

मानसिक दासता -

भारतीय समाज अभी भी औपनिवेशिक मानसिक दासता के चंगुल से बाहर नहीं आ सका है। भारतीय समाज का हर क्षेत्र इस मानसिक दासता की गिरफ्त में उलझा हुआ है। भारतीय मीडिया भी इसी औपनिवेशिक दासता के कारण कभी पूरी तरह भारतीय नहीं बन सका है। विशेषतः भारत का अंग्रेजी मीडिया भयंकर रूप से नकल का शिकार है। आज आलम यह है कि हमें भले ही अपने देश की कोई खबर न हो, भले ही हम देश के महत्वपूर्ण राष्ट्रीय मुद्दों एवं प्रमुख व्यक्तियों के विषय में अनजान हों, परन्तु हमारे अंग्रेजी अखबार प्रतिदिन 70 पृष्ठों के द्वारा हमें जबर्दस्ती यह बताते रहते हैं कि हॉलीवुड फिल्मों में और उनके टीवी कार्यक्रमों में साधारण से साधारण कलाकार क्या कर रहा है, क्या पहन रहा है, क्या खा रहा है और किसके साथ घूम रहा है? यह वास्तव में एक नागरिक के रूप में हमारे लिए लज्जा का विषय होना चाहिए कि हम मनोवैज्ञानिक रूप से पाश्चात्य देशों के किस कदर दास होकर रहे गये हैं। यह तब है, जबकि भारत में इन देशों की तुलना में कहीं अधिक सांस्कृतिक, रचनात्मक तथा कला क्षेत्र में प्रयोगधर्मी प्रयास हो रहे हैं।

अंग्रेजी भाषा और अंग्रेजी मीडिया ने पूरी तरह से मानो हमारी सोच पर ही नियंत्रण स्थापित कर लिया है। विशेषकर देश का युवा वर्ग अनावश्यक रूप से इनसे दिशा-निर्देश प्राप्त करने में लगा हुआ है। इससे हमने अपनी मौलिकता एवं विशिष्टता खो दी है और हम उपभोक्तावाद के दास होकर रहे गये हैं। इससे बड़ा पाप कोई हो ही नहीं सकता कि आप अपनी मूल पहचान और अपनी जड़ों से ही विलग हो जाएं। उसका सम्मान न करें और उससे बढ़कर उसकी निंदा और भर्त्सना में रत हो जाएं। विश्व के समस्त विकसित देशों में मीडिया ने राष्ट्र के पुनर्जागरण और समाज के संगठन में बहुत महत्वपूर्ण योगदान दिया है। दुर्भाग्यवश भारतीय मीडिया अभी इस प्रकार की परिपक्वता प्राप्त नहीं कर पाया है।

भारत का अंग्रेजी मीडिया गंभीर रूप से पथभ्रष्ट और पाश्चात्य संस्कृति का गुलाम है। चूंकि भारत में अंग्रेजी मीडिया सदैव से समृद्ध औद्योगिक घरानों और बहुराष्ट्रीय

कंपनियों द्वारा पोषित और पल्लवित किया जाता रहा है, इसलिए सामान्यतः किसी प्रकार के आर्थिक संकट का खतरा इसे नहीं रहता है। आर्थिक रूप से समृद्ध और आत्मनिर्भर होने के कारण भारत में काम करते हुए भी यह भारतीय मूल्यों से कोई सरोकार नहीं रखता। ऐसा प्रतीत होता है कि यह मात्र पाश्चात्य देशों के एजेंट के रूप में भारत में कार्यरत है। इस पर भी आश्चर्य नहीं कि अंग्रेजी मीडिया का एक हिस्सा सगर्व 'किस ऑफ लव' का समर्थन कर रहा है। यह सार्वजनिक स्थलों पर चुंबन को जन्मसिद्ध अधिकार की तरह प्रचारित कर रहा है। यह वही मीडिया है, जो शराब पीने को एक राष्ट्रीय अधिकार समझता है।

इस देश का दुर्भाग्य है कि अंग्रेजी मीडिया इस देश के मानस और हित के साथ कभी भी स्वयं को न तो संबद्ध करता है और न ही ऐसा कोई उसका लक्ष्य ही है। आवारा और नशेड़ी किस्म के पश्चिमी कलाकारों की बेहूदगी को बेशर्मी के साथ प्रतिदिन भारतीय जनता के सामने परोसने वाला अंग्रेजी मीडिया राष्ट्रीय गौरव के विषयों से स्वयं को विलग रखता है। पश्चिमी देशों के धन पर संचालित होने वाला भारत का अंग्रेजी मीडिया आवारा किस्म के पश्चिमी कलाकारों को देश के समक्ष एक मॉडल एवं 'आईकॉन' के रूप में प्रस्तुत करता है।

अभी हाल ही में देश की दो महान विभूतियों मदन मोहन मालवीय और अटल बिहारी वाजपेयी को देश के सर्वोच्च गौरव 'भारत रत्न' से अलंकृत किया गया, किंतु भारत के प्रमुख अंग्रेजी समाचार पत्रों को उनके विषय में लिखने के लिए पूरे अखबार में कोई स्थान ही नहीं मिल पाया, क्योंकि इन अखबारों का सारा स्थान तो पश्चिम के आवारा और बेहूदा किस्म के कलाकारों की अधनंगी तस्वीरों और उपभोक्तावादी उत्पादों के विज्ञापनों में ही खप जाता है। भारत का अंग्रेजी मीडिया अभिव्यक्ति की स्वतंत्रता, स्वच्छंद जीवन जीने की आजादी, समलैंगिकों के अधिकार और पश्चिमी कलाकारों के फैशन तथा देह प्रदर्शन को लेकर जितना सजग और जागरूक रहता है, वैसी सजगता वह भारत की बुनियादी समस्याओं को सामने लाने में नहीं दिखाता। अच्छा तो यह होता कि इस प्रकार के राष्ट्रविरोधी मीडिया पर विराम लगाए जाने की कुछ व्यवस्था की जाती, जो अभिव्यक्ति की स्वतंत्रता के नाम पर देश की जनता को बरगलाने और पथभ्रष्ट करने का काम कर रहा है।

भिखारियों' से भीख –

भारत में जब भी संचार माध्यमों की गुणवत्ता की बात होती है, तो प्रायः यह सिद्ध होता है कि 'रचनात्मकता' की दृष्टि से भारतीय नागरिक परिश्रमी एवं गंभीर प्रवृत्ति के नहीं होते हैं। क्या कारण है कि भारतीय नागरिक टीवी और इंटरनेट पर अधिकांशतः मनोरंजक सामग्री वाले कार्यक्रमों के ही प्रति कहीं अधिक आकर्षित रहते हैं? अधिकांश

भारतीय टीवी चैनल दिनभर मनोरंजक कार्यक्रम तथा बेसिर-पैर के कभी खत्म न होने वाले सीरियल दिखाते रहते हैं। इनकी बढ़ती 'टीआरपी' यह बताती है कि भारतीय दर्शक ऐसे ही कथित मनोरंजक एवं हल्के-फुल्के कार्यक्रम अधिक पसंद करते हैं। क्या कारण है कि भारतीय दर्शकों में अंतर्राष्ट्रीय महत्व के मुद्दों व पर्यावरण तथा विज्ञान से जुड़े अनुसंधानों के प्रति रूचि का बेहद अभाव है। भारत में अभी तक 'बीबीसी', 'सीएनएन', 'डिस्कवरी', 'हिस्ट्री' चैनल जैसे टीवी चैनल विकसित नहीं हो सके हैं।

यह भी प्रश्न उठता है कि क्या भारतीय दर्शक मात्र उथले मनोरंजन और हल्की सूचना सामग्रियों के ही आदी हैं? कुछ समय पहले चीन ने अपने देश में टेलीविजन पर प्रसारित होने वाले कई विदेशी कार्यक्रमों को 'प्राइम टाइम' प्रसारण से बाहर कर दिया था। इसके पीछे चीन का मकसद देसी मनोरंजन और वहां के उद्योग को बढ़ावा देना था। भले ही इस फैसले के पीछे चीन का तानाशाही रवैया दिखता हो, लेकिन उसकी अपने देश की संस्कृति और मनोरंजन उद्योग की तरक्की के प्रति यह चिंता बेमतलब नहीं कही जा सकती है। भारत को भी इससे प्रेरणा लेनी चाहिए, परंतु दुर्भाग्यवश भारत में ठीक इसके विपरीत ही हो रहा है। पहले से ही भारत में विदेशी मीडिया समूहों का वर्चस्व स्थापित है। टीवी पर दिखाए जाने वाले ज्यादातर देसी कार्यक्रम और कथित रियलिटी शो वास्तव में अमेरिका तथा अन्य विदेशी कार्यक्रमों की भोंडी एवं उथली नकल या देसी संस्करण मात्र बनकर रह गये हैं।

भारत में प्रसारित होने वाले तकरीबन सभी रियलिटी शो किसी न किसी विदेशी चैनल के शो की ही नकल मात्र होते हैं। उदाहरणार्थ - 'कौन बनेगा करोड़पति' (हू वांट्स टू बी मिलेनियर), 'कॉमेडी नाइट विद कपिल' (दी कुमार्स), 'बिग बॉस' (बिग ब्रदर), 'इंडियन आइडल' (अमेरिकन आइडल), 'इंडियाज गॉट टेलेंट' (अमेरिकाज गॉट टेलेंट), 'मास्टर शेफ' (मास्टर शेफ आस्ट्रेलिया), 'इस जंगल से मुझे बचाओ' (आई एम अ सैलिब्रिटी- गेट मी आउट ऑफ हिअर) या 'खतरों के खिलाड़ी' (फिअर फैक्टर) आदि। इनमें से ज्यादातर शो कॉपीराइट लेकर बनाए गए हैं और जबकि कुछ विदेशी शो की मूल अवधारणा चुराकर निर्मित कर लिए गए हैं।

इस प्रकार की प्रवृत्ति यह सिद्ध करती है कि भारतीय मनोरंजन उद्योग पर्याप्त रचनात्मक और परिश्रमी नहीं रह गया है। यह आश्चर्य का विषय है कि कला, संस्कृति, साहित्य और सिनेमा में एक से बढ़कर एक महान प्रतिभाएं देने वाला राष्ट्र आज क्या वैचारिक एवं रचनात्मक रूप से इतना 'कंगाल' हो गया है कि उसे रचनात्मकता और सृजनशीलता भी उनसे उधार लेनी पड़ रही है, जो स्वयं कुछ 'अच्छा' और रचनात्मक देने की स्थिति में नहीं हैं। भारतीय मीडिया और मनोरंजन उद्योग 'भिखारियों से भीख' लेने जैसा आचरण प्रदर्शित कर रहा है।

□□

६. जीवन मूल्य

वर्तमान समय में आधुनिक विश्व कई प्रकार की विकट समस्याओं से जूझ रहा है- जैसे युद्ध, आतंकवाद और हिंसा आदि। ध्यान से देखा जाए, तो ये समस्याएं वास्तव में हमारी अपनी ही रची हुई हैं। वैश्विक सत्य यही है कि हमारी जिंदगी एक-दूसरे के प्रति लगाव, सहयोग और पारस्परिक सामुदायिक संबंधों के सहारे आगे बढ़ती है। तरह-तरह के अंतर्राष्ट्रीय अनुबंध, द्विपक्षीय समझौते और 'संयुक्त राष्ट्र' घोषणाएं इसी एकता और समानता के भाव का उद्‌घोष करती हैं। भारत का इस मामले में अनूठा योगदान रहा है। यहां मनुष्य को बेहतर बनाने वाले विचार, विज्ञान और विकास की अद्‌भुत पहल निरंतर होती रही है। यहां के सभी प्राचीन दर्शन, धर्म, परंपराएं और विचार मूलतः मन की शांति और आध्यात्मिक सुख-समृद्धि पर बल देते रहे हैं।

सांख्य और योग, न्याय, वैश्विक मीमांसा, वेदांत और चार्वाक की विचार परंपराएं मनुष्य को सुखी और समुन्नत बनाने के लिए समान रूप से यत्नशील रही हैं। चीन और मिस्र की प्राचीन विचार परंपराओं तथा दर्शन ने भी वास्तव में इसी दिशा में काम किया है। इस सबके बावजूद इसमें कोई संदेह नहीं है कि विश्व शांति और सहनशीलता के स्तर पर भारत का योगदान विश्व में सर्वाधिक महत्व का रहा है। हिंदुत्व और बौद्ध धर्म इस विश्व को भारत की देन हैं, जिन्होंने एकता, शांति और समानता को सबसे पहले विश्व के समक्ष एक आदर्श आचरण के रूप में प्रस्तुत किया। वस्तुतः बौद्ध और हिंदू धर्म में कोई अवधारणात्मक अंतर नहीं है। दोनों ही शील, शांति और प्रज्ञा अर्थात नैतिकता एकाग्रता और बुद्धि की पवित्रता पर समान रूप से बल देते हैं।

पंच महाभूतों-आकाश, वायु, अग्नि, जल और पृथ्वी तत्वों से निर्मित मनुष्य के शरीरों का संश्लेषण मां के गर्भ में होता है। इन्हीं पांचों तत्वों से निर्मित मनुष्य के शरीर में सतत परिवर्तन होता है। वह बालक से किशोर, जवान, फिर अधेड़ होते हुए वृद्ध हो जाता है। अंत में उसी शरीर का विलय पंच महाभूतों में हो जाता है। इसी प्रकार ऋतुओं में भी समयानुसार परिवर्तन होता रहता है। प्रकृति द्वारा प्रतिपादित समस्त प्रकार की व्यवस्थाएं एवं उनमें होने वाले समयांतर्गत परिवर्तन मानव मात्र की पारस्परिक निर्भरता

और अन्योन्यता को प्रकट करते हैं। स्पष्ट है कि एकता और समानता से ही एक शांतिपूर्ण समाज और सुव्यवस्थित विश्व की संरचना हो सकती है।

यह बहुत आवश्यक है कि मानवीय समाज समानता और न्याय पर आधारित हो। अवसर की समानता का अर्थ है, उन सभी अवरोधों को दूर करना, जो व्यक्तिगत आत्मविकास में बाधा डालते हैं। इसका अर्थ है कि समस्त पेशे या व्यवसाय किसी भी प्रतिभावान व्यक्ति के लिए खुले होने चाहिए और प्रगति के अवसर, योग्यताओं पर आधारित होनी चाहिए। सामाजिक स्थिति, पारिवारिक संबंधों, सामाजिक पृष्ठभूमि व ऐसे ही अन्य कारकों का हस्तक्षेप नहीं होने देना चाहिए। समानता यह अपेक्षा रखती है कि सभी व्यक्ति एक समतल क्रीडा-स्थल में जीवन शुरू करें। निहित धारणा यह है कि जब से प्रतिस्पिर्धा निष्पक्ष हुई है, लाभ खुद आलोचना से परे हो गया है। इस बात में कोई शक नहीं कि इस प्रकार की व्यवस्था ऐसे लोगों को जन्म देगी, जो सिर्फ अपनी प्रतिभा एवं व्यक्तिगत गुणों पर ध्यान देंगे।

किसी भी प्रकार के शोषण का प्रतिकार एवं प्रतिरोध सर्वत्र होना चाहिए। शोषण बौद्धिक, मानसिक, शारीरिक, आर्थिक, सामाजिक और सांस्कृतिक रूप से भारत में आदिकाल से विद्यमान रहा है और स्वतंत्र भारत के छह दशकों के संवैधानिक-सामाजिक-राजनैतिक सुधारोन्मुख प्रयासों के बावजूद भारत आज पूरी तरह से समग्र रूप में शोषणमुक्त नहीं हो सका है।

मानसिक और बौद्धिक शोषण एक विशेष प्रकार का सम्मोहन उत्पन्न कर देता है, जिससे व्यक्ति को अपनी पीड़ा और दुर्दशा का अहसास भी नहीं होता। देश में पुरोहितवाद और धार्मिक कर्मकाण्ड इसी प्रकार के शोषण द्वारा देश की करोड़ों जनता को शोषित बनाए हुए हैं। कई प्रकार का बौद्धिक शोषण भारत के राजनैतिक, सामाजिक, सांस्कृतिक और शैक्षणिक इत्यादि समस्त क्षेत्रों में प्रायः स्पष्टतः परिलक्षित होता है। आज भी विश्व के अनेक देशों में अधिनायकवाद, धार्मिक कट्टरवाद और राजशाही को जो सम्मान प्राप्त हो रहा है, वह इसी सम्मोहन का परिणाम है। पश्चिम एशिया और मध्य पूर्व एशिया के मुस्लिम बहुल देशों में 'इस्लामिक स्टेट' जैसे आतंकी संगठनों का पैदा होना और इसके द्वारा पर्याप्त समर्थन जुटा लेना, इसी प्रकार के बौद्धिक शोषण का ज्वलंत उदाहरण है।

मनुष्य का आध्यात्मिक निर्माण -

यह विश्व अत्यधिक विविधतापूर्ण है। प्राकृतिक संसाधनों से लेकर मानव स्वभाव तक यह वैविध्य स्पष्ट दिखाई पड़ता है। वास्तव में यह वैविध्य ही सौंदर्य उत्पन्न करता है। वस्तुतः ईश्वर या सृष्टि निर्माता की दृष्टि में हम सभी एक हैं, किंतु व्यवहार में भेदभाव बना रहता है। संभवतः यह भेदभाव अवश्य चिरकाल तक विद्यमान रहेगा।

विश्वधर्म का यदि यह अर्थ हो कि एक ही प्रकार के विश्व मत में संसार के सभी लोग विश्वास करें, तो यह सर्वथा असंभव ही होगा। यह कभी नहीं हो सकता, क्योंकि वैचित्र्य तथा विविधता ही मानव स्वभाव का आधार होता है।

समस्त संसार में कभी भी एक ही प्रकार की अनुष्ठान पद्धति या एक ही प्रकार की जीवनशैली या विचारधारा प्रचलित नहीं हो सकती। न कभी ऐसा हुआ है, न भविष्य में इसकी संभावना है। अगर कभी हो भी जाए, तो व्यवहार में यह सृष्टि और इसका आकर्षण ही पूर्णतः लुप्त हो जाएगा, क्योंकि विविधता ही मानव जीवन का आधार और इस प्रकृति का मूल आकर्षण है। जो लोग अपने मत को सर्वश्रेष्ठ मानते हुए दूसरों पर इसे थोपना चाहते हैं तथा एक प्रकार के ही मत पर आधारित विश्व का निर्माण करने के लिए आतुर रहते हैं और इसके लिए हिंसा और आतंकवाद का मार्ग अपनाने से भी नहीं चूकते हैं, उन्हें संभवतः प्रकृति और मानव स्वभाव का वास्तविक सत्य पता नहीं होता। उन्हें यह भी नहीं मालूम होता कि 'वैचित्र्य' ही जीवन की मूल भित्ति होती है।

प्रकृति और इस ब्रह्मांड का समस्त आकर्षण और नवाचार इस 'वैचित्र्य' में ही सन्निहित होता है। यही कारण है कि विश्व के अलग-अलग क्षेत्रों में अलग-अलग किस्म के रंग-रूप के मनुष्य पाए जाते हैं। भिन्न-भिन्न प्रकार के मौसम और जलवायु प्रकृति की देन है। यह विविधता ही इस ब्रह्मांड का आकर्षण है। वास्तव में प्रकृति द्वारा रची गई प्रत्येक वस्तु सुंदर है। यह मनोरोग ही कहा जाएगा कि हम स्वयं को अधिक सुंदर और श्रेष्ठ मानें और दूसरे को कमतर आंके।

यदि हम दुनिया के समस्त धर्मग्रंथ पढ़ डालें, तो भी संभव है कि फिर भी ईश्वर या धर्म का हमें तनिक भी ज्ञान न हो पाए। यह भी संभव है कि हम सारी उम्र ज्ञान और अध्यात्म की बातें, प्रवचन तथा शास्त्रार्थ करते रहें, फिर भी हमारी कोई आध्यात्मिक उन्नति न हो सके। संपूर्ण विश्व में पैदा हुए अब तक के विद्वानों में से चाहे हमारी बुद्धि सबसे अधिक ही प्रखर क्यों न हो, परंतु फिर भी वह हमें ईश्वर तक पहुंचने का किंचित मार्ग भी न सुझा सके। इस विश्व और संपूर्ण मानवता का स्पष्ट अनुभव है कि उच्चतम बौद्धिक शिक्षा के बाद भी विश्व समाज में कितने ही घोर अधार्मिक, हिंसक एवं असहिष्णु व्यक्ति उत्पन्न होते रहे हैं। आज भी विश्व इस प्रकार के अधार्मिक तथा असहिष्णु आंदोलन से उत्पन्न आतंकवाद से पीड़ित दिखाई दे रहा है। आश्चर्य की बात है कि आतंकी घटनाओं के द्वारा पूरे विश्व में अलग-अलग स्थानों पर हजारों निर्दोष नागरिकों की हत्याओं के दोषी स्वयं को ईश्वर का उपासक घोषित करते हैं और संपूर्ण विश्व में एक मत पर आधारित घोर अवैज्ञानिक तथा अमानवीय व्यवस्था की रचना करना चाहते हैं। इस प्रकार के पथभ्रष्ट लोगों को सही आध्यात्मिक ज्ञान दिए जाने की आवश्यकता है।

धारयते इति धर्मः –

'धारयते इति धर्मः'

अर्थात जिसे धारण किया जा सके, जिससे विकास व रक्षा हो, वही 'धर्म' है। इस क्रम में यह माना जाना चाहिए कि भारतीय चेतना में 'धर्म' मात्र उपासना पद्धतियों तक सीमित नहीं है। विभिन्न धर्मो एवं उपासना पद्धतियों के अनुयायी भी भारतीय दर्शन के अंग बन सकते हैं। वास्तव में भारत एक उदार देश है और यहां आदिकाल से सभी प्रकार के सम्प्रदाय, पंथ, पूजा-पद्धतियां और सभ्यताएं पोषित होती रही हैं। यही कारण है कि भारत में वेदों के विरोधी चार्वाक को दार्शनिक और महात्मा बुद्ध, महावीर स्वामी, गुरु नानक, कबीर तथा सत्य साई को ईश्वर का रूप माना गया है।

वास्तव में जो सहायता हमें आध्यात्मिक बल देती है, वही सर्वश्रेष्ठ होती है। उसके बाद आती है, बौद्धिक सहायता और उसके बाद है शारीरिक सहायता। केवल शारीरिक सहायता द्वारा ही संसार के दुःखों से छुटकारा नहीं हो सकता। जब तक मनुष्य का स्वभाव ही परिवर्तित नहीं हो जाता, तब तक ये शारीरिक आवश्यकताएं सदा बनी ही रहेंगी और फलस्वरूप क्लेशों का अनुभव भी सदैव होता रहेगा। कितनी भी शारीरिक सहायता उसका पूर्ण उपचार नहीं कर सकती। उस समस्या का केवल एक ही समाधान है और वह है मानव जाति को पवित्र कर देना। अपने चारों ओर हम जो अशुभ तथा क्लेश देखते हैं, उन सबका केवल एक ही मूल कारण है- अज्ञान।

जब तक मनुष्य का चरित्र परिवर्तित नहीं होता, तब तक यह समस्त दुःख-क्लेश बना ही रहेगा। केवल आध्यात्मिक ज्ञान द्वारा ही हमारे अनंत दुःख, तनाव तथा दैन्य-क्लेशों का सदा के लिए अन्त हो सकता है। अतएव किसी मनुष्य की आध्यात्मिक सहायता करना ही उसकी सबसे बड़ी सहायता करना है। जो मनुष्य को परमार्थिक ज्ञान दे सकता है, वही मानव समाज का सबसे बड़ा हितैषी है। जिन व्यक्तियों ने दूसरे मनुष्यों की आध्यात्मिक सहायता की है, वे ही वास्तव में सबसे अधिक सामर्थ्यवान और सक्षम होते हैं। कारण यह है कि आध्यात्मिकता ही हमारे जीवन से समस्त कृत्यों का सच्चा आधार है। आध्यात्मिक रूप से समर्थ व्यक्ति यदि चाहे, तो हर विषय में सक्षम हो सकता है। जब तक मनुष्य में आध्यात्मिक बल नहीं आता, तब तक उसकी भौतिक आवश्यकताएं भी भली-भांति तृप्त नहीं हो सकतीं।

यदि हम संसार के महापुरूषों के जीवन, दर्शन एवं चरित्र का व्यापक अध्ययन करें, तो यह स्पष्ट रूप से दिखाई पड़ता है कि सुख की अपेक्षा दुःख ने तथा सम्पत्ति की अपेक्षा दारिद्रय ने ही इन महापुरूषों को अधिक शिक्षा और प्रेरणा प्रदान की है। इसी प्रकार प्रशंसा की अपेक्षा आघातों ने ही उन्हें और अधिक दृढ़ और प्रज्ञावाऩ बनाया। यदि किसी धर्म को अधिकांश लोगों के लिए उपयोगी होना है, तो उसमें भिन्न-भिन्न वर्गों के लोगों के लिए उपयुक्त सामग्री जुटाने की क्षमता होनी चाहिए और जहां इस क्षमता का

अभाव है, वहां सभी संप्रदाय एकदेशीय हो जाते हैं। हिंदू धर्म में जो एक राष्ट्रीय भाव देखने को मिलता है, वह निश्चय ही हिंदुत्व में व्याप्त 'आध्यात्मिकता' के कारण है। किसी अन्य धर्म में तथा संसार के किन्हीं अन्य धर्मग्रन्थों में ईश्वर की परिभाषा करने में इतनी शक्ति लगाई गई हो, ऐसा देखने को नहीं मिलता।

दुर्भाग्यवश आज के भौतिकवादी मनुष्य ने धर्म के अनुपालन में ईश्वर और प्रकृति से संबंध तो स्थापित कर लिया है, किंतु ईश्वर के साथ संबंध में भी मनुष्य ने प्रेम से अधिक स्वार्थ के तत्व को महत्व दिया है। आज मनुष्य में परमात्मा से सांसारिक वस्तुओं को पाने की लालसा अधिक हो गई है, क्योंकि उसे लगता है कि जीवन का वास्तविक आनंद इन्हीं उपभोक्तावादी पदार्थों में है। वह जीवनभर, निरंतर सांसारिक कामनाओं की पूर्ति के लिए स्वयं भी प्रयास करता रहता है और परमात्मा से भी सहायता की याचना करता है। कई बार जब उसे आशा से परे चीजें मिल जाती हैं, तो उसे स्वयं पर परमात्मा की कृपा दिखने लगती है। वह ईश्वर की उपासना को लेकर गंभीर हो जाता है और उसमें प्रेम का तत्व भी प्रबल होने लगता है। ऐसे में लगता है कि धर्म उसका अंगवस्त्र बन गया है, किंतु जब उसके क्षणिक काम नहीं होते या उसे वांछित आर्थिक लाभ प्राप्त नहीं होता, तो तत्क्षण ही ईश्वर के प्रति उसका प्रेम भाव और भक्ति भाव न्यूनतम स्तर पर पहुंच जाता है और लेन-देन की व्यापारिक सोच प्रभावी होने लगती है। परमात्मा से लेन-देन पर आधारित संबंध स्थापित करने का प्रयास परमात्मा की महानता और उसके गुणों के प्रति अज्ञानता का ही प्रतीक है।

अव्यवस्था से मुक्ति का मार्ग-

भगवान बुद्ध का कहना था-'मन ही सब कुछ है। आप जो भी चाहेंगे, वैसा होना संभव है।' मन की दुर्बलता के कारण ही वास्तव में हम पराजित होते हैं। यदि हम दुर्बल हो गए और पराजित हो गए, तो इसका मतलब यह होगा कि हमने असफलताओं को अपने विचारों पर हावी होने का मौका दे दिया एवं स्वयं को जानने-समझने में हम वास्तविकता से विपरीत दिशा में चले गए। मन के हारे हुए लोगों को सफलता शायद ही कभी मिलती है। उनके मन-मस्तिष्क में यह बात पूरी तरह घर कर गई होती है कि वह अक्षम हैं। कठिनाइयों, परेशानियों, संकटों का सामना करने, उन्हें हटा सकने की क्षमता उनमें नहीं है। फलतः यदि कहीं सफलता के चिन्ह दृष्टिगोचर होते भी हैं, तो वे भी उन्हें स्वीकार्य एवं ग्राह्य नहीं हो पाते। इसके विपरीत सशक्त मनोबल वालों के सामने बड़ी विघ्न-बाधाएं भी नत-मस्तक हो जाती हैं। कारण कि वे हर प्रकार की समस्याओं का हल निकालने के प्रति आशावादी दृष्टिकोण रखते हैं। अपने आशावादी दृष्टिकोण के कारण ही अंततः वे सफल भी होते हैं।

'गीता' में भी दुख से मुक्ति का एक ही सर्वोत्तम उपाय बताया गया है- 'कर्मयोग।'

'गीता' में मनुष्य को निरंतर कर्म में रत रहने की शिक्षा दी गई है। निश्चित रूप से कर्म स्वयं में एक परिणाम ही होता है। वास्तव में जब कर्म को परिणाम की चिंता किए बिना किया जाता है, तो उसकी कुशलता बढ़ जाती है। वास्तव में यह एक मनोविज्ञान है, जिसे युगों पूर्व 'गीता' में समझाया गया था। आशय स्पष्ट है कि जब हम कार्य का आनंद लेते हैं, तो यह आनंद स्वयं में एक परिणाम होता है। कार्य में आनंद से परिणाम की गुणवत्ता कई गुना बढ़ जाती है। ऑफिस का काम करते समय, अध्ययन-अध्यापन, लेखन आदि करते हुए, खेती करते हुए या किसी भी प्रकार का श्रम करते हुए हम अपनी समूचे चेतना कर्म में झोक सकते हैं। उसका उचित पारिश्रमिक मिले या न मिले, हमारी कर्म कुशलता का बढ़ना प्रायः सुनिश्चित है। हम संघर्ष में हो सकते हैं, लेकिन कभी यह प्रश्न पूछने की जरूरत नहीं महसूस करेंगे कि दुख क्या है? क्योंकि दुख भी कर्म करने में लगी ऊर्जा में ढल जाएगा। हम शोक में होकर भी सत्ता से मुक्ति की अवस्था में रह सकते हैं।

□□

7. देकर श्वेद और रक्त, बनाएंगे देश सशक्त

समाज से असमानता और पाखंड को मिटाने के लिए बहुत सघन प्रयास किए जाने की आवश्यकता है। इस हेतु नवीन सामाजिक पुनर्जागरण और धार्मिक सुधार आंदोलन किए जाने चाहिए। यह ऐसा कार्य है, जिसे समाज के उद्यम द्वारा ही सम्पन्न किया जा सकता है। सामाजिक भेदभाव से मुक्ति के लिए यह आवश्यक है कि हम अपने व्यक्तिगत और सामाजिक जीवन से उन कुरीतियों, रूढ़ियों और अवैज्ञानिक मान्यताओं को समूल उखाड़ फेंके, जिन्होंने हजारों वर्षों तक भारतीय समाज और एक राष्ट्र के रूप में भारत को बहुत नुकसान पहुंचाया है। भारतीय नागरिकों को जातिगत, प्रांतगत, भाषागत, अहंकारों के सूक्ष्मतम अवशेषों को भी स्वयं के चिंतन और आचरण से निकाल बाहर करना होगा। हिंदुओं के धर्मस्थान, अंतिम संस्कार के स्थान व जलाभरण के स्रोत समस्त हिंदुओं के लिए समान रूप से खुले हों, ऐसी व्यवस्था करने का दायित्व वस्तुतः समाज के प्रत्येक व्यक्ति का है। हिंदुओं के अनेक पंथ-संप्रदाय, भाषा, प्रांत, जातियों के गौरव सिद्ध हुए महापुरुषों के नाम पर होने वाले कार्यक्रमों, उत्सवों में सब हिंदुओं की सहभागिता हो, ऐसी पहल समाज में तत्काल व्यापक रूप से की जानी चाहिए। हमारे पास दर्शनों की कमी कभी भी नहीं रही है। अपने शाश्वत मूल्यों के आधार पर व्यक्तिगत व सामूहिक जीवन का काल-सुसंगत विचार भी अनेक महापुरुषों ने प्रत्येक काल में समाज के समक्ष रखा है। आवश्यकता आज ऐसे श्रेष्ठ और आदर्श विचारों को व्यवहार में लाने की है। 'कथनी' और 'करनी' में भेद के रहते एक सुसंगत एवं आदर्श समाज की स्थापना कदापि संभव नहीं होगी।

समाज में सजगता, एकात्मता, व्यक्तिगत व राष्ट्रीय चारित्र्य, अनुशासन इत्यादि सद्गुणों के आधार पर धैर्यपूर्वक सामूहिक उद्यम खड़ा करने की आवश्यकता आज भारत में महसूस की जा रही है। ऐसा हो सका, तो शीघ्र ही समस्त चुनौतियों व संकटों को पार कर एक संतुलित, सुखी, सर्वांग, सुंदर, वैश्विक जीवन का पथ-प्रदर्शक राष्ट्र-जीवन खड़ा करना अवश्य ही संभव होगा।

आज के युग में प्रत्येक मनुष्य अहंकार और स्वार्थ से ग्रस्त है। इसी अज्ञानता के कारण मानव और मानवता के बीच लंबी खाई बन गई है। मानवीय संवेदनाएं लुप्त होती

जा रही हैं। जीवन मूल्यों का अस्तित्व अर्थहीन हो रहा है। आधुनिक मानव इस कदर स्वार्थी हो गया है कि उसे अपना सुख, अपनी कीर्ति और अपना ही वर्चस्व चाहिए। अहंकार के कारण व्यक्ति का दृष्टिकोण अत्यंत सीमित हो जाता है, जबकि उदार दृष्टि वाले व्यक्ति में सौहार्द भावना होती है। श्रेष्ठ व्यवहार का मूल सूत्र है-सौहार्द एवं सहिष्णुता। सौहार्द भावना का तात्पर्य है-दूसरे की विशेषता देखकर प्रसन्नता जाहिर करना, दूसरे की विशेषता को प्रोत्साहन देना और इसे जनता तक सहज भाव से पहुंचाना।

जब समाज में मानवता का दीप बुझ जाता है, तो सर्वत्र अंधकार फैल जाता है। आज इसी मानवता के ह्रास के कारण विश्व जगत अनेक प्रकार के समस्याओं, अन्याय और हिंसा से पीड़ित है। मानवतारहित समाज में मनुष्य को भले-बुरे, कर्तव्य-अकर्तव्य, सार-असार, पवित्रता-अपवित्रता का ज्ञान नहीं रहता। आज संपूर्ण विश्व अनन्य कारणों से त्रस्त है। वास्तव में इस संसार में सुख भी हैं और दुख भी। दोनों की अनुभूति एक-दूसरे के अस्तित्व के कारण ही होती है। दिन का महत्व इसलिए है कि रात आती है और रात का महत्व इसलिए है कि रात के बाद दिन आता है। सच्चाई यह है कि प्रत्यके व्यक्ति सुख चाहता है, दुःख निश्चित रूप से कोई भी नहीं चाहता। यही कारण है कि व्यक्ति दुःख- निवारण का मार्ग खोजता है, ताकि वह सुख-चैन से रह सके, लेकिन उसकी खोज की दिशाएं गलत हैं। वह स्वयं को बदलना नहीं चाहता। उसकी चाह सदैव दूसरों को ही बदलते हुए देखने की रहती है। स्पष्ट है कि भीतर से आया आंतरिक बदलाव ही हमें समस्याओं और शोक से बाहर निकलने का कोई स्थाई समाधान दे सकता है।

तन-मन-धन का अर्पण, मांगे राष्ट्र समर्पण -

वास्तव में पश्चिम की भोगवादी संस्कृति का अंधानुसरण करके हम अपने लिए विनाश के बीज स्वयं बो रहे हैं। पश्चिम के द्वारा सृजित और प्रसारित किए जा रहे उपभोक्तावाद से भारतीय समाज को अनेकानेक हानियां हो रही हैं, तथापि संपूर्ण भारत बिना विचार किए इसके सम्मोहन में उलझा जा रहा है। वास्तव में उपभोक्तावाद से पश्चिमी देशों को तो सीधा-सीधा आर्थिक लाभ हो रहा है और वे समृद्ध होते जा रहे हैं। चूंकि अधिकांश उत्पादों का निर्माण और विपणन पश्चिमी देशों के हाथ में है, इसलिए उनके नागरिक निरंतर दिन-प्रतिदिन और अधिक समृद्ध और खुशहाल होते जा रहे हैं। भारत जैसे देशों के हाथ कुछ नहीं आ रहा है। उपभोक्तावाद की इस आंधी ने हमें मानसिक, वैचारिक, सामाजिक तथा आर्थिक रूप से कंगाल बना डाला है। हम इस प्रकार के कंगाल होते जा रहे हैं, जिसे अपनी निर्धनता दिखाई ही नहीं पड़ रही है।

उपभोक्तावाद के इस व्यापक सम्मोहन का ही दुष्परिणाम है कि आज भारतीय नागरिकों को न तो अपनी संस्कृति पर विश्वास है, न ही अपने गौरवशाली इतिहास और दर्शन पर। आज भारतवासी अपने जीवन मूल्यों से भी विचलित हो गए हैं और इसीलिए

स्वतंत्रता प्राप्ति के कई दशक बीतने के बाद भी भारत में आम जनमानस में राष्ट्रीय चेतना और देश के लिए जीने-मरने का भाव विकसित नहीं हो सका है। हाल यह है कि आज जब एक औसत भारतीय के समक्ष भारतीय संस्कृति, मूल्यों एवं राष्ट्रीय उपलब्धियों की आलोचना होती है, तो वह या तो मौन साध लेता है या फिर स्वयं भी आलोचकों की ही भाषा बोलने लगता है।

मूलतः भारतीय जीवन दर्शन गीता द्वारा प्रतिपादित जीवन दर्शन है। स्वयं महात्मा गांधी गीता के कर्मयोग को भारतीय जीवन दर्शन का आधार मानते थे। उनकी दृष्टि में गीता मात्र एक धार्मिक पुस्तक नहीं थी। दुर्भाग्यवश भारत में ही कतिपय कारणों से कुछ व्यक्ति राष्ट्रीय गौरव और चिंतन के इस प्रतीक की अवहेलना करते दिखाई पड़ते हैं। यह बिडम्बना ही है कि जिस देश में गीता के कर्मयोग का उद्भव हुआ, वही देश अपने आचरण में उसके ठीक विपरीत कार्य करता आ रहा है, कर रहा है। यह स्थिति राष्ट्र के लिए शुभ नहीं है। इसके विपरीत यूरोप, अमेरिका, इस्रायल और ऑस्ट्रेलिया अगर आज वैश्विक मंच पर शिखर पर खड़े दिखाई पड़ते हैं, तो इसके पीछे इन देशों के नागरिकों का कर्मयोग ही है। भारतीय नागरिकों को भी स्वयं को कर्मयोग की अग्नि में तपाना होगा। कर्महीनता की स्थिति के कारण ही आज भारत वैश्विक मंच पर सभी क्षेत्रों में बहुत पीछे दिखाई पड़ रहा है। इसे बदला जा सकता है।

गुलामी का महिमामंडन –

यह भारत का दुर्भाग्य है कि स्वतंत्रता प्राप्ति के उपरांत देश में राष्ट्रीय चेतना और गौरवबोध को जागृत करने की दिशा में कोई चेष्टा नहीं की गई। कई ऐसे बिन्दु हैं, जिन पर एक स्वतंत्र राष्ट्र के रूप में हमें कार्य करना चाहिए था। आज भी देश के प्रत्येक कोने में सर्वत्र गुलामी के प्रतीकों को ही महिमामंडित किया जा रहा है। निश्चित रूप से यह हमारी अज्ञानता के कारण हो रहा है। आज भी देश में विभिन्न शहरों, महानगरों और यहां तक कि देश की राजधानी में विभिन्न स्मारकों, सड़कों, मार्गों, भवनों और सार्वजनिक स्थलों के नांम ऐसे व्यक्तियों के नाम पर हैं, जो चेतना एवं कर्म से शुद्ध रूप से भारत विरोधी थे। यह शर्म का विषय है कि स्वतंत्रता के छह दशक बीतने के बाद भी हमारी चेतना और राष्ट्रीय अस्मिता का बोध जागृत नहीं हो सका है।

भगत सिंह, लाला लाजपत राय, मदन मोहन मालवीय, सरदार पटेल, डॉ. हेडगेवार, सुभाषचंद्र बोस और डॉ.अम्बेडकर जैसे राष्ट्रभक्त यदि आज जीवित होते, तो निश्चय ही वे देश को ऐसा चेतनाविहीन और कर्महीन न रहने देते। देश की स्वतंत्रता के बाद देश में सत्तासीन सरकारों ने स्वयं को निहित स्वार्थों के कारण राष्ट्रीय चेतना और गौरव भाव से विलग कर लिया और इसके चलते बौद्धिक और मानसिक रूप से देश का पतन होता गया। पाश्चात्य देशों के अर्थ तंत्र के प्रभाव में आकर देश की सरकारों ने मात्र

भौतिक विकास को ही विकास का अंतिम सूचकांक मान लिया, इसीलिए स्वतंत्र भारत में देश का विकास मात्र तकनीकी और उपभोक्ता वस्तुओं के क्षेत्र में विकास तक सीमित होकर रह गया है।

स्वतंत्र भारत में देश की विकास यात्रा जवाहरलाल नेहरू के नेतृत्व में प्रारंभ हुई। नेहरू मूलतः पाश्चात्य शिक्षा और मानसिकता से प्रभावित थे और इसीलिए उन्होंने पश्चिम से प्राप्त उसी चेतना को भारत पर थोपने का प्रयास किया। देश के प्रधानमंत्री के रूप में उनके लंबे कार्यकाल में देश की चेतना को सही रूप में जागृत करने और उसे पुष्ट करने का कोई वास्तविक ठोस प्रयास नहीं हुआ। उनका अधिक ध्यान देश की विदेश नीति, औद्योगिक विकास और प्रशासन पर ही केंद्रित रहा। उनके योगदान को नकारे बिना भी यह कहा जा सकता है कि उन्होंने अपनी मजबूत राजनैतिक स्थिति का सदुपयोग भारत को समग्र रूप से सशक्त और सक्षम बनाने में नहीं किया।

भारत सवा सौ करोड़ नागरिकों का एक विशाल देश है। दुर्भाग्यवश स्वतंत्र भारत में नागरिकों को ठीक से राष्ट्र के प्रति अपने दायित्वों से परिचित, शिक्षित तथा प्रशिक्षित करने का कोई प्रयास नहीं किया गया है। अधिकांश भारतीय नागरिक अपने दैनिक जीवन में राष्ट्र के विषय में कोई चिंतन नहीं करते। छोटे-बड़े हर काम करने से पहले यदि नागरिक राष्ट्र का चिंतन करे, तो उसे अवश्य ही अपने द्वारा किए जा रहे कार्यों की गुणवत्ता का सही बोध हो सकेगा। यह भी आश्चर्यजनक है कि अनेक ऐसे कार्य जिन्हें नागरिकों को स्वयं करना चाहिए, उन कार्यों के लिए भी देश के नागरिक सरकार और प्रशासन की ओर असहाय होकर देखते रहते हैं। आखिर क्यों? कई छोटे-छोटे कार्य सामूहिक सहभागिता से नागरिकों द्वारा किए जा सकते हैं। इनसे न केवल व्यक्तिगत स्तर पर नागरिक जागरूक और सक्रिय होंगे, वरन समाज और राष्ट्र का भी व्यापक लाभ होगा।

कर्मशील नागरिक ही एक स्वस्थ और समृद्ध समाज व राष्ट्र का निर्माण कर सकते हैं। आखिर क्यों हम सरकारों और नियोजन तंत्र पर इस कदर निर्भर हो गए हैं कि हम स्वयं नागरिक धर्म का पालन करते हुए अपने दायित्वों का निर्वहन नहीं कर सकते? यह प्रवृति कतई अच्छी नहीं है कि हम स्वयं तो किसी भी प्रकार की जिम्मेदारी का पालन न करें और हर समय सारा दोष दूसरों पर ही मढ़ते रहें। हमें यह भी देखना चाहिए कि देश से जुड़े गंभीर मुद्दों पर हम क्या कर रहे हैं और समाज और राष्ट्र के लिए हमारा क्या योगदान तथा प्रतिबद्धता है?

भोगवादी संस्कृति का अंधानुकरण -

परिवर्तन प्रकृति का नियम है। इस बात को सभी जानते हैं, लेकिन इस समय जो परिवर्तन हो रहा है, उसके साथ विकृति आ गई है। समाज में हो रही घटनाएं हमें सोचने के लिए मजबूर कर रहीं हैं कि आखिरकार हम जा कहां रहे हैं? आज प्रायः बदलाव

की चर्चा तो होती रहती है, परंतु सामाजिक मूल्यों को दरकिनार कर दिया जाता है। सामाजिक मूल्यों की स्थापना का दायित्व हमारे परिवारों और शैक्षिक संस्थानों का होता है। पहले लोगों का सांस्कृतिक मान्यताओं पर विश्वास होता था, परंतु धीरे-धीरे यह विश्वास निरंत कम होता जा रहा है। पश्चिम की संस्कृति का बिना विचारे अंधानुकरण किया जा रहा है। पश्चिम की संस्कृति का समाज में लगातार बढ़ना और अपनी संस्कृति से दूरी बनाना भी समाज को गलत दिशा में धकेल रहा है। यह आश्चर्य का विषय है कि पश्चिमी देश अपनी सभ्यता, संस्कृति और परंपराओं से कहीं अधिक प्रेम करते हैं और उनसे गहरा जुड़ाव रखते हैं। वास्तव में यह पश्चिमी देश आर्थिक लाभ प्राप्त करने की अपनी नीतियों के कारण अपना 'सांस्कृतिक कचरा' भारत जैसे देशों में उड़ेल रहे हैं। दुर्भाग्यवश इस 'कचरे' को अपनाकर हीनभाव से ग्रसित अधिसंख्य भारतीय स्वयं को बड़ा गौरवान्वित महसूस करते हैं।

पश्चिम के 'सांस्कृतिक कचरे' के प्रभाव के फलस्वरूप भारतीय घरों में पारंपरिक ज्ञान और जीवन मूल्यों की निरंतर कमी होती जा रही है। टीवी और इंटरनेट के जरिए सामाजिक मूल्यों को बहुत तेजी से क्षतिग्रस्त किया जा रहा है। यद्यपि सूचना एवं तकनीक से जुड़े आधुनिक उपकरण रचनात्मक-प्रयोग की दृष्टि से बनाए जाते हैं, परंतु व्यापक पैमाने पर इनका दुरुपयोग होने लगता है। इस विश्व में नकारात्मक प्रवृत्ति के लोगों की संख्या बढ़ती ही जा रही है और वे सदुपयोग के लिए बनाए गए रचनात्मक उत्पादों और उपकरणों का भी दुरुपयोग करना सीख ही लेते हैं। मानव स्वभाव प्रायः रचनात्मक वस्तुओं के स्थान पर नकारात्मक कार्यों की ओर अधिक प्रवृत्त होता है। समाज विरोधी व्यक्तियों के द्वारा इसी मानवीय प्रवृत्ति को निरंतर पोषित और विकसित किया जाता है।

टीवी और इंटरनेट, ज्ञान-विज्ञान और शोध का श्रेष्ठ माध्यम हो सकते हैं, परंतु भारत में इनका रचनात्मक प्रयोग बहुत कम होता है। भारत में टीवी पर विज्ञान, शोध और अनुसंधान से जुड़े कार्यक्रम न के बराबर होते हैं, जबकि पश्चिमी देशों में इस प्रकार के रचनात्मक कार्यक्रमों और अनुसंधान आधारित विशेषज्ञ चैनलों की भरमार है। भारत में हम ज्ञान, विज्ञान और अनुसंधान आधारित कार्यक्रमों के स्थान पर मात्र उथले मनोरंजन, गीत-संगीत, कॉमेडी तथा फैमिली ड्रामा इत्यादि को ही अधिक पसंद करते हैं।

स्पष्ट है कि भारत में 'संचार क्रांति' तो आ गई है, परंतु अभी 'सूचना क्रांति' से भारत दूर बना हुआ है। सुबह से लेकर शाम तक भारतीय चैनल बेसिर-पैर के फूहड़ और अधकचरे सीरियल और कार्यक्रम दिखाते रहते हैं। इन कार्यक्रमों को देखने से भारतीय समाज को कुछ भी प्राप्त नहीं होता है। एक तरफ समय की बर्बादी हो रही है, वहीं दूसरी ओर नागरिकों की बौद्धिक चेतना का क्षरण हो रहा है। स्पष्ट है कि भारतीय समाज में जो कुछ भी गलत हो रहा है, उसका दोष हम मात्र पश्चिमी देशों पर नहीं थोप सकते। क्यों नहीं हम उनकी अच्छी चीजों की नकल करते ? भारतीय सामाजिक जीवन

से यदि मूल्यों का तेजी से क्षरण हो रहा है, तो इसके लिए स्वयं भारतीय नागरिक ही अधिक उत्तरदायी हैं।

आज तेजी से सामाजिक मूल्यों का लगातार पतन हो रहा है, मूल्य टूटते जा रहे हैं। वे शैक्षणिक संस्थान, जो कभी देश में सामाजीकरण की प्रक्रिया को बढ़ाने के लिए जाने जाते थे, तथा जहां परिवार, रिश्तों, सामाजिक मूल्यों, राष्ट्रीयता और राष्ट्रीय चरित्र के निर्माण के बारे में पाठ पढ़ाया जाता था, वे ही संस्थान अब मात्र उदर पोषण के लिए येन-केन-प्रकारेण तकनीकी पाठ्यक्रम पूरा कराने तक सीमित होकर रह गए हैं। आज नैतिक मूल्यों को सिखाने को कोई तैयार नहीं है। पुरानी पीढ़ी के लोग नैतिक मूल्यों को लेकर ज्यादा सतर्क रहते थे। घरों में बड़े बुजुर्ग, बाल्यावस्था से ही बच्चों का नैतिक आत्मबल जागृत करने का प्रयास करते थे, लेकिन आज बुजुर्गों की शिक्षा को मानने वाला कोई नहीं है।

बुजुर्गों से सीख लेने के बजाय समाज से उन्हें अनुपयोगी और बोझ मानकर दरकिनार कर दिया गया है। पहले दूर के रिश्तों का भी व्यक्ति के जीवन और सामाजिक जीवन में बड़ा महत्व होता था। आज न सिर्फ दूर के रिश्ते, बल्कि उनका महत्व भी खत्म होता जा रहा है। शहरों में रहने वाले बच्चे आज इन रिश्तों का कोई मतलब नहीं जानते। मां-बाप के अतिरिक्त उन्हें एक वृहद परिवार और समाज की कहीं कोई जानकारी नहीं होती। यह बच्चे जब गांव या देहात में जाते हैं, तो इनकी नाटकीयता देखते ही बनती है। ऐसा लगता है कि ये बच्चे कहीं विदेश में घूम रहे हैं या विदेश से होकर आए हैं और इन्हें भारतीय समाज की कहीं कोई जानकारी लेश मात्र भी नहीं है। विकास के नाम पर यह ढोंग और पाखंड भारत में कई प्रकार के वर्गों का निर्माण कर रहा है। इससे देश में भयंकर असंतुलन और असमानता पैदा हो रही है।

भौतिकता नहीं, उत्कृष्टता महत्वपूर्ण -

आधुनिक पीढ़ी की त्रासदी यह है कि आर्थिक समृद्धि से जुड़ी उपलब्धियां मात्र इस पीढ़ी के लिए जीवन का लक्ष्य बनकर रह गई हैं। आधुनिक पीढ़ी के लिए धर्म, अध्यात्म और नैतिकता की चर्चा रूचि का विषय नहीं रह गई है। समाज में बढ़ते मानसिक तनाव, अवसाद और अविश्वास की भावना के कारण बहुत तेजी से जीवन-मूल्यों का क्षरण होता जा रहा है। इससे सामाजिक और पारिवारिक विन्यास में भी बाधाएं उत्पन्न हो रही हैं। समय की मांग को देखते हुए हमें आचरण शुद्धि द्वारा नैतिकता का विकास करना होगा। भगवान महावीर का प्रारंभिक दर्शन भी सर्वोपयोगी नैतिक आचार संहिता में ही निहित था। वस्तुतः जीवन मूल्यों तथा नैतिक आचरण का पालन ही सच्चे 'धर्म' का प्रतीक है। नैतिकता को प्रतिरोधक शक्ति का स्वरूप देकर ही अनैतिक आचरण के छिद्र अवरुद्ध किए जा सकते हैं। व्यक्ति, समाज और राष्ट्र में विचारशुद्धि से ही बुराइयों और पाप कर्मों को

निरुत्साहित किया जा सकता है। आचार-विचार की शुद्धता का दूसरा नाम ही 'धर्म' है।

हम अपने आसपास विभिन्न प्रकार की जीवन-शैलियां देखकर उनकी नकल करना चाहते हैं। समाज में उच्च श्रेणी के लोग जिस प्रकार का खान-पान, उठना-बैठना, व्यवहार आदि करते हैं, हम उसी की नकल करना चाहते हैं। अधिकांशतः नकल करते समय हम यह भी नहीं सोचते कि इस प्रकार के व्यवहार हमारी जीवन पद्धति के अनुकूल हैं भी या नहीं। अनुसरण के लिए उस कार्य या व्यवहार का हमारे लिए अनुकूल होना भी परम आवश्यक होता है।

आज सारे संसार में इंटरनेट के माध्यम से विभिन्न प्रकार की जीवन-शैलियों और सांस्कृतिक आदान-प्रदान के कारण पाश्चात्य देशों के व्यवहार और तौर-तरीकों की बिना जाने-समझे नकल करने की होड़ सी लग गई है। पश्चिम के अंधानुकरण से नशा और व्याभिचार हमारे देश में भी आज फैशन सरीखे बनते जा रहे हैं। भारत भी इसी प्रकार के सांस्कृतिक एवं वैचारिक हमले का शिकार हो रहा है। यह स्थिति शुभ नहीं है और हमें अपने वातावरण, परिवेश और संस्कारों के अनुसार ही स्वयं का विकास करने की दिशा में चिंतनशील होना चाहिए। किसी की नकल मात्र कर लेने से हमारा गौरव नहीं बढ़ेगा। नकल से हम वैचारिक एवं मानसिक दासता के ही शिकार होंगे।

भौतिक एवं उपभोक्तावादी वस्तुओं और लौकिक संपदाओं का भी अपना एक महत्व है, किंतु उसी सीमा तक, जिस सीमा तक उनकी प्राप्ति और उपलब्धि मनुष्य की उत्कृष्टता को प्रभावित न कर पाए। जिस बिंदु से भौतिक विभूतियों और लौकिक संपदाओं का अहंकार उत्कृष्टता को प्रभावित करने लग जाए, वहां से वे सर्वथा त्याज्य बन जाती हैं। वास्तव में प्रत्येक व्यक्ति क्षमता संपन्न होता है। उसमें अकूत क्षमताओं का भंडार होता है। सृष्टा ने जब मनुष्य जाति की रचना की, तब सबसे पहले उसने उनकी कठिनाइयों को ध्यान में रखा होगा और फिर उनका सामना करने के लिए मनुष्य में विलक्षण क्षमताओं का समावेश किया, परंतु आज का मानव गुमराह हो गया है। वह अपनी क्षमताओं और प्रतिभाओं को देख-परख नहीं पा रहा है। यही वजह है कि आज अधिकांश व्यक्ति सफलता के लिए 'शॉर्टकट' अपना रहे हैं। सफलता प्राप्ति के लिए आज मनुष्य जीवन मूल्यों से भी समझौता करने में संकोच नहीं कर रहा है। यह सच है कि हम एक अर्थ-प्रधान युग में जी रहे हैं, जहां आर्थिक विकास को ही समग्र विकास का पर्याय मान लिया गया है। इसका परिणाम भी हमारे सामने है। अधिकांश नागरिक सुबह से लेकर शाम तक केवल आर्थिक मुद्दों पर ही चर्चा करते रहते हैं। समाज और राष्ट्र कहीं भी इनकी प्राथमिकता सूची में नहीं होता। 'सेंसेक्स' के अकल्पनीय उतार-चढ़ाव से ही इस प्रकार के लोगों की दिल की धड़कनें बढ़ती-घटती रहती हैं।

□□

8. कमजोर नींव पर इमारत

भारतीय सामाजिक मूल्यों में तेजी से क्षरण होता दिखाई पड़ रहा है। प्रतिदिन इसके परिणाम स्वरूप तरह-तरह की आपराधिक घटनाएं सामने आती ही रहती हैं। कुछ समय पहले उत्तर प्रदेश के गौतमबुद्धनगर से एक खबर आई थी कि शराब के नशे में पति ने जुए में अपनी पत्नी को दांव पर लगा दिया। इस प्रकार की खबरें भारतीय सामाजिक मूल्यों में हो रही गिरावट की कहानी कहती हैं। इस प्रकार की खबरें वास्तव में यही संकेत देती हैं कि बदलती आधुनिक जीवन शैली में लोगों में लोभ की प्रवृति बढ़ी है। लालच व्यक्ति को अंधा बना देता है और वह भूल जाता है कि क्या सही है और क्या गलत है?

'एटीएम फादर कल्चर' की प्रवृत्ति समाज में बहुत तेजी से बढ़ रही है। प्रायः देखने को मिल जायेगा कि पिता अपने परिचित लोगों के साथ मौज-मस्ती कर रहे हैं और उनके बच्चे अपने समूह में उसी स्थान पर मौज-मस्ती करते हैं। अभिभावक बच्चों को पैसे के लिए एटीएम थमा देते हैं, लेकिन उन्हें अच्छाई और बुराइयों के ज्ञान से अवगत नहीं कराया जाता। बच्चों को मात्र पैसे थमा देने से अभिभावकों का दायित्व पूरा नहीं होता। वास्तव में अपने उत्तरदायित्व का निर्वहन ठीक से न करने की एवज में यह मात्र अभिभावकों द्वारा अपनी संतानों को दी गई रिश्वत है। ऐसा लगता है कि भ्रष्टाचार और रिश्वत रूपी दीमक ने भारतीय चेतना और जीवन मूल्यों को चाट डाला है और इसका असर भारत के सामाजिक-सांस्कृतिक-पारिवारिक-प्रशासनिक-राजनैतिक जीवन में सर्वत्र सुस्पष्ट देखा जा सकता है।

जब नींव अच्छी नहीं होती, तो फिर इमारत मजबूत होने की उम्मीद नहीं की जा सकती है। आखिरकार हम बच्चों को दे क्या रहे हैं? इसके लिए बड़े-बुजुर्गों को भी सोचना होगा। बच्चों से बढ़ती संवादहीनता भी खतरनाक है। माता-पिता अपनी जिम्मेदारी दूसरों पर सौंप देते हैं। इसके कारण भी बच्चों के साथ आपराधिक घटनाएं होती हैं। छोटे बच्चों के साथ रिश्तेदारों द्वारा यौन अत्याचार के मामले भी बढ़े हैं। मध्यमवर्गीय परिवार में यह अधिक हो रहा है, जिसमें परिवार के नजदीकी लोग शामिल

होते हैं, लेकिन झूठी प्रतिष्ठा और रिश्ते के दवाब के कारण अधिकांश मामलों को दबा दिया जाता है। इस प्रकार की घटनाओं का बच्चों के जीवन पर बुरा प्रभाव पड़ता है और वह तनावग्रस्त होकर कई मानसिक बीमारियों से जूझते हैं। एकाकीपन और सोशल मीडिया को सामाजिक ताने-बाने को खत्म करने के लिए जिम्मेदार माना जा सकता है। भौतिकता, उपभोक्तावाद और बढ़ती सामाजिक दूरियां, इसके लिए सबसे अधिक जिम्मेदार हैं।

महानगरीय सभ्यता में आज एकाकी परिवारों का चलन बहुत अधिक होता जा रहा है। इसके कई सामाजिक, आर्थिक तथा मनोवैज्ञानिक कारण हैं। समस्या यह है कि एकल परिवारों में बच्चों पर सामाजिक नियंत्रण रखने वाले दादा-दादी, चाचा-ताऊ इत्यादि नहीं होते हैं। वर्तमान एकल परिवार मात्र पति-पत्नी व बच्चों तक सिमटकर रह गए हैं। माता-पिता कामकाजी होते हैं और बच्चे घर पर अकेले। उन्हें नैतिकता का पाठ पढ़ाने वाला कोई नहीं होता। प्रत्येक मनुष्य अपनी दुनिया में व्यस्त है। उसे दूसरों की परेशानी से न तो कोई मतलब ही है और न ही उसके पास इसके लिए कोई समय ही है। इस प्रवृति के कारण 'पड़ोस' नामक सामाजिक एवं मनोवैज्ञानिक सुव्यवस्था का विनाश हो गया है।

पुराने समय में घर के बड़े-बुजुर्ग, बच्चों को सही-गलत के प्रति जागरूक और सतर्क करते थे। बुजुर्ग ही मानवीय रिश्तों, संबंधों और जीवन मूल्यों की शिक्षा देने का काम करते हैं। आज समाज में शर्म-संकोच व बड़ों के प्रति आदरभाव निरंतर कम होता जा रहा है। अब तक सामाजिक मूल्यों में अवमूल्यन के लिए विदेशी आक्रांताओं की संस्कृति को जिम्मेदार माना जाता रहा है, लेकिन आज आर्थिक उदारीकरण व वैश्वीकरण के दौर में सूचनाओं में खुलेपन के विस्फोट ने सामाजिक मान्यताओं की चूलें हिला दी हैं। इंटरनेट से लेकर फिल्मों तक में व्याप्त मूल्यहीनता और पाश्चात्य संस्कृति की नकल का प्रभाव समाज में स्पष्ट रूप से दिख रहा है। पश्चिमी सभ्यता के अंधानुकरण के चलते यौन-इच्छाओं का जो सार्वजनिक प्रदर्शन मीडिया में दिखता है, उसके परिणामस्वरूप अनेक प्रकार के दूषित लक्षण अब समाज में उभरने लगे हैं। यह सोच स्त्री को सिर्फ भोग की वस्तु समझती है और रिश्ते-नातों को ताक पर रखती है। पहले ग्रामीण संस्कृति व संयुक्त परिवारों की परंपरा महिलाओं को सुरक्षा-कवच प्रदान करती थी, लेकिन आज एकल परिवारों की तमाम खामियां सामने आने लगी हैं।

मां-बाप के कामकाजी होने का दंश भी बच्चों को भुगतना पड़ रहा है। पैसे कमाने की होड़ में शामिल अभिभावक बच्चों का भरोसा तेजी से खोते जा रहे हैं। आधुनिक भारतीय समाज में कई प्रकार के परिवर्तन आए हैं। शहरों में एकल परिवारों का चलन बढ़ा है। महिला सशक्तिकरण के प्रयासों के फलस्वरूप महिलाएं भी बड़ी संख्या में काम के लिए बाहर निकल रही हैं। ऐसी स्थिति में परंपरागत भारतीय जीवनशैली में व्यापक

बदलाव आ गया है। संयुक्त परिवारों की तमाम खूबियों और सुविधाओं से अब व्यक्ति वंचित हो गया है। शहरों में कामकाजी दंपत्ति सुबह से लेकर देर रात तक कार्यालय और ट्रैफिक में ही उलझे रहते हैं। इसका परिणाम यह हो रहा है कि उन्हें निजी संबंधों, परिवार और अपने सामाजिक सरोकारों के लिए कोई समय ही नहीं मिल पा रहा है। इसकी वजह से सामाजिक ताना-बाना और निजी संबंधों में गर्माहट तेजी से समाप्त होती जा रही है।

पुराने सामाजिक और पारवारिक रिश्ते खत्म हो गये हैं। महानगरों में 'फ्लैट कल्चर' ने संयुक्त परिवार के स्थान पर 'एकल परिवार'की संस्कृति को बढ़ावा दिया है। 'संयुक्त परिवार' और पारम्परिक सामाजिक व्यवस्था में लोगों को लोक-लाज का सबसे अधिक डर रहता था, लेकिन अब वह डर खत्म हो रहा है। पति-पत्नी दोनों कामकाजी हो गये हैं। नौकरी और काम-काज के दवाब के कारण वह बच्चों को अधिक समय नहीं दे पाते। ऐसे में बच्चे अपनेपन और प्यार से दूर होते जा रहे हैं।

सामाजिक व नैतिक मूल्यों में तीव्रगति से आ रही गिरावट का असर समाज में सर्वत्र दिख रहा है। भारतीय परिवार व आत्मीय रिश्ते भी इस गिराबट से स्वयं को बचा नहीं सके हैं। सदैव से भारतीय परिवारों में मामा, चाचा, ताऊ जैसे रिश्ते बड़ी अहमियत रखते थे, लेकिन अब यही रिश्ते दागदार हो रहे हैं। ससुर द्वारा बहू के साथ अनैतिक कार्य करना, भांजी के साथ मामा द्वारा गलत कार्य करना, इस तरह की खबरें हमें झकझोर देतीं हैं। रिश्तों को दागदार बनाने में समाज में निरंतर बढ़ती नशाखोरी एक बहुत बड़ा कारक सिद्ध हो रही है। शराब व किसी अन्य नशे के आदी व्यक्ति द्वारा इस तरह की वारदात करने की आशंका अधिक रहती है। दुर्भाग्यवश भारतीय समाज में नशे को निरंतर बड़े पैमाने पर स्वीकृति और समर्थन मिलता जा रहा है। युवा बड़ी संख्या में 'फैशनेबल' बनने के चक्कर में नशे की गिरफ्त में फंसते जा रहे हैं। इससे समाज में अपराध और अनैतिकता बढ़ती जा रही है।

कमजोर होती विवाह संस्था -

शादी या फिर किसी रिश्ते में बंधने से आज का भारतीय युवा कतराने लगा है। पहले जहां पढ़ाई पूरी होते ही तथा नौकरी लगते ही लड़कों की शादी की तैयारियां शुरू हो जाती थीं, वहीं अब ऐसा समाज में बहुधा दिखाई नहीं पड़ता है। 35-36 की उम्र के बाद भी किसी रिश्ते में बंधने से बचने की प्रवृत्ति को मनोचिकित्सक 'कमिटेड फोबिया' का नाम देते हैं। भारत में किए गए एक सर्वे के अनुसार, भारतीय शहरों में रहने वाले15 प्रतिशत युवा इसी 'कमिटेड फोबिया' से ग्रस्त हैं। भारतीय शहरी युवा प्रायः या तो किसी बंधन में बंधने से डरते हैं या फिर जो बंध चुके हैं, वे उस बंधन से भी स्वतंत्र होना चाहते हैं। युवाओं को किसी बंधन में बंधने पर अपनी स्वतंत्रता समाप्त होने का डर

सताने लगता है। सामाजिक दायरे में बंधने की जगह वह स्वतंत्र होकर जीना चाहते हैं।

भारत में आज तथ्य यह है कि नौकरी और उम्र बढ़ने के बाद भी देश के युवा बड़ी संख्या में विवाह बंधन में बंधने से घबरा रहे हैं। अनेक स्थानों पर साइको थैरेपी से ऐसे युवाओं का इलाज किया जा रहा है। परस्पर विचारों में तालमेल नहीं होना, आपसी समझ-बूझ की कमी, धैर्य और सहनशीलता की कमी, बढ़ता चिड़चिड़ापन, आर्थिक स्वतंत्रता, इलेक्ट्रॉनिक गैजेट्स पर बढ़ती निर्भरता, अभिभावकों तथा परिवार में पूर्व में हुए खराब वैवाहिक संबंधों का अनुभव तथा डर, संबंधों में बंधने पर जवाबदेही और जिम्मेदारी बढ़ने का डर आदि युवाओं में 'कमिटेड फोबिया' के मुख्य कारण सिद्ध हो रहे हैं।

'कमिटेड फोबिया' से बचने के लिए मनोचिकित्सक लोगों को 'साइको थैरेपी' की सलाह दे रहे हैं। काउंसिलिंग से कारणों का पता कर उसे कम किया जा रहा है। इलेक्ट्रॉनिक गैजेट्स की बढ़ती दुनिया और एकल परिवार के बढ़ते चलन ने शहर में ऐसे युवाओं की संख्या बढ़ा दी है, जो किसी भी रिश्ते को गंभीरता से नहीं लेते। मनोवैज्ञानिक तथ्य यह संकेत दे रहे हैं कि आधुनिक युवा पीढ़ी अधिक दिनों तक किसी के साथ 'रिश्ते' में नहीं रह सकती है।

भारत में आर्थिक तकनीकी एवं वैज्ञानिक विकास के साथ-साथ सामाजिक एवं पारिवारिक मूल्यों में विगत दशकों में तेजी से बदलाव आया है। विभिन्न प्रकार की स्थापित परंपराएं और संस्थाएं आज कमजोर पड़ती जा रही हैं। आधुनिक समय से ताल-मेल न बिठा पाने के कारण कई अच्छी-बुरी परंपराएं एवं जीवन मूल्य आज समाज से लुप्तप्रायः होती जा रही हैं। विवाह संस्था भी इन बदलावों से अछूती नहीं रह सकी है। आर्थिक सुधारों, शैक्षणिक विकास एवं एकल परिवारों के बढ़ते चलन के परिणामस्वरूप युवाओं में विवाह संस्था के प्रति उस प्रकार की पवित्र धारणा नहीं रह गई है, जैसी पूर्व में हुआ करती थी। इससे समाज में विवाह विच्छेदन और पारिवारिक अलगाव की घटनाएं कई गुना बढ़ गई हैं।

इस संदर्भ में युवाओं में नई-नई धारणाओं को स्वीकृति मिल गई है, जो त्याग एवं पारस्परिक उत्तरदायित्व बोध के स्थान पर निजी हित एवं निजी स्वतंत्रता को अधिक महत्व प्रदान करती हैं। युवा पीढ़ी की यह भी एक दलील है कि जिस सुख और संतोष के लिए आप विवाह बंधन स्वीकारते हैं, जिस आपसी समझदारी के आधार पर आप एक जोड़े के रूप में ताल-मेल बनाकर चलते हैं, यदि वह समाप्त हो जाए, तो फिर अलग हो जाना ही अच्छा है। समाजशास्त्री कहते हैं कि बहुत सारे जोड़े ऐसे होते हैं, जिनके बीच का प्रेम सूख चुका होता है, लेकिन वे अलग नहीं होते और लोगों के सामने सुखी दंपति होने का नाटक करते हैं, क्योंकि समाज तलाक को हेय नजरों से देखता है।

लोग समझने लगे हैं कि सात जन्मों के बंधन की बात कहकर किसका कितना

शोषण हो रहा था। ऐसे तकलीफदेह बंधन से निकलने के लिए तलाक के विकल्प पर विचार करने वालों की संख्या अब भारत में भी बढ़ रही है। भारत में वर्ष 2014 में 43 हजार से अधिक तलाक आधिकारिक रूप से हुए हैं, जिनमें 60 प्रतिशत आपसी सहमति से हुए थे। स्पष्ट है कि विवाह और संबंधों के विच्छेद के संबंध में भारतीय युवा पीढ़ी एक नए नजरिए के साथ सोच रही है।

तलाक को भारतीय अध्यात्म और दर्शन से जोड़कर देखने की आवश्यकता है। इसे मात्र कर्मकांडी परंपरावादी चिंतन से जोड़कर नहीं देखा जाना चाहिए। विश्व में अनेक धर्मों और संप्रदायों में बंधन को व्यक्ति के उत्थान में बाधक माना गया है। उससे मुक्ति ही मोक्ष है। संत जन जिसे माया का बंधन कहते हैं, यह क्या है? वह दूसरे व्यक्तियों पर हमारी भावनात्मक निर्भरता है। यह निर्भरता खत्म हो जाए, तो हम मुक्त हो जाते हैं। स्वतंत्र हो जाते हैं। विवाह बंधन भी एक तरह की निर्भरता है। यदि वह पूरी तरह बंधन ही बन जाए, तो तलाक मुक्ति की ओर ले जाता है। विवाह संस्था के विषय में नए सिरे से प्रगतिशील दृष्टिकोण अपनाने की आवश्यकता है। घिसी-पिटी परंपरावादी सोच ने भारतीय समाज की जड़ता को बढ़ाया है और इससे व्यक्तिगत जीवन में कुंठा बढ़ी है। इससे देश को प्रतिभाशाली मानव संसाधन का सही लाभ भी प्राप्त नहीं हो पा रहा है।

आदर्शों का कठिन मार्ग –

ऐसा व्यक्ति, जो घोर विपत्तियों में भी आदर्श, गुण, आस्था, विश्वास व संकल्प के स्थायी सूत्रों व मूल्यों को नहीं छोड़ता और दुर्गुणों को चरित्र में पनपने का अवसर नहीं देता, सचमुच वह तपो व्यक्तित्व प्रशंसा एवं अनुकरण का पात्र होता है। इस संसार में छद्म निहित स्वार्थों के लिए बिक जाना जितना सरल है, आदर्शों एवं जीवन मूल्यों के कंटकाकीर्ण मार्गो पर टिकना उतना ही कठिन होता है। सदाचार व सार्थकता की चढ़ाई जितनी दुर्गम है, अनाचार व अवमूल्यन का उतार उतना ही सहज है।

भारतीय दर्शन सहनशीलता को प्रेरित करता है। भारतीय मनीषियों और आध्यात्मिक व्यक्तियों ने निंदा और आलोचना को सहर्ष स्वीकार किया है। निंदा एवं आलोचनाओं के संदर्भ में भारतीय अनुभव यह बताता है कि भारतीय सामाजिक जीवन में प्रायः निंदक का उद्देश्य सुधार करना नहीं, वरन अपयश करना ज्यादा होता है। उसका कार्य किसी की बुराई करके अपने मन की ईष्या, कुंठा और प्रतिशोध की भावना को शांत करना है। निंदा के संदर्भ में सकारात्मक सोच अपने लिए अच्छाई तलाशना है!

कबीरदास ने तो निंदक का आभार व्यक्त किया कि उसने निंदा करके उनके अवगुणों को धोने का कार्य किया है। निंदा अवगुणों और त्रुटियों की ओर इंगित करके उन्हें दूर करने के लिए प्रेरणा देती है। अनसुना करने के स्थान पर अपनी निंदा को पूरे ध्यान से सुनकर उस पर विचार करना चाहिए। उस निंदा में यदि कोई सार हो, तो उसे

ग्रहण करके अपने में सुधार लाना उचित है। यदि निंदा सारहीन हो, तो उससे चिंतित और व्यथित होने की आवश्यकता नहीं है। निंदा सारहीन न भी हो, तो भी वह एक अवसर तो देती ही है, अपने को देखने का और स्वमूल्यांकन करने का अवसर।

हम अपने जीवन में सामान्यतः अनेकानेक समस्याओं से घिरे रहते हैं। इन समस्याओं से मुक्ति के लिए प्रायः हम छोटे रास्तों की तलाश में रहते हैं। अज्ञानता एवं कर्मयोग से विमुख होने के कारण हम अपने भाग्य निर्माण का दायित्व स्वयं के कंधों पर न लेकर ऐसे व्यक्तियों के हाथ में सौंप देते हैं, जिनकी स्वयं की योग्यता एवं प्रज्ञा संदिग्ध होती है। प्रायः हम उन लोगों के यहां शरणागत हो जाते हैं, जो खुद अपनी समस्याओं में उलझे हैं। किसी शायर ने कहा है, ''थामा था उनका हाथ, जो खुद ढूंढते थे सहारा।'' इसलिए कहा जाता है कि जब भी आप खुद को संकट की स्थिति में पाएं, तो शास्त्रों की शरण में जाना चाहिए। वास्तव में हमारा जीवन एक तरह का महाभारत ही है और हम सब इसमें अभिमन्यु की तरह है, जिसे कठिनाइयों के चक्रव्यूह में आना तो आता है, पर निकलना नहीं आता। सकारात्मक चिंतन, प्रज्ञावान आचरण और कर्मयोग ही हमें इस चक्रव्यूह से बाहर निकाल सकता है।

बिना सोचे-समझे नकल -

भारतीय संस्कृति की अपनी एक विशेषता है। पश्चिम की नकल में हम अपनी इस विशेषता को आखिर क्यों नष्ट करते जा रहे हैं। मौलिकता को छोड़कर नकलची बनने का लांछन आज का भारतीय समाज अपने ऊपर ढो रहा है। जब विश्व के अन्य देश अपनी संस्कृति, भाषा और रहन-सहन पर गर्व कर सकते हैं, तो भारतीय ऐसा क्यों नहीं कर सकते हैं। हम इस कदर नकलची होते जा रहे हैं कि हमने अपने अच्छे तथा वैज्ञानिक दृष्टिकोण से उचित रीति-रिवाजों तक को दरकिनार कर दिया है और बिना सोचे-समझे पश्चिमी संस्कृति के अवैज्ञानिक प्रतीकों को अपना लिया है।

हीनभावना से ग्रस्त होने के कारण हमने बिना विचार किये ही कई श्रेष्ठ भारतीय परंपराओं को नकार दिया है। अनेक ऐसी भारतीय परंपराएं, शिष्टाचार और व्यवहार हैं, जो कहीं अधिक वैज्ञानिक और तर्कसंगत हैं। यथा - भारतीय परंपरा में व्यक्ति सामान्यतः एक-दूसरे से मिलने पर 'नमस्कार' करते हैं, वहीं इसके विपरीत पश्चिमी देशों में 'शेक हैंड' यानी हाथ मिलाने की प्रथा है। अनेक चिकित्सकीय, वैज्ञानिक और मानवीय स्वास्थ्य से जुड़े तथ्यों पर यह भारतीय परंपरा कहीं अधिक प्रमाणिक एवं उपयोगी सिद्ध होती है। देखा जाए तो, नमस्कार करने की भारतीय परंपरा में कहीं भी 'संसर्ग' नहीं है, वरन मात्र 'संपर्क' है। हमारा 'नमस्कार' कहीं अधिक वैज्ञानिक, स्वच्छ एवं मर्यादाशील है। इसी प्रकार यूरोप में लोग फूलों का गुलदस्ता बनाकर हाथ में देते हैं। गुलदस्ते में फूल आपस में बंधे होते हैं। हमारे यहां 'माला' देने की परंपरा है,

जिसमें हर फूल अलग-अलग पिरोये रहते हैं। माला का प्रत्येक फूल स्वतंत्र होता है। जहां गुलदस्ते में 'संसर्ग' परिलक्षित होता है, वहीं भारतीय माला में 'संपर्क' का भाव है। माला, जहां भारतीय सभ्यता का प्रतीक है, वहीं गुलदस्ता, पश्चिम की संस्कृति का प्रतीक है। यह तथ्य छोटा लग सकता है, परंतु इसके पीछे भी एक स्पष्ट दर्शन, चिंतन और मनोविज्ञान है।

भारतीय संस्कृति में मुख्य बात यह है कि शरीर से 'इन्फेक्टेड' स्पर्श या संपर्क या संबंध न रखने पर जोर दिया गया है। भारतीय दर्शन, विमर्श एवं व्यवहार में अगर स्पर्श की कहीं कोई मान्यता है भी, तो वह केवल सेवा कार्य के लिए ही है। दैनिक जीवन से जुड़े इन नियमों और परंपराओं को भारत में स्वच्छता और स्वास्थ्य के मुद्दे से भी गहनता से जोड़कर देखा जा सकता है। स्पष्ट है कि हमें बिना विचारे अपनी श्रेष्ठ परंपराओं का त्याग नहीं करना चाहिए, जो निश्चित रूप से वैज्ञानिक दृष्टिकोण से भी कहीं अधिक स्वास्थ्यवर्द्धक हैं।

हमें अपनी सभ्यता और संस्कृति के मूल तत्वों को सदा याद रखते हुए स्वयं को इस भेड़चाल से बचाना चाहिए। भारतीय नागरिकों के लिए असली आदर्श वे ही व्यक्ति हो सकते हैं, जिन्होंने इस राष्ट्र और समाज के लिए अपना सर्वस्व अर्पित कर दिया। भारत में विश्व के सबसे अधिक महापुरुषों ने जन्म लिया है। भारत भूमि राम, कृष्ण, भीष्म, बुद्ध, महावीर स्वामी, नानक, कबीर, रैदास जैसे अनेकानेक महान कर्मयोगियों की कर्मस्थली रही है। भारतीय संस्कृति भोग पर आधारित न होकर वास्तविक ज्ञान और जीवनमूल्यों पर आधारित है। यही जीवन का वास्तविक सत्य भी है।

पाश्चात्य उपभोक्तावाद की नकल कर हम कहीं के भी नहीं रह जाएंगे। भारत की विशेषता उसकी मौलिक संस्कृति और विचार है। हमारे आदर्श हमारी भूमि पर जन्में कर्मयोगी ही हो सकते हैं। पश्चिमी धरती पर भोगवाद में लगे उथले व्यक्ति भारतीय समाज के आदर्श कदापि नहीं बन सकते। यदि ऐसा हुआ, तो भारत में सामाजिक विन्यास और मौलिक भारतीय दर्शन प्रभावित होगा।

झूठी मान-प्रतिष्ठा -

भारत में सत्ता, शक्ति एवं स्तर का बेवजह व्यर्थ प्रदर्शन करना अधिकांश नागरिकों में एक स्थाई प्रवृत्ति बनती जा रही है। इस प्रकार का आचरण शुभ नहीं है। शक्ति और सत्ता के दुरुपयोग से समाज में अराजकता और अनैतिकता बढ़ती है। इस प्रकार का आचरण नागरिक-नागरिक के मध्य भेद और असमानता को बढ़ा देता है। भेद और असमानता से ग्रस्त समाज और राष्ट्र कभी सम्मान प्राप्त नहीं कर सकते। पद एवं उससे प्राप्त शक्ति वास्तव में कर्तव्यबोध की ओर प्रेरित करने के लिए होनी चाहिए, परंतु प्रायः उच्च पदस्थ लोग अपनी मान-प्रतिष्ठा बढ़ाने की मिथ्या लालसा में राष्ट्र के मान-सम्मान

से खिलवाड़ करने से भी बाज नहीं आते। यह स्थिति अत्यंत दयनीय है और इसे तत्काल बदला जाना चाहिए।

राष्ट्रीय प्रतीकों के साथ असम्मानजनक व्यवहार किए जाने की घटनाएं प्रायः सामने आती रहती हैं। भारतीय राष्ट्रीय चिन्ह एवं प्रतीक प्रत्येक नागरिक के लिए सम्मान एवं गौरव का प्रतीक होने चाहिए। पश्चिम के विकसित राष्ट्रों में नागरिक राष्ट्रीय प्रतीकों के मान की रक्षा के लिए अपना जीवन भी दांव पर लगाने से नहीं चूकते। भारतीय नागरिकों को भी इसी प्रकार की भावना स्वयं में विकसित करनी चाहिए।

सारनाथ में अशोक ने जो स्तम्भ बनवाया था, उसके शीर्ष भाग को 'सिंह चतुर्मुख' कहते हैं। इस मूर्ति में चार सिंह पीठ से पीठ सटाए खड़े हैं। अशोक स्तम्भ अब भी अपने मूल स्थान पर स्थित है, किन्तु उसका यह शीर्ष-भाग सारनाथ के संग्रहालय में रखा हुआ है। यह सिंह चतुर्मुख स्तम्भ शीर्ष ही भारत के राष्ट्रीय प्रतीक के रूप में स्वीकार किया गया है। भारत ने यह चिन्ह 26 जनवरी 1950 को अपनाया था। भारत में समस्त राष्ट्रीय चिन्हों व राष्ट्रीय प्रतीकों यथा-राष्ट्रध्वज यानी तिरंगा, राष्ट्रगान-जन गण मण, राष्ट्रगीत-वंदे मातरम, पशु-बाघ, जलीय जीव-गंगा डाल्फिन, पक्षी-मोर, पुष्प-कमल, वृक्ष-बरगद, फल-आम, खेल-हॉकी और पंचाग-शक-संवत आदि के लिए स्पष्ट लिखित नियम एवं कानून बनाए गए हैं। इन कानूनों एवं नियमों का पालन अवश्य किया ही जाना चाहिए।

राष्ट्रीय गौरव के लिए इन प्रतीकों का सम्मान करना हर नागरिक का दायित्व है। अक्सर देखा जाता है कि हमारा यह दायित्व बोध दूसरों को पाठ पढ़ाने के लिए ज्यादा और अपने अंतस में उतारने के लिए कम ही होता है। सड़कों पर दौड़ती गाड़ियों में लाल-नीली बत्तियों की भरमार दिखाई देती है। लोग हूटर बजाकर नियम-कानून से खेलते हैं। गाड़ियों में सांसद, विधायक, पत्रकार आदि की तख्तियों की बाढ़ सी आ गई है। यह सब मात्र इसलिए किया जा रहा है कि स्वयं को अन्य नागरिकों से श्रेष्ठ दिखाया जा सके। भारत में नियमों एवं कानूनों का उल्लंघन करना कतिपय लोगों के लिए एक प्रतिष्ठा का सूचक बन गया है। दुर्भाग्यवश इस प्रकार का आचरण सबसे अधिक वे लोग कर रहे हैं, जिन पर कानून और व्यवस्था का संचालन करने की जिम्मेदारी है।

अनेक ऐसे नागरिक हैं, जो देश के बाहर जाने पर बहुत अच्छे ढंग से नियमों का पालन करते हैं, परंतु भारत में आकर फिर उसी प्रकार का अनुशासनहीन और अमर्यादित आचरण करने लगते हैं। यह हमारे सभ्य समाज का एक कुरुप चेहरा है। हम पंक्ति तोड़ने में ही अपनी शान समझते हैं। लोगों ने आज तकनीकी और किताबी ज्ञान भले ही अर्जित कर लिया हो, लेकिन नैतिक शिक्षा का पाठ तो अभी भी अधूरा ही है। बच्चों को बचपन से ही नियमों का पालन करना सिखाया जाना चाहिए। नियम एवं कानून एक सुव्यस्थित समाज के निर्माण के लिए बनाए जाते हैं। यदि प्रत्येक नागरिक इन कानूनों

और नियमों के प्रति सम्मान का भाव रखे, तो एक बेहतर एवं सुव्यवस्थित तंत्र का निर्माण किया जा सकता है। परिवारों में जिस प्रकार बच्चों को बड़ों का आदर करना सिखाया जाता है, वैसे ही राष्ट्र के प्रतीकों के सम्मान तथा नियमों का पालन करने की सीख भी उन्हें बचपन से ही दी जानी चाहिए।

व्यर्थ के झगड़े -

तरह-तरह की अव्यवस्थाओं और अराजकता से भारतीय नागरिक असहनशील होते जा रहे हैं। कई प्रकार के सर्वे और अनुसंधानों में यह बात स्पष्ट हो चुकी है। भारत में किसी भी सार्वजनिक स्थान पर या सड़क पर आप चले जाइए, आपको लोग अकारण या बहुत छोटी-मोटी बातों पर लड़ते-झगड़ते दिखाई पड़ जाएंगे। व्यर्थ की बातों को लेकर भारतीय समाज में लोग झगड़ते रहते हैं और अपना बहुत कीमती समय नष्ट कर देते हैं। वास्तव में अनावश्यक क्रोध और चिड़चिड़ापन आज भारतीय नागरिकों की मानसिकता और उनके व्यवहार का अंग बन चुका है। विकसित देशों में अनावश्यक बातों पर नागरिकों के मध्य ऐसे झगड़े नहीं होते, जिस प्रकार का वातावरण भारत में सर्वत्र दिखाई पड़ता है। यह बात छोटी सी मालूम पड़ती है, परंतु एक राष्ट्र के संपूर्ण चरित्र को परिभाषित करती है। वास्तव में एक नागरिक का आचरण, मानसिकता और व्यवहार जैसा होगा, देश भी बिल्कुल वैसा ही बनेगा।

भारतीय आचरण एवं व्यवहार के संदर्भ में यह कहा जा सकता है कि भारत में लोग बोलते बहुत अधिक हैं और सुनते बहुत कम हैं। यही कारण है कि समाज में प्रायः गंभीर मुद्दों पर संवेदनशील विचार-विमर्श नहीं हो पाता है। वास्तव में व्यक्ति को सुनना अधिक और बोलना कम चाहिए। इससे न केवल ऊर्जा की बचत होगी, वरन व्यक्ति के सोचने और समझने की सामर्थ्य में भी वृद्धि होती है। सामने वाले की संपूर्ण बात धैर्य से सुनने और समझने के बाद जब कोई निर्णय लिया जाता है, तो उसमें तार्किकता और व्यवहारिकता अधिक होती है। इस प्रकार की आदत से अनावश्यक उत्पन्न होने वाले तनाव, संघर्ष और व्यर्थ के क्रोध से बचा जा सकता है। सामने वाले की कही बात और किन परिस्थितियों में वह घटना घटी, इस बात का मूल्यांकन किया जाना चाहिए। इससे अकारण क्रोध और फिर प्रायश्चित से बचा जा सकता है।

भारतीय चिंतन और दर्शन में अनेक स्थानों पर यह कहा गया है कि मनुष्य का मुख्य शत्रु क्रोध है। यह देह में रहता हुआ ही देह को नष्ट कर देता है। गीता में क्रोध के संबंध में इसी बात को और स्पष्ट करते हुए कहा गया है कि क्रोध से मूढ़ता उत्पन्न होती है और मूढ़ता से 'स्मृति भ्रांत' होती है। 'स्मृति भ्रांत' होने से बुद्धि नष्ट हो जाती है और बुद्धि नष्ट होने से प्राणी स्वयं नष्ट हो जाता है। क्रोध को जीतने से पहले यदि हम काम, मोह, लोभ पर विजय पा लें, तो तनाव दूर हो जाएंगे। इसके दूर होते ही हम संतोषी बन

जाएंगे और संतोष के आते ही क्रोध से बच जाएंगे। तनाव से बचने के लिए योग का आश्रय लेना चाहिए। योग हमें जीवन की बुराइयों से दूर रखता है। आधुनिक जीवन के तनावपूर्ण वातावरण में शरीर और चिंतन में विकार आना स्वाभाविक है। काम, क्रोध, भय और संशय जैसे विकार जीवन को संतुलित होने से रोकते हैं। विवेकी नागरिकों को इन विकारों को अपने जीवन में नहीं आने देना चाहिए और अपने जीवन को सार्थकता प्रदान करने के लिए उन्हें निरंतर प्रयत्नशील रहना चाहिए।

आमतौर पर यह देखने में आता है कि भारत में सामाजिक-आर्थिक कारणों के चलते व्यवहारगत बदलाव भी प्रदर्शित होते हैं। इसमें कोई शक नहीं कि हम सब भारतीय आज बहुत अधिक अहं भाव, तनाव और गुस्से से पीड़ित हैं। छोटे-छोटे मुद्दों पर देश में अहं के टकराव के कारण झगड़े और तनाव हो जाते हैं। एक व्यक्ति और राष्ट्र के रूप में इस प्रकार का व्यवहार और मनोविज्ञान शुभ नहीं है। गुस्से पर काबू करना जरूरी है। इससे व्यर्थ के झगड़ों से बचा जा सकता है और हम अपने बहुमूल्य समय को कहीं अधिक रचनात्मक कार्यों में लगा सकते हैं।

अभिव्यक्ति की स्वतंत्रता -

देश में अभिव्यक्ति की स्वतंत्रता को संवैधानिक मान्यता दी गई है, किन्तु प्रायः यह देखने में आता है कि इसकी आड़ में अराजक तत्व गैर जरूरी वातावरण उत्पन्न कर देते हैं। इससे राष्ट्र की छवि धूमिल होती है। हाल ही में देश के शिक्षित युवाओं ने कई अनुत्पादक मुद्दों को लेकर व्यर्थ ही अपनी ऊर्जा को नकारात्मक दिशा में लगाया। इस देश ने देखा कि कैसे देश के हजारों नौजवानों ने सड़कों पर आकर उस अनुत्पादक मुद्दे के लिए संघर्ष किया, जिससे राष्ट्रीय ऊर्जा की क्षति ही संभावित होगी। बेहतर होता कि ऊर्जावान भारतीय युवा 'किस ऑफ लव' के स्थान पर राष्ट्रीय समस्याओं के समाधान के लिए सड़कों पर आते, संघर्ष करते। यदि ऐसा होता, तो निश्चय ही देश की अनेकानेक मौजूद राष्ट्रीय समस्याओं के निराकरण की आशा जागती।

यह समझने की आवश्यकता है कि इस संदर्भ में 'किस ऑफ लव' के आयोजकों-समर्थकों के लिए, जो कुछ उचित है, वही अन्य तमाम लोगों के लिए अमर्यादित और अनुचित हो सकता है। निश्चित रूप से अभिव्यक्ति की स्वतंत्रता यह छूट कदापि नहीं देती कि आप किसी दूसरे नागरिक के प्रति वैचारिक या सांस्कृतिक हिंसा का भाव रखें। यह भी आवश्यक नहीं है कि कानून की दृष्टि में जो भी व्यवहार या आचरण आपत्तिजनक न हो, उसे समाज द्वारा भी सहर्ष स्वीकार कर लिया जाए। कानून की दृष्टि में कोई भी दो व्यस्क व्यक्ति परस्पर सहमति से यौन संबंध बना सकते हैं, परंतु आवश्यक नहीं है कि समस्त संबंधों को समाज भी अपनी सहमति दे। समाज की दृष्टि में कुछ बंधन आवश्यक होते हैं, ताकि सामाजिक विन्यास बेहतर ढंग से कायम रह

सके। प्रत्येक आचरण को मात्र कानून की कसौटी पर कसकर नहीं देखा जा सकता।

एक घर में परिवार के सदस्यों के लिए यद्यपि किसी प्रकार का कोई लिखित संविधान या कानून नहीं होता, फिर भी परिवार में सदस्यों को आचरण के विषय में पाठ पढ़ाया जाता है। यदि कोई छोटा अपने से बड़ों का अनादर करे, तो यह कानूनी दृष्टि से अपराध नहीं बनता, परंतु जीवन मूल्यों और संस्कार की दृष्टि से यह अनुचित होता है। इस प्रकार के संस्कारों और मूल्यों के बिना कोई भी समाज जीवित नहीं रह सकता। यथा- 'लिव इन रिलेशनशिप' कानून की दृष्टि में मान्य हो सकता है, लेकिन समाज के एक बड़े हिस्से को यह स्वीकार नहीं है। कई चीजें कानून की दृष्टि में अपराध नहीं हो सकतीं, किंतु वे सामाजिक संतुलन और जीवनमूल्यों के विन्यास के लिए घातक सिद्ध हो सकती हैं।

कानून की दृष्टि में कोई भी दो व्यस्क व्यक्ति पारस्परिक सहमति से यौन संबंध स्थापित कर सकते हैं, परंतु एक संतुलित सामाजिक विन्यास की दृष्टि से इस संबंध में कई प्रकार की सीमाएं निर्धारित की गई हैं। इन्हीं सीमाओं के कारण समाज और परिवार जैसी संस्थाएं संपूर्ण विश्व में अभी तक जीवित रह सकी हैं। स्पष्ट है कि बिना अनुशासन और सुस्पष्ट सामाजिक एवं नैतिक मूल्यों के बिना एक स्वस्थ एवं सुसंस्कृत समाज की स्थापना नहीं की जा सकती। सामाजिक जीवन में हर बात को मात्र कानूनी वैधता की कसौटी पर नहीं कसा जाना चाहिए, वरन इनका आंकलन सामाजिक परंपराओं और मूल्यों के आधार पर किया जाना चाहिए, तभी एक स्वस्थ एवं संतुलित समाज की स्थापना हो सकेगी।

यह सही है कि सामाजिक मान्यताएं धीरे-धीरे बदलती हैं। हो सकता है कि कुछ एक दशकों बाद भारत में भी ऐसी स्थिति बने कि सार्वजनिक स्थलों पर चुंबन-आलिंगनरत युवाओं की कोई परवाह न करे, लेकिन जब तक ऐसी स्थिति नहीं आती, तब तक प्रयासपूर्वक इस स्थिति को लाने का प्रयास भी नहीं किया जाना चाहिए। अधिसंख्य भारतीय नागरिक प्राचीन भारतीय संस्कृति, परिवार तथा विवाह जैसी संस्थाओं और जीवन मूल्यों में आस्था रखते हैं। इनकी आस्था को चोट पहुंचाने की अनुमति किसी को भी कदापि नहीं दी जा सकती।

सस्ती लोकप्रियता-

दिल्ली में 'किस ऑफ लव' का आयोजन जवाहरलाल नेहरू विश्वविद्यालय के कुछ छात्र-छात्राओं की पहल पर हुआ। यह आज एक गंभीर चिंतन एवं चिंता का विषय होना चाहिए कि आखिर क्यों, कभी संपूर्ण भारत में प्रतिष्ठित रहा यह विश्वविद्यालय उथली एवं सस्ती लोकप्रियता पाने वाली सोच की शरणस्थली बन गया है? भारत के ऐसे ही अनेक विश्वविद्यालय और कॉलेज जान-बूझकर स्वयं को प्रगतिशील और

फैशनेबल साबित करने के जुनून में बहुत कुछ ऐसा करते रहते हैं, जो किसी भी दृष्टि से प्रशंसनीय या उचित नहीं कहा जा सकता। गोमांस का सेवन करने और कौमार्य भंग की तीव्र अभिलाषा में आयोजित किए जाने वाले नियमित कार्यक्रम कई कॉलेजों में आयोजित किए जाते हैं। कुछ कॉलेज महिषासुर का जन्मदिन मनाने के लिए भी लड़ते-झगड़ते रहते हैं।

समझ नहीं आता कि कतिपय भारतीय छात्रों को इस प्रकार के अतार्किक एवं बेहूदे किस्म के आयोजन करने से अंततः हासिल क्या होता है? कई कॉलेजों में नियमित होने वाले छात्र समारोहों में आयोजित होने वाले कार्यक्रम भी गंभीर रूप से फूहड़ और आपत्तिजनक होते हैं। मंच पर खड़े होकर अश्लील वार्तालाप करना और अपशब्दों तथा गालियों का प्रयोग करना कॉलेज में 'स्टाइल स्टेटमेंट' बनता जा रहा है। इस प्रकार का आचरण प्रगतिशील और मार्डन होने के लिए एक आवश्यक शर्त बनता जा रहा है। आज के कतिपय युवा 'एआईबी रोस्ट' जैसे फूहड़ तथा नकलची किस्म के कार्यक्रमों से बेहद प्रभावित दिखाई पड़ते हैं। गाली-गलौज की भाषा इनको 'कूल' लगने लगी है।

इस संदर्भ में गंभीरता से विचार किए जाने की आवश्यकता है कि कहीं पश्चिमी संस्कृति और वामपंथ की आड़ में हमारे शिक्षा के महान केंद्र राष्ट्र एवं समाज विरोधी गतिविधियों का केंद्र तो नहीं बनते जा रहे हैं? यह इसलिए भी संभव हो सकता है, क्योंकि भारत एक उदार लोकतांत्रिक व्यवस्था में जी रहा है, जहां समस्त प्रकार की समाज और राष्ट्रविरोधी गतिविधियों को बड़ी सहजता के साथ स्वीकार कर लिया जाता है। यह प्रवृत्ति घातक और विनाशकारी है। निकट भविष्य में एक समाज और राष्ट्र के रूप में भारत को इसकी बहुत बड़ी कीमत चुकानी पड़ सकती है।

□□

९.पाखंड मुक्त भारत

भारत में 'धर्म' को सदैव न्याय का पर्यायवाची माना गया है। वैश्विक स्तर पर धर्म शब्द की व्याख्या को लेकर निरंतर भ्रम की स्थिति बनी ही रही है। हम स्वयं इस भ्रम का प्रतिकार करने के स्थान पर स्वयं विभ्रम का शिकार होते रहे हैं। वास्तव में यह इसलिए हुआ, क्योंकि हमारी शिक्षा और दर्शन पश्चिम द्वारा दी गई व्याख्याओं के फेर में उलझकर रह गया है। स्वतंत्र भारत में हमारी शिक्षा प्रणाली ने पश्चिम की ही नकल की है और इस संदर्भ में भारतीय दर्शन और भाव को नकार दिया गया है। यही कारण है कि देश में धर्म के वास्तविक अर्थ को लेकर संशय और अस्पष्टता का भाव बना हुआ है।

धर्म वास्तव में शाश्वत तत्व है। भारतीयों के लिए धर्म का पर्यायवाची सत्य एवं न्याय ही होता है। आज ऐसे लोगों की संख्या बढ़ती ही चली जा रही है, जो केवल शरीर, मन और बुद्धि के स्तर पर ही जीना चाहते हैं। धर्म एक ऐसी अनुभूति है, जिसे स्वयं प्राप्त करना होता है। यह केवल एक दार्शनिक परिकल्पना मात्र नहीं है, वरन एक ऋतसत्य है। धर्म की वास्तविक शक्ति की परख मात्र कर्म के माध्यम से ही संभव है। यदि धर्म को कर्म के रूप में ढाला नहीं गया, तो यह मात्र एक पाखंड सिद्ध होगा।

दुर्भाग्य से आज धर्म की चर्चा में मानव मात्र प्रायः बहुत पीछे छूट जाता है और उसके स्थान पर व्यर्थ के कर्मकाण्ड महत्व प्राप्त कर लेते हैं। इसके साथ ही वे तमाम स्वार्थ भी बहुत प्रधान हो जाते हैं, जो पूजा स्थलों और देवालयों आदि से जुड़े होते हैं। यह दुर्गुण मंदिर, मस्जिद, चर्च इत्यादि स्थानों पर सर्वत्र दिखाई पड़ते हैं। यह भी एक सत्य है कि देश में उपासना केंद्रों की बढ़ती संख्या के साथ ही औसत भारतीय और अधिक संकीर्ण और असहिष्णु होता चला जा रहा है।

आज का मनुष्य धर्म को अपने अंदर नहीं खोजता है, वरन इसकी तलाश में बाहर भटकता रहता है, जबकि धर्म का संबंध मात्र व्यक्ति के अंतःकरण से है। इस संदर्भ में ऐसा लगता है, अभी पूर्ण मानव का जन्म लेना बाकी है। यह स्पष्ट हो जाना चाहिए कि धर्म का संबंध पूजा-पाठ, भजन-कीर्तन, जप-तप से बहुत ही प्राथमिक स्तर का होता है और इसके बिना भी व्यक्ति 'बोधत्व' एवं धार्मिकता को उपलब्ध हो सकता है।

वास्तव में मनुष्य को सत्य की खोज में निरंतर आगे बढ़ना होगा। धर्मचक्र सत्य की

इस गहन खोज का ही प्रतीक है। वास्तव में मानव के संपूर्ण विकास के लिए धर्मचक्र से श्रेष्ठ चिंतन संभव नहीं है, इसीलिए भारत की स्वतंत्रता के तत्काल उपरांत देश के संविधान निमार्ताओं ने भारतीय संसद के लिए जो उद्घोष लक्ष्य रखा, वह था- 'धर्मचक्र प्रवर्तनाएं।' यह शब्द देश की संसद के स्पीकर के आसन पर स्वर्णाक्षरों में अंकित किया गया है। यह दुर्भाग्य है कि इस अंकित पंक्ति को समझने और इससे प्रेरणा लेने में अब तक देश के राजनैतिक दल और सदन में बैठने वाले प्रतिनिधि विफल ही रहे हैं। वास्तव में भारतीय संसद के इस कल्याणकारी उद्घोष की समग्र राष्ट्र में विशद व्याख्या एवं निरंतर चर्चा होनी ही चाहिए।

राष्ट्रीय गौरव की क्षति –

'यत्र धर्मो हाधर्मेण सत्यम यत्रानृतेज चे,
हन्यते प्रेक्षमाणानां हतास्तत्र सभासदः।'

अर्थात, जिस सभा में सभासदों के देखते हुए भी धर्म को अधर्म द्वारा नष्ट कर दिया जाता है तथा सत्य को असत्य द्वारा चोट पहुंचाई जाती है, वहां उस पापकर्म को समर्थन देने वाले सभी सभासद या राज्य प्रतिनिधि अंततः नाश को प्राप्त होते हैं।

वास्तव में समाज अथवा सत्ता के द्वारा जब किसी भी रूप में अन्याय को प्रत्यक्ष या अप्रत्यक्ष रूप से शक्ति एवं समर्थन प्रदान किया जाता है, तो समाज में मानव मात्र के व्यापक शोषण का जन्म होता है। किसी भी देश की न्याय व्यवस्था का यह दायित्व होता है कि इस प्रकार के शोषण का प्रत्येक स्तर पर अंत किया जाए। शोषण वस्तुतः एक मानसिक रोग है, जो किसी भी स्तर के व्यक्ति, संस्था या संगठन में हो सकता है। शोषण को किसी भी रूप में क्षम्य नहीं किया जा सकता। इसको भारत में पूरी तरह से समाप्त करना ही होगा क्योंकि इसको व्यक्ति तथा समाज की ओर से स्वीकार नहीं किया जाता है और न ही किया जाना चाहिए।

साम्प्रदायिकता वास्तव में इसी विभाजित चेतना और राष्ट्रहित के प्रति आम जनमानस के विचलन का ही परिणाम है। साम्प्रदायिकता के साथ सहिष्णुता एवं उदारता का सहअस्तित्व असम्भव है। वास्तव में धर्म अपनी समग्रता में कभी भी असहिष्णु या साम्प्रदायिक नहीं हो सकता। धर्म को विभाजित रूप में देखने वाले लोग संकीर्ण विचारों के होते हैं और यही साम्प्रदायिकता को जन्म देते हैं। विश्व शांति के लिए साम्प्रदायिकता का परित्याग करना ही होगा।

आज आवश्यकता इस बात की है कि पूरे भारत को एकजुट होकर सांप्रदायिक कट्टरता के विरुद्ध खुलकर बोलने एवं खड़े होने का साहस जुटाना होगा। वास्तव में धर्म और धार्मिकता के अंतर को समझना होगा। इसे न समझ पाने से ही आज राष्ट्रीय गौरव की क्षति हो रही है और राष्ट्रीय अस्मिता की अवमानना हो रही है। स्वतंत्र भारत

के छह दशकों में देश में भले ही हजारों किलोमीटर के सड़क मार्ग, बड़े-बड़े उद्योग, विदेशी पूंजी निवेश और विशाल मात्रा में उत्पादन करने वाले संयंत्र और कारखाने बन गए हों, लेकिन मानसिक रूप से यह देश बौना ही बना रहा है। 21वीं शताब्दी में भारत के समक्ष यह चुनौती है कि वह इस बौनेपन को छोड़कर अपना स्वाभाविक एवं विराट रूप विश्व को दिखाए।

प्रायः कहा जाता है कि भारतीय पुजारियों एवं पुरोहितों की सामान्य मानसिकता स्वार्थ पर आधारित है। उन्होंने धर्म और देवी-देवताओं का व्यापार प्रारंभ कर दिया है। वे प्राणिमात्र की सेवा-भावना के स्थान पर अहंकार से ग्रस्त हो गये हैं। यह अहंकार कई बार इतना अधिक बढ़ जाता है कि वे सामान्य शिष्टाचार का उल्लंघन करने से भी नहीं चूकते। यह सोचने का विषय है कि इस प्रकार के दोषी आचरण के व्यक्ति समाज एवं राष्ट्र का कल्याण कैसे करेंगे, क्योंकि यह न तो मानवता की ही चिंता करते हैं और न ही राष्ट्र की। सच तो यह है कि इनके ज्ञान का स्तर भी बहुत सीमित है। इन्होंने न तो भारतीय दर्शन और न ही श्रेष्ठ ग्रंथों और साहित्य का अध्ययन ही किया है। इनका सारा ध्यान मात्र कर्मकाण्डों और प्रक्रियाओं तक ही सीमित होकर रह गया है।

यह भी चिंतन और शोध का विषय है कि आखिर कैसे कुछ समय में ही यह पुजारी-पुरोहित आर्थिक रूप से बहुत सक्षम हो जाते हैं? सत्य तो यह है कि 'आध्यात्म' कोई पांडित्य की वस्तु मात्र नहीं है। आध्यात्मिक चिंतन पुजारियों और धार्मिक नेताओं की कृपा पर भी आश्रित नहीं है। कोई भी व्यक्ति श्रेष्ठतम आध्यात्मिक चिंतन कर सकने में पूर्णरूप से स्वतंत्र होता है, इसीलिए हर युग में हमारे देश में महावीर, बुद्ध, नानक, कबीर, दादू, रैदास जैसे चिंतक सदैव उत्पन्न होते ही रहे हैं।

आध्यात्मिक चिंतन का संबंध वंश परंपरा से कदापि नहीं होता। श्रेष्ठ गुणों को अपनी प्रतिभा और परिश्रम के द्वारा अर्जित करना ही पड़ता है। श्रेष्ठ गुण और दिव्य चिंतन किसी भी व्यक्ति को स्वाभाविक रूप से विरासत में प्राप्त नहीं हो सकते, वरन इन्हें तो प्रयासपूर्वक स्वयं ही अर्जित करना पड़ता है। किसी खिलाड़ी का पुत्र मात्र इसलिए कुशल खिलाड़ी नहीं बन सकेगा कि उसके पिता एक कुशल खिलाड़ी थे, वरन यह कुशलता उसे स्वयं अर्जित करनी होगी। देश को झाड़-फूंक, ताबीज-धागों, मालाओं के फेर के दुश्चक्र से स्वयं को मुक्त करना ही होगा। इसके अतिरिक्त और कोई विकल्प नहीं है। देश को एक आधुनिक, वैज्ञानिक, प्रगतिशील और एकात्म मानववाद की सोच में ढालना होगा।

मार्ग अनेक, लक्ष्य एक –

विभिन्न संस्कृतियों और समाजों में 'ईष्ट' और 'आराध्य' की भिन्न-भिन्न अवधारणाएं प्रचलित हैं। सभी धर्मों, समाजों और संस्कृतियों में किसी न किसी

सर्वशक्तिमान, आराध्य या शक्ति को मान्यता प्रदान की गई है। इन्हीं मान्यताओं के आधार पर कतिपय सिद्धांत, जीवनमूल्य, जीवनशैली, परंपराएं तथा संस्कार विकसित किए गए हैं, ताकि एक संगठित एवं सुदृढ़ सामाजिक संरचना का निर्माण किया जा सके। ईश्वर भी देश-काल के अनुसार अलग रूपों में होते हैं। एक बड़े से तालाब में बहुत से घाट होते हैं, पर हर घाट पर एक ही पानी मिलता है। इसलिए मेरा घाट अच्छा है, तुम्हारा नहीं, यह कहकर परस्पर झगड़ना अच्छी बात नहीं। सभी धर्म, मनुष्य को एक ही घाट तक पहुंचाने का कार्य करते हैं। लगन एवं श्रद्धा के साथ इनमें किसी भी एक घाट के सहारे आगे बढ़कर हम उस सरोवर में उतर सकते हैं।

यह कहने का कोई अर्थ नहीं है कि मेरा धर्म श्रेष्ठ है। अज्ञान के कारण ही मनुष्य अपने धर्म को श्रेष्ठ बताकर दूसरे को कमतर आंकता है। इस प्रकार की अज्ञानता से समाज में अनावश्यक तनाव और अराजकता उत्पन्न हो जाती है। जब यथार्थ का ज्ञान हो जाता है, तो यह कलह भी शांत हो जाती है। प्रायः देखा गया है कि बड़े तालाबों तथा स्वच्छ जल में काई नहीं होती है। इसके विपरीत छोटे ताल-तलैयों और गंदे पानी में ही काई पैदा होती है। स्पष्ट है कि जिन सम्प्रदायों और समाजों में लोग शुद्ध, उदार, सहनशील और निःस्वार्थ भाव से मानवता के कार्य करते हैं, उनमें भी 'काई' रूपी अनेक दुर्गुण पनप नहीं पाते हैं।

जिस तरह प्रकृति और आकाश को बांटा नहीं जा सकता है, उसी प्रकार ईश्वर को भी मात्र धर्मों और संप्रदायों में बांटकर नहीं देखा जा सकता। वास्तव में विश्व में प्रचलित सभी धर्म समान और परस्पर सहयोगी हैं। इनका परस्पर कोई द्वंद नहीं है, वरन सबका एक ही लक्ष्य है-मानव मात्र का कल्याण। स्पष्ट है कि धर्म की विशद मानव कल्याणकारी भूमिका और अर्थ को ग्रहण किए बिना व्यापक स्तर पर मानव समाज में शांति स्थापित नहीं की जा सकती।

कब होगा कुरीतियों का अंत-
ओ भव्य उदासियों,
तुम्हारे हाथों पर युवा वसंत के उल्लास का खून लगा है।

(पंकज सिंह)

हिंदू समाज में एक बड़ा तनाव सामाजिक कुरीतियों के कारण उत्पन्न हो गया है। कितनी ही प्रथाएं ऐसी चल पड़ी हैं, जो बहुत धन खर्च करने की मांग प्रस्तुत करतीं हैं। मध्यम श्रेणी का व्यक्ति ईमानदारी से उतना ही मुश्किल से कमा सकता है, जिसमें उसके परिवार का गुजारा किसी प्रकार चल सकता है।

इस महंगाई के जमाने में लंबी-चौड़ी बचत कर पाना सर्व-साधारण के लिए सम्भव नहीं। समाज में व्याप्त कुरीतियां, अंधविश्वास और पुरातनपंथी परंपराएं सामान्य व्यक्तियों

का बहुत अधिक धन और समय अपव्यय करती हैं। इन कुरीतियों से भारतीय नागरिक अभी तक मुक्ति नहीं पा सके हैं। असंख्य ग्रामीण एवं निर्धन नागरिक आज भी ऋण ले-लेकर अनेक अवैज्ञानिक संस्कारों और रीति-रिवाजों को पूरा करने में अपना पूरा जीवन गंवा देते हैं। यह सब करने के बाद भी इनका कोई उद्धार नहीं होता, वरन इनका और अधिक आर्थिक, मानसिक तथा सामाजिक पतन ही होता है।

अनेक आर्थिक विवशताओं में फंसे व्यक्ति के लिए समाज में प्रचलित कुरीतियां और अंधविश्वास कुल मिलाकर आत्मघाती ही सिद्ध होते हैं। करोड़ों निर्धन एवं विवश नागरिकों को जकड़े फांसी के इन फंदों से मुक्ति का मार्ग तलाशना ही होगा। इतना सब कुछ होते हुए भी हमारी मानसिक दुर्बलता हमें यह सोचने नहीं देती कि क्या यह सामाजिक कुरीतियां वास्तव में तार्किक और किसी भी प्रकार जीवन के लिए आवश्यक हैं? वैज्ञानिक दृष्टिकोण से इन रीति-रिवाजों के तर्कसंगत होने का परीक्षण भारतीय समाज को अब करना ही चाहिए।

दहेज, शिक्षित कन्या के विवाह की समस्या, वर्ण व्यवस्था का विकृत स्वरूप, उपजातियों का भेदभाव, नर-नारी का भेदभाव, ग्रामीण अंचल में पर्दा प्रथा, अश्लीलता, बाल विवाह, खर्चीले विवाह, शिक्षा व्यवसाय, मृत्यु भोज, जेवरों में धन की बर्बादी, भूत-प्रेत तथा आत्माओं का मनगढ़ंत जाल, जादू-टोना, अंधविश्वास, जनसंख्या वृद्धि, भ्रूण हत्या आदि कुरीतियां समाज को खोखला बना रही हैं। हजारों वर्षों से भारत इन रूढ़ियों का गुलाम है। इन्हीं अवैज्ञानिक रूढ़ियों की वजह से भारतीय समाज युगों से जगहंसाई का पात्र बना हुआ है। इन्हीं मनगढ़ंत प्रथाओं के चलते भारतीय समाज आत्मनिर्भर होकर स्वाभिमान के साथ आगे नहीं बढ़ सका है। इस प्रकार की रूढ़ियों के चलन को 'राष्ट्रद्रोह' घोषित किया जाना चाहिए और कठोर कानून बनाकर इनका समूल उन्मूलन कर दिया जाना चाहिए।

□□

10. औपनिवेशिक सम्मोहन

भारत का संविधान दुनिया का सबसे विस्तृत संविधान है, फिर भी यह संविधान भारत के अलोकतांत्रिक समाज को अनुशासित नहीं कर पा रहा है। कई बार यह प्रश्न उठता है कि क्या भारतीय समाज की मानसिकता पूर्णतः अलोकतांत्रिक है? विश्व में अनेक ऐसे विकसित देश हैं, जहां किसी प्रकार का कोई लिखित संविधान नहीं है, यथा-ब्रिटेन। इसी प्रकार कई ऐसे राष्ट्र भी हैं, जिनका बहुत ही संक्षिप्त मात्र लिखित संविधान है, यथा-अमेरिका। अलिखित एवं अतिसंक्षिप्त संविधान होने के बाद भी इन देशों में हमसे कहीं अधिक बेहतर कानून-व्यवस्था और 'रुल ऑफ ला' का वातावरण स्थापित है। वास्तव में अमेरिका और ब्रिटेन जैसे देशों में उनकी स्वस्थ लोकतांत्रिक परंपराएं ही उन्हें इस प्रकार से अनुशासित रखती हैं।

दुर्भाग्यवश भारत में इस प्रकार की स्वस्थ लोकतांत्रिक परंपराओं और राष्ट्र के प्रति चिरंतन एवं सतत नागरिक उत्तरदायित्व बोध की बेहद कमी है। साधारण अर्थों में भारत में रूढ़ियों को ही परंपरा कहा और माना जाता है। एक लंबे समय से भारत में जो अधिसंख्य परंपराएं या रूढ़ियां प्रचलित हैं भी, वे वास्तव में नकारात्मक ही अधिक हैं और उनसे अब तक राष्ट्र और समाज का अहित ही अधिक हुआ है। भारत एक राष्ट्र के रूप में आज तक इतना परिपक्व नहीं हो सका है, कि वह अपने आचरण में पुरातनपंथी, पाखंड में आकंठ डूबी, अवैज्ञानिक तथा समाज व राष्ट्र के लिए अहितकर रूढ़ियों और स्वस्थ तथा लोकतांत्रिक परंपराओं में ठीक ढंग से भेद करना सीख पाता।

वास्तव में परंपराएं समाज में आवश्यकता के अनुसार विकसित होती हैं, जबकि रूढ़ियां प्रायः संसाधनयुक्त तथा संपन्न समाज द्वारा अपेक्षाकृत अशिक्षित या अल्पशिक्षित व विपन्न समाज पर थोपी जाती हैं। अपनी स्वस्थ तथा तर्कसंगत परंपराओं के साथ ग्रेट ब्रिटेन और अमेरिका जैसे राष्ट्र, जहां एक परिपक्व लोकतांत्रिक समाज के रूप में स्थापित हो चुके हैं, वहीं भारत अपनी संकीर्ण रूढ़ियों के साथ व्यवहार में आज भी एक 'अलोकतांत्रिक' एवं 'अवैज्ञानिक' समाज ही है। हम अभी तक एक तर्कसंगत लोकतांत्रिक समाज की स्थापना करने में अक्षम सिद्ध हुए हैं। भारत में लोकतांत्रिक

व्यवस्था को मात्र तकनीकी रूप से अपना लिया गया है। कहने को तो भारतीय संवैधानिक व्यवस्था में आम नागरिक सर्वोच्च घोषित किया गया है, परंतु व्यवहार में यह आम नागरिक देश में अत्यंत असहाय, निर्बल, निर्धन, अशिक्षित, अकुशल तथा अप्रशिक्षित बना हुआ है।

भारतीय लोकतांत्रिक व्यवस्था, राजनीतिक तंत्र, न्याय व्यवस्था, कानून व्यवस्था, नीतिगत निर्माण, आर्थिक विकास जैसे किसी भी राष्ट्रीय महत्व के तत्व में भारतीय आम नागरिक ठीक ढंग से अपनी भूमिका का निर्वहन नहीं कर पा रहा है। वह ऐसा कर सके, इसके लिए आवश्यक शक्ति और प्रशिक्षण भी अब तक उसे नहीं दिया गया है। बोधिसत्व बाबा साहेब डॉ. अम्बेडकर ने भारत में एक जवाबदेह संसद की स्थापना का कानून प्रस्तावित किया, ताकि कम से कम संसद तो जनता के प्रति जवाबदेह रहे। इसे विडंबना ही कहा जाएगा कि अलोकतांत्रिक समाज से चुनकर आये जनप्रतिनिधि भी प्रायः अपनी जवाबदेही तथा राष्ट्र और समाज के प्रति अपने कर्तव्यों और निष्ठा को भूल जाते हैं।

भारत दीर्घकाल तक ब्रिटिश उपनिवेशवाद की गिरफ्त में रहा है। इस उपनिवेशवाद ने भारतीय राजनीति से लेकर भारतीय समाज और भारतीय मनोविज्ञान तक को मथ डाला है। प्रायः ऐसा लगता है कि भारत अपनी जड़ों से ही मुक्त हो चुका है और वह मात्र औपनिवेशिक विरासत में ही अपना भविष्य तलाश रहा है। भारत एक लंबे समय से 'पहचान के संकट' से गुजर रहा है। भारत में एक साथ ही कई प्रकार के समाज और व्यवस्थाएं चलती दिखाई पड़ रही हैं। नागरिकों के मध्य अंतर और भेद बहुत विकराल रूप धारण कर चुका है। आर्थिक और मानसिक रूप से भारत में कई अमेरिका, यूरोप और अफ्रीका एक साथ पल रहे हैं।

आर्थिक उपनिवेशवाद या नव उपनिवेशवाद की दुर्दशा को भी तब तक समाप्त नहीं किया जा सकेगा, जब तक कि इस सम्मोहन रूपी यंत्र को नष्ट न कर दिया जाए। कतिपय विकसित एवं शक्तिशाली राष्ट्रों ने यह समझ लिया है कि समस्त विश्व को सभ्य, शिक्षित एवं सुसंस्कृत बनाने की ठेकेदारी उन्हें प्राप्त हो गई है और वे अपनी पद्धतियों को मनचाहे ढंग से गरीब और अल्पविकसित देशों पर थोप सकते हैं। यह किसी से छिपा नहीं है कि विकसित एवं समृद्ध पश्चिमी देश किस प्रकार धन बल, सैन्य बल और मीडिया पोषित प्रचार बल का सहारा लेकर शेष विश्व को अपने अर्धसत्यों एवं भ्रामक तथ्यों के बल पर उपभोक्तावाद के जाल में उलझाने का प्रयास कर रहे हैं। भारत को अपनी शक्ति और सामर्थ्य पर विश्वास करना चाहिए। 125 करोड़ की जनसंख्या वाले विशाल राष्ट्र का सैकड़ों वर्षों से इस प्रकार से सम्मोहित रहना एक लज्जास्पद वैश्विक घटना है। स्वतंत्र भारत को इस सम्मोहन से मुक्त होना होगा। इसके बिना समर्थ एवं आत्मविश्वासयुक्त भारत का निर्माण असंभव है।

साम्प्रदायिक तुष्टिकरण –

धर्म के आधार पर अखंड भारत के विभाजन के बाद भी भारतीय समाज और भारतीय राजनीति चेतनावान नहीं हो सकी है। भारत में आज भी धर्म और जाति के आधार पर संकीर्ण राजनीति की जा रही है। स्वतंत्र भारत के छह दशक बीतने के बाद भी भारतीय राजनीति सांप्रदायिक तुष्टिकरण से मुक्त नहीं हो सकी है। विश्व के लगभग सभी विकसित राष्ट्र मात्र राष्ट्रीय हितों को ही सर्वाधिक महत्व देते हैं। यही कारण है कि ये राष्ट्र तेजी से इतने सक्षम, समृद्ध और शक्तिशाली हो सके हैं। विकसित राष्ट्रों के समस्त नागरिक स्वयं को एक समान महसूस करते हैं और राज्य द्वारा भी उनके साथ समानता के आधार पर न्यायसंगत व्यवहार किया जाता है। इसके विपरीत भारत में राष्ट्रीय हितों को ताक पर रखकर सांप्रदायिक तुष्टिकरण की राजनीति की जाती रही है और समाज में अभी भी समानता और न्याय की स्थापना नहीं की जा सकी है।

दुर्भाग्यवश भारत में योग्यता और राष्ट्रहित के स्थान पर 'संख्या बल' और तुष्टिकरण के संकीर्ण एवं स्वार्थपूर्ण आधारों पर नीति निर्णयन तथा कानूनों का संचालन किया जाता है। यही कारण है कि यह जानते हुए भी कि क्या-क्या राष्ट्रहित में है और क्या-क्या भारत के अहित में है, सरकार और प्रशासन तंत्र ठोस निर्णय लेने में सक्षम नहीं हो पाते हैं। कुल मिलाकर इसके कारण देश में एक अराजकतापूर्ण एवं कानूनरहित व्यवस्था का संचालन होने लगता है और इससे व्यापक रूप से राष्ट्रीय हितों को क्षति पहुंचती है। भारतीय संविधान द्वारा जिस लोकतांत्रिक प्रणाली को अपनाया गया था, उसके मूल में योग्यता और सत्य के आधार पर एक न्यायपूर्ण व्यवस्था संचालन का संकल्प व्यक्त किया गया था।

वोट बैंक की राजनीति और सांप्रदायिक एवं सामुदायिक तुष्टिकरण की सोच के कारण भारतीय राजनीति योग्यता और सत्य के सिद्धांत से विमुख हो गई है। ऐसा माना जाने लगा है कि भारतीय राजनीति में योग्यता का कहीं कोई स्थान नहीं और मात्र सांप्रदायिक एवं सामुदायिक तुष्टिकरण से वोट बैंक की शार्टकट राजनीति कर आगे बढ़ा जा सकता है। इस प्रकार की संकीर्ण तथा व्यापक अर्थों में समाज और राष्ट्र विरोधी राजनीति ने भारत का बहुत अहित किया है।

भारत के विभाजन के बाद निर्मित पाकिस्तान में आज बहुत विचित्र स्थिति है। क्या कारण है कि हिंदू और सिख, जिनका अनुपात पाकिस्तान की कुल जनसंख्या में विभाजन के समय 20 प्रतिशत से अधिक था, वहां हिंदू नागरिक आज एक प्रतिशत से भी कम हो गए हैं? यदि पाकिस्तान की जनसंख्या में हिंदू और सिखों का अनुपात वही बना रहता, जो 1947 में था तो आज वहां 20 करोड़ की कुल जनसंख्या में इन दोनों की जनसंख्या चार करोड़ से अधिक होती, परन्तु आज हिंदू और सिखों की जनसंख्या पाकिस्तान में 50 लाख से भी कम है। शेष साढ़े तीन करोड़ हिंदू-सिख अल्पसंख्यक नागरिक पाकिस्तान

में बलपूर्वक धर्मांतरित या गायब कर दिए गए। भारत में इसके विपरीत अल्पसंख्यक समुदायों को पूर्ण स्वतंत्रता और सुरक्षा प्राप्त रही है। यहां तक कि भारत में ही स्वयं हिंदू बहुसंख्यक समाज की जनसंख्या कम होती जा रही है।

पाकिस्तान में जहां अल्पसंख्यकों की हिस्सेदारी कुल जनसंख्या में लगभग पूरी तरह समाप्त होती जा रही है, वहीं भारत में स्वतंत्रता प्राप्ति के पश्चात से निरंतर अल्पसंख्यक मुस्लिम समुदाय की जनसंख्या निरंतर तेजी से बढ़ती ही जा रही है। 1951 में भारत की कुल जनसंख्या में हिंदुओं का अनुपात 84.98 प्रतिशत, जबकि मुसलमान 9.91 प्रतिशत थे। 1971 में हिंदुओं की जनसंख्या घटकर 82.72 प्रतिशत रह गयी, जबकि मुसलमानों की बढ़कर 11.21 प्रतिशत हुई। इसके बाद के दशकों में भी जहां हिंदू जनसंख्या में निरंतर कमी आई है, वहीं मुसलमानों की जनसंख्या लगातार बढ़ी है। 2011 की जनसंख्या के अनुसार हिंदू 80.5 प्रतिशत हैं, जबकि मुसलमान 13.4 प्रतिशत हैं। जम्मू-कश्मीर और लक्षद्वीप में मुसलमान बहुसंख्यक हो गए हैं। इन प्रदेशों में क्रमशः मुस्लिम जनसंख्या लगभग 65 प्रतिशत तथा 96 प्रतिशत है। वहीं असम (30.9 प्रतिशत), पश्चिम बंगाल (25.2 प्रतिशत), केरल (24.7 प्रतिशत), उत्तर प्रदेश (18.5 प्रतिशत), बिहार (16.5 प्रतिशत) आदि राज्यों में राजनीतिक रूप से मुसलमान निर्णायक भूमिका में हैं।

वरिष्ठ चिंतक बलवीर पुंज अपने एक लेख में उचित ही यह प्रश्न करते हैं कि पाकिस्तान में भी मुसलमानों में जो अल्पसंख्यक सम्प्रदाय के हैं, जैसे कि शिया और अहमदिया आदि, उनकी स्थिति कैसी है? क्या कारण है कि भारत में शिया और सुन्नी दोनों ही पाकिस्तान से अधिक सुरक्षित हैं? क्या स्थिति में यह अंतर इसलिए नहीं है कि पाकिस्तान हिंदुत्व मुक्त हो गया और भारत में यह अभी भी जीवंत है? निश्चित रूप से भारतीय हिंदू समाज कहीं अधिक सहनशील, सहिष्णु और तर्कसंगत समाज है और भारत में आदिकाल से ही भिन्न-भिन्न प्रकार की सभ्यताएं एवं संस्कृतियां पोषित और पल्लवित होती रही हैं।

सर्वोच्च न्यायालय के पांच न्यायाधीशों की एक खण्डपीठ, जिसमें न्यायमूर्ति एमएच बेग और आरएस सरकारिया शामिल थे, ने 'हिंदुत्व' को परिभाषित किया था। 'एनसाइक्लोपीडिया ऑफ ब्रिटानिका' से उद्धरण लेते हुए खण्डपीठ ने कहा, 'हिंदुत्व' किसी भी पूजा-पद्धति को स्वीकारने या नकारने की बजाय सभी मान्यताओं व पूजा-पद्धतियों को अंगीकार करता है। खण्डपीठ ने आगे यह भी कहा कि 'हिंदुत्व' एक सभ्यता और विभिन्न मजहबों का समुच्चय है, जहां कोई एक संस्थापक या पैगंबर नहीं है। अदालत के अनुसार 'हिंदू' इस देश में रहने वालों के लिए प्रयुक्त होता है, चाहे वे किसी भी धर्म या सम्प्रदाय से जुड़े क्यों न हों। यह हमारी पहचान है।

स्पष्ट है कि 'हिंदुत्व' एक व्यापक भारतीय जीवनशैली का प्रतीक है। इसको धर्म

और संप्रदाय की संकीर्णता में बांधा नहीं जा सकता। वस्तुतः 'हिंदुत्व' वैश्विक स्तर पर संपूर्ण भारत की पहचान के रूप में देखा जाता रहा है। 'हिंदुत्व' विश्व के किसी भी अन्य धर्म या संप्रदाय के प्रति दुराग्रह या स्पर्धा का भाव कदापि नहीं रखता।

स्वतंत्र भारत में वोट बैंक की घटिया राजनीति के कारण जान-बूझकर अदूरदर्शी ढंग से मात्र निजी हितों की पूर्ति के लिए 'हिंदुत्व' की भ्रामक व्याख्याएं की जाती रही हैं। स्वतंत्र भारत में 'हिंदुत्व' के प्रति दुराग्रह का एक प्रबल कारण यह रहा है कि देश की पिछली तीन पीढ़ियां नेहरूवादी स्वाधीन भारत में पल कर बड़ी हुई हैं। नेहरूवाद मूलतः पाश्चात्य उन्मुक्तता, धार्मिक कट्टरवाद के प्रति सहिष्णुता और हिंदू पहचान के प्रति वैमनस्य का ही नाम था। पंथनिरपेक्षता सदैव भारतवर्ष की सामाजिक और राजनीतिक जीवन का आधार बिन्दु रही है। 'हिंदुत्व' के अनुसार पंथनिरपेक्षता का अर्थ 'सर्वधर्म समभाव' का है। यह अल्पसंख्यकों के कट्टरपंथी तत्वों के तुष्टीकरण का मानक नहीं है।

वास्तव में जब तक भारत में 'हिंदुत्व' का दर्शन रहेगा, तभी तक इस देश की सार्वभौमिकता, अखण्डता और उसमें बहुलतावाद जैसे मूल्य अक्षुण्ण रहेंगे। देश के जिस भाग में भी 'हिंदुत्व' कमजोर हुआ, वह भाग या तो भारत से पृथक हो गया या वहां अलगाववादी आंदोलनों ने पैर जमा लिए। वास्तव में भारत में 'हिंदुत्व' तथा लोकतंत्र व पंथनिरपेक्षता एक-दूसरे के पर्याय रहे हैं।

यह एक वैश्विक सत्य है कि इस्लाम के पिछले 1400 साल के इतिहास में विशेषतः पिछले पांच से छह दशकों में ऐसे कई धार्मिक और राजनैतिक नेता तथा संस्थाएं सामने आई हैं, जिन्होंने अपनी कट्टर और अतार्किक सोच को बलपूर्वक दूसरों पर थोपने का प्रयास किया है। इंडोनेशिया की सर्वोच्च धार्मिक संस्था नहदलतुल उलेमा के तीन बार चेयरमैन रहे इस्लामिक विद्वान हाजी वाहिद ने इस प्रकार की प्रवृत्तियों को नकार दिया था। उनके अनुसार इस प्रकार का प्रयास करना और ऐसी सोच रखना गैर इस्लामी प्रवृत्ति है। विद्वान लेखक और स्तंभकार हसन निसार कहते हैं कि इस्लाम को अधिक वैज्ञानिक और तार्किक दृष्टिकोण अपनाने की आवश्यकता है। शिक्षा और विज्ञान के प्रसार से ही समाज के अंदर व्याप्त संकीर्णता का उन्मूलन किया जा सकता है। इसके अभाव में ही आज संपूर्ण विश्व में इस्लाम के नाम पर क्रोध, घृणा, हिंसा, कट्टरपंथ और आतंकवाद का प्रसार किया जा रहा है।

उल्लेखनीय है कि पैगम्बर-ए-इस्लाम के गुजर जाने के दो दशक बाद ही अरब के मुसलमानों में 'ख्वारिज' नाम का एक फिरका पैदा हुआ था। 'ख्वारिजीन' का मानना था कि उनके फिरके के बाहर के मुसलमानों का कत्ल कर देना चाहिए। सूझ-बूझ रखने वाले मुसलमानों का मानना है कि आज की कथित जेहादी-संस्थाएं उसी 'ख्वारिज' मानसिकता की विरासत को आगे बढ़ा रही हैं। तब और अब की 'ख्वारिजीन' सोच

के बीच तीन व्यक्ति मुख्य सूत्रधार रहे हैं। इनमें मोहम्मद इब्न अल-वहाब (1703-1792), सैयद कुतुब (1906-1966) और अबुल आला मौदूदी (1903-1979) शामिल हैं।

1980 के दशक में अफगानिस्तान पर 'सोवियत संघ' के कब्जे के खिलाफ हुई लड़ाई के बाद से इन तीनों के कट्टर अनुयायियों के सिर पर जिहाद, खिलाफत, शरीयत, शहादत का भूत चढ़ा है। यह समझे जाने की आवश्यकता है कि हिंसा और आतंक के आधार पर कभी भी विश्व में एक सुव्यवस्थित और शांतिपूर्ण समाज की रचना नहीं की जा सकी है। हिंसा और आतंक कभी न खत्म होने वाली एक अंधी सुरंग के समान हैं। इससे मुक्ति पाकर ही एक चमकदार और रौशन विश्व का निर्माण किया जा सकता है।

पाकिस्तान के वरिष्ठ लेखक और स्तंभकार (कॉलमिस्ट) हसन निसार के अनुसार, अधिकांशतः मुस्लिम समाज आज भी पुरुष प्रधान है। निजी सत्ता और आधिपत्य बनाए रखने के लिए मुस्लिम समाज के रहनुमा किसी वैचारिक क्रांति में न तो विश्वास करते हैं, न कोई सार्थक पहल। इन कथित रहनुमाओं का विश्वास है कि जिस आतंक को बरकरार रखते हुए इनकी पारिवारिक व्यवस्था में सत्ता बनी हुई है, वह किसी न किसी तरह उसी प्रकार चलती रहे। वैचारिक क्रांतियों की जन्मस्थली परिवार है, लेकिन यहां इसकी गुंजाइश नहीं है। यह एक लकीर है, न तो वह छोटी हो सकती है और न उसे बड़ा किया जा सकता है। केवल उसे पीटा जा सकता है, क्योंकि उसे छोटा या बड़ा करना 'कुफ्र' है और उसकी सजा है फतवा।

वास्तव में कोई भी समाज इतिहास को नकार कर आगे नहीं बढ़ सकता। बेहतर तो यह होना चाहिए कि हम आने वाली नस्लों को बताएं कि इतिहास में पिछली पीढ़ियों द्वारा क्या गलतियां की गईं और उसका क्या खामियाज़ा समाज और राष्ट्र को सैकड़ों वर्षों तक भुगतना पड़ा? तभी आने वाली नस्लें उन गलतियों की पुनरावृत्ति न करने के प्रति सतर्क और सचेष्ट रह सकेंगी। भारत-पाकिस्तान जैसे अधिकांश विकासशील देश इतिहास में की गई अनेकानेक गलतियों पर पर्दा डालते आ रहे हैं। पर्दा डालने से गंदगी कभी समाप्त नहीं होती, वरन मात्र कुछ समय के लिए छिप जाती है और अंदर ही अंदर और अधिक घातक रूप से बढ़ती रहती है।

अतीत की श्रेष्ठता की मनगढ़ंत कहानियां कहकर हम वास्तव में स्वयं को ही मूर्ख बना रहे होते हैं। अतीत की इन मनगढ़ंत कहानियों के कारण पहले ही भारतीय समाज और राष्ट्र का बहुत अधिक नुकसान हो चुका है। अब यह और अधिक न हो, इसके लिए एक सुशिक्षित, ईमानदार और तर्कसंगत वैज्ञानिक समाज की स्थापना करना आवश्यक है। यह भी ध्यान रखना चाहिए कि अतीत में एक राष्ट्र और समाज के रूप में हमारे साथ जो भी गलत हुआ, या अन्याय हुआ, उसका दोषी कोई और नहीं, केवल और केवल हम ही हैं। हमारी कमजोरियों, कायरता और आपसी झगड़ों का लाभ

उठाकर यदि मुट्ठीभर विदेशी आक्रांता हजारों वर्षों तक हमें रौंदते रहे, तो यह आखिर किस प्रकार विदेशी शक्तियों की 'साजिश' कही जा सकती है।

यदि हमारे दुर्गुणों का लाभ उठाकर मुट्ठीभर विदेशी यदि हमें रौंदते रहे, तो इस पर हमें शर्म आनी चाहिए और ऐसी पुनरावृत्ति न हो, इसके लिए ईमानदारीपूर्वक समाज से उन दुर्गुणों के उन्मूलन का प्रयास करना चाहिए। हम अपने दुर्गुणों और अपनी कायरता को 'मासूमियत' और दूसरों की 'साजिश' करार नहीं दे सकते। इतिहास के नाम पर इस प्रकार के झूठ हमें भविष्य में भी कमजोर ही करेंगे। यूरोप और अमेरिका के विकसित और समृद्ध राष्ट्र बहुत भयंकर बदहाली और गरीबी से बाहर आकर आज वैश्विक महाशक्ति के रूप में स्थापित हो सके हैं, तो मात्र इसलिए कि उन्होंने इतिहास से बहुत कुछ सीखा है और स्वयं को एक सुगठित समाज के रूप में निरंतर बदला और प्रशिक्षित किया है।

राष्ट्रद्रोही आचरण –

हाल ही में जामा मस्जिद के शाही इमाम सैय्यद अहमद बुखारी ने दस्तारबंदी कार्यक्रम में देश के प्रधानमंत्री को नजरंदाज कर तथा पाकिस्तान के प्रधानमंत्री नवाज शरीफ को न्योता भेजकर 'राष्ट्रद्रोह' का एक का सनसनीखेज उदाहरण प्रस्तुत किया है। निश्चय ही इस प्रकार के आचरण को भारत का कोई भी नागरिक उचित नहीं ठहरा सकता। क्या विश्व के किसी अन्य देश में कोई व्यक्ति उसी देश में रहते हुए इस प्रकार का 'राष्ट्रद्रोह' करने के विषय में सोच भी सकता है? इस प्रकार की दुर्व्यवस्था और दुराचरण भारत में ही संभव है।

शाही इमाम ने अपने इस कृत्य के जरिए न केवल प्रधानमंत्री पद की गरिमा और प्रतिष्ठा को ठेस पहुंचाई है, बल्कि अनावश्यक रूप से देश के नागरिकों के मध्य धार्मिक व सांप्रदायिक संदेह भी पैदा किया है। मुस्लिम संगठनों से लेकर आम नागरिकों तक ने उनकी इस ओछी मानसिकता की निंदा की। स्वयं शाही इमाम के भाई याह्या अहमद बुखारी तक ने इसके लिए इमाम को खरी-खोटी सुनाई। याह्या बुखारी का कहना है कि देश के मुसलमानों द्वारा खारिज किए जाने के बाद इमाम मीडिया की नजर में आने की कोशिश कर रहे हैं और भारतीय प्रधानमंत्री को निमंत्रण नहीं देकर वह देश के मुसलमानों का मसीहा बनना चाहते हैं। इतना ही नहीं, याह्या बुखारी ने तो यहां तक कह दिया कि यदि शाही इमाम को नवाज शरीफ इतना ही पसंद हैं, तो उन्हें यह दस्तारबंदी कार्यक्रम पाकिस्तान में ही आयोजित करना चाहिए था।

यह बात समझ से परे है कि भारत में इस प्रकार के दुराचरण और राष्ट्रद्रोह को आखिर सहन किया ही क्यों जाता है? ऐसा लगता है कि राष्ट्रद्रोही गतिविधियों को निरंतर सहन करते रहना और उसके लिए कहीं किसी प्रकार की कोई सजा का प्रावधान

न होना, भारतीय लोकतांत्रिक व्यवस्था की नियति बन गई है। वैसे भी सैय्यद अहमद बुखारी द्वारा अपने बेटे को नायब शाही इमाम बनाया जाना भी पूरी तरह गलत है। संपूर्ण विश्व में प्रचलित इस्लामिक मान्यताओं के अनुसार, इमाम का पद खानदानी नहीं होता, लेकिन शाही इमाम इसे खानदानी बनाए रखना चाहते हैं। नियमानुसार जामा मस्जिद की तमाम संपत्तियां और इनका रख-रखाव दोनों ही 'वक्फ बोर्ड' के अधीन है, लेकिन शाही इमाम पर शायद बोर्ड के कोई नियम लागू नहीं होते। यह 'अमानत में खयानत' नहीं तो और क्या है कि वह 'वक्फ बोर्ड' की जायदाद को अपनी जायदाद समझते हैं।

यह एक तथ्य है कि देश के मुसलमान शाही इमाम को अपना नेता नहीं मानते। शाही इमाम जब-तब केवल अपनी राजनीतिक कीमत बनाए रखने के लिए इस प्रकार के राष्ट्रद्रोही आचरण को अंजाम देते रहते हैं। यह भी देश में किसी से छिपा हुआ नहीं है कि किस प्रकार वे सौदेबाजी कर विभिन्न राजनैतिक दलों को ऐन चुनाव के वक्त अपना समर्थन देते रहते हैं।

यह एक तथ्य है कि मुगल सम्राट शाहजहां ने आगरा में ताजमहल बनवाने के बाद दिल्ली में जामा मस्जिद का निर्माण कराया था। इस मस्जिद की देखरेख और मजहबी कार्यों को सम्पन्न कराने के लिए शाहजहां ने 1656 ई. में उज्बेकिस्तान के बुखारा से सैयद अब्दुल गफूर शाह बुखारी को बुलाकर उन्हें जामा मस्जिद का पहला इमाम बनाया था। तब से जामा मस्जिद की इमारत इसी परिवार के पास है। यह घोर आश्चर्य का विषय है कि समूचे विश्व और भारत में बड़े-बड़े साम्राज्य समय के साथ समाप्त हो गए और उनकी जगह लोकतांत्रिक प्रणालियों ने ले ली, परंतु ऐसा लगता है कि भारत की जामा मस्जिद इन सबसे ऊपर है और वह आजपर्यंत धार्मिक सामंतवादी और साम्राज्यवादी सोच को चिपकाए हुए उसे ढो रही है। देश से मुगल साम्राज्य का अंत हो गया तथा अन्य समस्त साम्राज्य भी एक-एक कर समाप्त हो गए, तब भी जामा मस्जिद अनावश्यक मुगलिया राजशाही को ढो रहा है। बिडम्बना यह भी है कि इसी 'विकृत सेक्युलरवाद' और कथित धर्मनिरपेक्षता के पाखंड के कारण जामा मस्जिद का अधिकांश समय समाज सुधार के प्रयासों और धार्मिक कार्यों के स्थान पर राजनैतिक दखलंदाजी करने में खर्च होता है।

यदि हम अंतर्राष्ट्रीय अनुभव पर दृष्टिपात करें, तो आज भी सऊदी अरब के राजा पवित्र मस्जिदों के इमाम की नियुक्ति करते हैं, लेकिन वह उनके अपने जीवनकाल में बदले भी जा सकते हैं अथवा एक बार इमाम हो जाने का मतलब यह नहीं है कि कोई जीवनपर्यंत यह जिम्मेदारी निभाता रहेगा अथवा पद पर बना रहेगा। तुर्की में सभी इमाम सरकारी कर्मचारी होते हैं। निश्चित रूप से भारत में इस प्रक्रिया अथवा इमाम के चुनाव में सरकार की कोई भूमिका नहीं होनी चाहिए और हो भी नहीं सकती, लेकिन लाखों की संख्या में मौजूद भारतीय मस्जिदों में लोकतांत्रिक प्रक्रिया अथवा भावना को बनाए

रखना आवश्यक है। यह भी आवश्यक है कि इस संदर्भ में समाज के जागरूक लोग स्वयं आगे आएं और इस प्रकार की मठाधीशी और मनमाने आचरण पर रोक लगाएं, जिससे अंतर्राष्ट्रीय स्तर पर भारत की जगहंसाई ही होती है। निश्चय ही देश के भीतर इस प्रकार के आचरण को स्वीकृति नहीं दी जा सकती।

क्या इस्लामिक दर्शन अथवा विचारधारा और इसकी परंपरा इस बात की इजाजत देती है कि निजी सम्पत्ति की तरह किसी मस्जिद का सैकड़ों वर्षों तक उपभोग किया जाता रहे? संपूर्ण विश्व में कहीं भी वंशवादी तरीके से किसी मस्जिद के इमाम नहीं नियुक्त किए जा सकते हैं, लेकिन दिल्ली की जामा मस्जिद में पिछले छह सौ वर्षों से लगातार ऐसा ही होता चला आ रहा है। यह ठेकेदारी और कितने वर्षों तक कायम रहेगी, इसका उत्तर किसी के पास नहीं है। यह भी पूछा जाना चाहिए कि क्या पैगंबर मुहम्मद ने मदीना स्थित मस्जिद की वसीयत खुद के जाने के बाद अपनी बेटी, बीबी फातिमा और दामाद हजरत अली के नाम कर दी थी? संभवतः भारत के अतिरिक्त विश्व में कहीं भी इस प्रकार की अराजकता और मनमाने आचरण का कोई दूसरा उदाहरण अन्यत्र कहीं नहीं मिलता।

यह एक कटु एवं विचित्र सत्य है कि भारत में प्रायः कई ऐसी राष्ट्रद्रोही घटनाओं और राष्ट्रविरोधी आचरण को अत्यंत सामान्य ढंग से ले लिया जाता है, जिन्हें कि संभवतः विश्व का अन्य कोई देश कदापि सहन नहीं करेगा। यदि इस प्रकार की घटनाएं विश्व के किसी अन्य देश में हों, तो निश्चित रूप से उन्हें कदापि सहन नहीं किया जाएगा। स्वतंत्र भारत के इतिहास में ऐसे अनेकानेक उदाहरण हैं, जिनसे यह सिद्ध होता रहा है कि राष्ट्रीय अस्मिता, अखंडता और गौरव के प्रति हम किस कदर लापरवाह और दृष्टिहीन हैं?

भारत एक ऐसा उदार देश है, जहां प्रायः ऐसे बयान दिए जाते रहते हैं, जो राष्ट्र हित में नहीं होते।

कई बार इस प्रकार के आचरण भी किए जाते हैं, जिन्हें कोई भी जागरूक एवं स्वाभिमानी राष्ट्र कदापि सहन नहीं करेगा। भारत की उदारता कई बार राष्ट्रद्रोही आचरण को प्रोत्साहित करने का कारण भी बन जाती है। चूंकि देश में राष्ट्रविरोधी बयान देना या इस प्रकार का आचरण करना स्वतंत्र भारत में कई दशकों से सहन किया जाता रहा है, इसलिए अब उन बातों को भी गंभीरता से नहीं लिया जाता, जो वास्तव में बेहद संवेदनशील और राष्ट्र की सुरक्षा एवं अखंडता के लिए घातक होती हैं।

हाल ही में जम्मू-कश्मीर चुनाव के दौरान 'पीडीपी' के विधायक पीरजादा मंजूर हुसैन के अनुसार, कश्मीर एक संवेदनशील राज्य है और वहां पर किसी हिंदू को मुख्यमंत्री बनाना सूबे के हितों के विरुद्ध होगा। यह भी पूछा जाना चाहिए कि स्वयं को धर्मनिरपेक्ष मानने और जनकल्याण में लगी होने का दावा करने वाली राजनीतिक

पार्टी का एक विधायक इस तरह का भेदभावपूर्ण बयान कैसे दे सकता है? यदि ऐसे कुतर्कों को सत्य माना जाए, तो मंजूर हुसैन से यह पूछा जाना चाहिए कि डॉ. जाकिर हुसैन, फखरुद्दीन अली अहमद और डॉ. कलाम अल्पसंख्यक समुदाय से ताल्लुक रखने के बाद भी भारत जैसे विशाल देश के राष्ट्रपति कैसे बने? इसी प्रकार भारत में अल्पसंख्यक समुदाय से संबंध रखने वाले डॉ. मनमोहन सिंह भारत के निरंतर 10 वर्षों तक प्रधानमंत्री कैसे रहे?

स्पष्ट है कि भारत विश्व का सर्वाधिक सहिष्णु और उदार देश है। भारत में अल्पसंख्यक समुदायों को जितनी स्वतंत्रता और सुरक्षा प्राप्त है, वह निःसंदेह विश्व के किसी भी अन्य देश में अल्पसंख्यकों को प्राप्त नहीं है। भारत एक ऐसा देश है, जहां स्वतंत्रता प्राप्ति के बाद से निरंतर अल्पसंख्यक समुदायों को बड़े लाड़-प्यार और जतन से पाला जाता रहा है। यह आवश्यक है कि भारत में पीरजादा मंजूर हुसैन जैसे नस्लीय, जातिगत व धार्मिक भेदभाव के सवाल उठाने की कोशिश करने वाले नेताओं को तत्काल प्रभाव से चुनाव लड़ने अथवा राजनीति में रहने से प्रतिबंधित कर दिया जाना चाहिए। यही नहीं, ऐसे असंवैधानिक बयान दिए जाने के अपराध में उनके खिलाफ कानूनी कार्यवाही भी की जानी चाहिए।

शिक्षा एवं उद्यमशीलता –

भारत में अधिकांश मुस्लिम नेता, कभी मुसलमानों की बुनियादी समस्याओं और उनके आर्थिक विकास की बात नहीं करते। धार्मिक भावनाओं को परवान चढ़ाकर मात्र राजनीतिक स्वार्थ साधने का ही यह परिणाम रहा है कि स्वतंत्र भारत में अधिसंख्य मुस्लिम समाज आज भी अशिक्षा, गरीबी और बेरोजगारी से जूझ रहे हैं। आधुनिक शिक्षा और उद्यमशीलता के स्तर पर स्वतंत्र भारत में मुस्लिम समाज की बेहतरी के लिए अब तक ठोस एवं कारगर उपाय नहीं किए गए हैं और राजनीतिक दलों तथा स्वयं मुस्लिम समाज के धार्मिक नेताओं द्वारा उन्हें मात्र बहकाया और बहलाया जाता रहा है। यह भी चिंता का विषय है कि भारतीय मुसलमानों के बारे में जब भी कोई बात की जाती है, तब उसका केंद्र उत्तर भारत के मुसलमान होते हैं। हम कर्नाटक, तमिलनाडु और केरल आदि के मुसलमानों को जाने-अनजाने इस विमर्श में शामिल नहीं करते अथवा उन्हें भूल जाते हैं। सच्चाई यह है कि दक्षिण भारत के मुसलमानों की उपेक्षा करके भारत में मुस्लिम समाज की एक समग्र तस्वीर नहीं बनाई जा सकती।

दक्षिण के मुस्लिम समुदाय के लोग उत्तर भारत के मुसलमानों से इन अर्थों में भिन्न हैं कि वे अधिक पढ़े-लिखे और जागरुक हैं। वे उद्यमी स्वभाव के हैं और स्थानीय भाषा एवं संस्कृति को आत्मसात किए हुए हैं। दक्षिण भारत के मुसलमान शिक्षा के क्षेत्र में बहुत महत्वपूर्ण और सराहनीय कार्य कर रहे हैं। कर्नाटक में 'अल अमीन ट्रस्ट' के

कई मेडिकल और इंजीनियरिंग कॉलेज हैं। आंध्र प्रदेश में चार मेडिकल कॉलेज हैं, जो मुस्लिम ट्रस्ट चला रहे हैं। दक्षिण भारत की तुलना में उत्तर भारत के राज्यों की स्थिति बहुत खराब है। दिल्ली में मुस्लिम संस्थाएं एक मेडिकल कॉलेज ही चला रही हैं। असम में 'ईआरडीएफ' नाम की संस्था कार्यरत है, जो कई संस्थाएं और बड़े इंजीनियरिंग कॉलेज चला रही हैं। कम्प्यूटर शिक्षा भी इस संस्था की एक विशेषता है।

दक्षिण भारत में मुस्लिम समाज के शिक्षित होने के कारण ही उन प्रदेशों में वे समस्याएं नहीं हैं, जो उत्तर भारत के मुस्लिम समाज में व्याप्त हैं। भारत में मुस्लिम बच्चों, किशोरों और युवाओं को आधुनिक तकनीकी शिक्षा की ओर अनिवार्य रूप से प्रवृत्त किया जाना चाहिए। मदरसों में दी जाने वाली परंपरागत धार्मिक शिक्षा आधुनिक युग में मुस्लिम समुदाय की आवश्यकताओं की पूर्ति नहीं कर सकती। आधुनिक शिक्षा, तकनीक एवं प्रोद्योगिकी के अभाव में मुस्लिम युवा कुंठित एवं हतोत्साहित होते जा रहे हैं। नए युग की रोजगार आवश्यकताओं के पैमाने पर भी वे खरे नहीं उतर पा रहे हैं। मजबूरी में मुस्लिम युवाओं को छोटी-मोटी दुकानों पर काम-धंधा करने के लिए विवश रहना पड़ता है।

आधुनिक शिक्षा के अभाव में मुस्लिम समाज में स्वास्थ्य और स्वच्छता के विषय में भी पर्याप्त जानकारी और आधुनिक तौर-तरीकों के प्रति समझ का अभाव होता है। देश की अधिसंख्य मुस्लिम बहुल बस्तियां और क्षेत्र गंभीर रूप से गंदगी, संक्रामक बीमारियों और दुर्व्यवस्था से ग्रस्त हैं। अनेक मुस्लिम युवा समाज विरोधी तत्वों के हाथ का खिलौना बन जाते हैं और गंभीर किस्म के संगठित अपराधों में उलझ जाते हैं। स्पष्ट है कि बेहतर शिक्षा, आधुनिक तकनीक एवं प्रोद्योगिकी तथा प्रगतिशील सोच के साथ ही व्यापक स्तर पर मुस्लिम युवाओं को राष्ट्र की विकास प्रक्रिया का सहगामी बनाया जा सकता है।

धर्मनिरपेक्षता बनाम कट्टरपंथ -

भारतीय समाज मूल रूप से सहिष्णु, उदार और सहनशील है। भारतीय संविधान के निर्माता प्रारंभ से ही यह मानकर चले थे कि धर्म और उपासना की स्वतंत्रता को भारत के प्रत्येक नागरिक के मौलिक अधिकार के रूप में घोषित करने की आवश्यकता है। भारतीय संविधान की प्रस्तावना में सभी नागरिकों को 'सामाजिक प्रतिष्ठा और अवसर की समानता' प्रदान करने का पवित्र संकल्प व्यक्त किया गया है। भारतीय संविधान में धार्मिक भेदभाव न बरतने का सिद्धांत विशेष रूप से शामिल है। यह सिद्धांत आमतौर पर लागू होता है और सार्वजनिक रोजगार के क्षेत्र में विशेष रूप से उदाहरण के लिए संविधान के अनुच्छेद 15 में कहा गया है-'राज्य धर्म, वंश, जाति, लिंग, जन्म स्थान के आधार पर या इनमें से किसी एक के आधार पर कोई भेदभाव नहीं बरतेगा।'

अनुच्छेद 16 में कहा गया है- 'राज्य के अधीन किसी भी पद पर नियुक्ति या रोजगार पाने संबंधी मामलों में सभी नागरिकों को अवसर की समानता रहेगी।' इसी प्रकार अनुच्छेद 25 'अन्तःकरण की स्वतंत्रता और स्वतंत्र व्यवसाय और धर्मपालन की स्वतंत्रता की गारंटी देता है, लेकिन भारत में कानून राजनीति से धर्म को अलग रखने का कोई प्रावधान नहीं करता।

'धर्मनिरपेक्ष' और 'धर्मनिरपेक्षीकरण' शब्द हमारे यहां अंग्रेजी शब्द 'सेक्यूलर' और 'सेक्यूलरराइजेशन' के रूपांतरण हैं। इन अंग्रेजी शब्दों का प्रयोग यूरोप में 30 वर्ष तक चले युद्ध की समाप्ति पर सन 1648 में पहली बार हुआ और तभी इनको बौद्धिक विचारधारात्मक लोकप्रियता मिली। इनका प्रयोग चर्च की सम्पत्ति को राजा के नियंत्रण में हस्तांतरित किए जाने के संदर्भ में हुआ। फ्रांस की क्रांति के बाद दो नवम्बर 1798 को टैलीरेन्ड (एक वयोवृद्ध फ्रांसीसी राजनीतिज्ञ) ने फ्रांस की राष्ट्रीय सभा (फ्रांस नेशनल असेम्बली) में घोषणा की कि गिरिजाघरों से संबंधित सारी वस्तुएं राष्ट्र के अधिकार में हैं। इस घोषणा के अनेक दशकों बाद वर्ष 1851 में जार्ज जेकब होलियोग ने 'सेक्यूलरिज्म' (धर्मनिरपेक्षतावाद) शब्द औपचारिक रूप से गढ़ा। धर्मनिरपेक्ष शब्द की उत्पत्ति लैटिन शब्द 'सेक्यूलर' से हुई है, जिसका अर्थ वर्तमान युग अथवा पीढ़ी है। धर्मनिपरेक्ष शब्द धर्म निरपेक्षीकरण की सामाजिक प्रक्रिया से जुड़ा है।

'कट्टरपंथ' शब्द का उल्लेख होते ही हमारे दिमाग में एक आधुनिकता एवं उदारता विरोधी और गैर धर्मनिरपेक्ष विचार की तस्वीर उभरती है। कट्टरपंथ या नवजागरणवाद को इसके समर्थक धार्मिक विवेचक "शुद्ध एवं मौलिक मूल्यों और व्यवहारों की ओर लौटने का प्रयास" मानते हैं। सामाजिक बदलाव की शक्तियां 'कट्टरपंथ' के उदय के लिए महत्वपूर्ण रही हैं। जब किसी समाज में भारी बदलाव आते हैं और बदलाव के कारण समुदाय में उथल-पुथल होती है, तो इसके परिणामस्वरूप बहुत से लोगों में मूल्यों और नैतिकता का ह्रास होता है और इससे समाज में जड़विहीनता की स्थिति बनती है। इस प्रकार की स्थितियों में लोगों को सांत्वना के लिए जो भी सहारा मिलता है, वे उसे पकड़ लेते हैं।

'कट्टरपंथ' की विशेषता यह होती है कि यह सदैव किसी अधिक अच्छे पूर्ववर्ती युग की वापसी का वादा करता है। इसके मनोवैज्ञानिक आकर्षण से बचना लोगों के लिए कठिन होता है। ऐसे 'अधिक अच्छे युग' की वापसी के लिए 'कट्टरपंथ' व्यापक और निरंकुश, कठोर विश्वास पद्धति और आचार-व्यवहारों को जन्म देता है। 'कट्टरपंथ' में अनुयायियों के लिए खुशहाली लाने का वादा अंतर्निहित होता है। 'कट्टरपंथ' इसे मानने वालों में गहरी वचनबद्धता लाने की क्षमता रखते हैं। वह वचनबद्धता इतनी प्रबल होती है कि इसे न मानने वालों को उनके अधिकारों से वंचित कर दिया जाता है। इसलिए प्रायः 'कट्टरपंथ' उग्र एवं आक्रामक रूप धारण कर लेता है, जहां हत्या करना और

आतंक फैलाना दोनो सही माना जाता है। 'कट्टरपंथ' को सामान्यतः धर्मनिरपेक्षता का विपरीत सिद्धांत माना जाता है।

उल्लेखनीय है कि 632 ईसवी में अबू बकर की मृत्यु के बाद उमर को खलीफा के रूप में निर्वाचित किया गया था। 645 ईसवी में उमर के देहांत के बाद उस्मान को निर्वाचित किया गया था। तत्पश्चात 654 ईसवीं में उस्मान की मृत्यु होने पर अली को खलीफा के रूप में चुना गया और वह 661 ईसवीं में तब तक खलीफा बने रहे, जब तक कि उनकी हत्या नहीं कर दी गई। अली के देहांत के बाद खिलाफत संस्था का अंत हो गया। खलीफा मुस्लिम होना चाहिए। उसे सौम्य तथा प्रौढ़ होना चाहिए। उसे पुरुष होना चाहिए, क्योंकि एकमात्र पुरुष ही राजकाज की भारी जिम्मेदारियों का वहन कर सकता है। वह एक स्वतंत्र पुरुष होना चाहिए, न कि एक दास, जो अपने कर्तव्यों का स्वतंत्रता से निर्वाह नहीं कर सकता है। वह शारीरिक और मानसिक दोषों से मुक्त होना चाहिए। वह इस्लाम के निर्धारित दंडों को लागू करते तथा इस्लाम राज्य की रक्षा करने और राज्य में शांति व्यवस्था बनाए रखने में सक्षम और बहादुर होना चाहिए।

इस्लामी नीति में मात्र एक खलीफा हो सकता है। इस मुद्दे को लेकर पैगम्बर की स्पष्ट परम्पराएं हैं। इस्लामी कथाओं और प्रथाओं में खलीफा और उसकी सरकार के प्रति निष्ठा को इस्लामी राज्य के सभी नागरिकों का धार्मिक कर्तव्य बताया गया है, परंतु यह निष्ठा सीमित और सशर्त है, क्योंकि वह केवल अच्छाई में अनिवार्य है। इसे शरीयत के आदेश की पूर्ण स्वीकृति के रूप में माना गया है। जब तक खलीफा और इमाम सामान्यतः इस्लाम के मूल्यों का समर्थन करता है और अपने लक्ष्यों और उद्देश्यों को नहीं छोड़ता है, उसकी आज्ञा का पालन किए जाने की बात कही गई है। कुरान के सिद्धांतों को पैगम्बर के उन कई कथनों से बल मिलता है, जिनमें मुस्लिमों को उस शासक के आदेश का पालन नहीं करना चाहिए, जो अल्लाह और उसके पैगम्बर के आदेश के विरुद्ध हैं।

भारत में धार्मिक 'कट्टरपंथ' या अतिवाद मुख्य रूप से मध्यकाल की देन है। ब्रिटिश राज्य से पूर्व, मध्यकाल में जहां कहीं इस्लामिक शासन था, वहां हिंदू होना एक अपराध था। हिंदू को 'जजिया' नामक धार्मिक कर देना पड़ता था। इसे न देने पर उसे या तो इस्लाम धर्म अपनाना पड़ता था अथवा मृत्यु दण्ड भोगना पड़ता था। अपने मृत परिजनों की अस्थियां विसर्जित करने अथवा अन्य कारणों से हिंदुओं के हरिद्वार, गया, काशी, प्रयाग, कुंभ, कुरुक्षेत्र आदि तीर्थ स्थलों की यात्रा करने पर कर लगाया जाता था। इस प्रकार की दीर्घकालिक शासन नीतियों के कारण भारत में धार्मिक सहिष्णुता पर बहुत अधिक कुठाराघात हुआ।

भारत के स्वतंत्रता संघर्ष के दौरान भी महात्मा गांधी ने आजन्म हिंदू-मुस्लिम एकता पर बहुत बल दिया, किन्तु वह सब हिंदुओं के बलिदान के आधार पर ही किया गया।

अंग्रेजों के उकसावे पर उन्होंने बिना समझे-बूझे अनावश्यक रूप से मुस्लिम तुष्टिकरण की नीति को अपना लिया और उन्होंने अंग्रेजों द्वारा चली गई शातिर चाल के आगे घुटने टेक दिए। इस मूल्यविहीन समर्पण के कारण भारतीय स्वतंत्रता संघर्ष के आंदोलन और तात्कालिक राजनीतिक नेतृत्व में योग्यता और सत्य जैसे तत्वों का तेजी से ह्रास हुआ। महात्मा गांधी का अहिंसा का कथित उपदेश भी एकतरफा हिंदू नागरिकों के लिए ही था, जिसका मतलब था कि हिंदू को तो हर हाल में अपने 'अहिंसा परमोधर्मः' का पालन करना है, किंतु मुस्लिमों के बारे में वे कहते थे कि उन्हें तो उनकी धर्म पुस्तक कुरान हिंसा की अनुमति देती है, तो उनसे अहिंसा का वैसा ही आग्रह नहीं किया जा सकता।

निश्चय ही हिंदू-मुस्लिम एकता के संदर्भ में महात्मा गांधी का दृष्टिकोण दूरदर्शितापूर्ण सिद्ध नहीं हुआ। देश को इस दृष्टिकोण की भारी कीमत चुकानी पड़ी। विशाल भारत भूमि इस अदूरदर्शिता के कारण खंड-खंड हो गई। अविभाजित भारत में 24 प्रतिशत मुसलमानों के लिए राष्ट्र के विभाजन की मांग को बलपूर्वक 67 प्रतिशत हिंदू नागरिकों तथा लगभग नौ प्रतिशत अन्य समुदायों के नागरिकों के ऊपर लाद दिया गया। इसके फलस्वरूप संपूर्ण भारत में लाखों व्यक्ति रक्तरंजित नरसंहार के शिकार हो गए। लाखों नागरिकों को अपनी जान और अपनी मातृभूमि गंवानी पड़ी। कई दशकों तक इनकी पीढ़ियां विस्थापित शरणार्थियों के रूप में बुनियादी मानवाधिकारों से वंचित होकर दर-दर की ठोकरें खाती रहीं। अनेक पीड़ित परिवार आज तक इस सदमे से उबर नहीं पाए हैं।विडम्बना यह है कि सांप्रदायिक तुष्टिकरण आज भी भारतीय राजनीति का अविभाज्य अंग बना हुआ है। स्पष्ट है कि हमने अपने भयावह और विनाशकारी इतिहास से भी कहीं कोई सबक नहीं लिया। आज आवश्यकता इस बात की है कि राष्ट्रहित में केवल एक ही धर्म को मान्यता दी जाए और उसे पुष्ट किया जाए, वह धर्म है 'राष्ट्र धर्म।' किसी भी दशा में किसी भी प्रकार के राष्ट्रद्रोह एवं राष्ट्र विरोधी कार्य को देश के किसी भी कोने से संरक्षण एवं प्रोत्साहन नहीं मिलना चाहिए। यह विडंबना है कि भारत में भारतीयता से जुड़े किसी भी विषय की चर्चा करने पर उसे शंका की दृष्टि से देखा जाने लगता है। अपने अतीत और राष्ट्रीय गौरव के विषयों के प्रति इस प्रकार की अनदेखी का उदाहरण संपूर्ण विश्व की किसी अन्य व्यवस्था या देश में अन्यत्र कहीं नहीं मिलता।

इस विशाल भारत राष्ट्र की राजसत्ता लगभग डेढ़ हजार वर्षों से भारत विरोधी तत्वों एवं विदेशी आक्रांताओं के हाथ में रही है। उन्होंने प्रयत्नपूर्वक योजनाबद्ध ढंग से एक राष्ट्र के रूप में भारत और भारतीय समाज को भयंकर रूप से खंडित और छिन्न-भिन्न कर दिया। भारत की संस्कृति और सभ्यता को समूल नष्ट करने का यथासंभव उपाय भी इन विदेशी आक्रांताओं द्वारा निरंतर किया गया। इस राष्ट्रविरोधी कार्य में बहुत से राष्ट्रद्रोही व्यक्तियों ने विदेशी आक्रांताओं का साथ दिया। इन्हीं राष्ट्रद्रोहियों ने निजी

स्वार्थवश न केवल बिदेशी आक्रांताओं को भारत पर आक्रमण के लिए आमंत्रित किया, वरन उनकी हरसंभव सहायता करते हुए उनके एजेंट के रूप में काम भी किया।

आज भी धन और झूठे मान-सम्मान के लालच में बहुत से भारतीय विद्वान औपनिवेशिक दासता के प्रतीकों को ढोते हुए अज्ञानतावश राष्ट्रविरोधी शक्तियों के लिए काम कर रहे हैं। कुछ खुले रूप में, तो कुछ छद्म रूप में। राष्ट्र में एक सर्वमान्य सुव्यवस्था लाना परमावश्यक है। उसके लिए राज सत्ता का सुयोग्य एवं राष्ट्रवादी नागरिकों के हाथों में होना आवश्यक है। भारत में अनेक नागरिक और संगठन राष्ट्र निर्माण के कार्य में लगे हुए हैं। इनके कार्यों को न केवल बढ़ावा दिया जाना चाहिए, वरन अन्य शेष नागरिकों के लिए भी ये प्रेरणा के स्रोत होने चाहिए।

धर्म के नाम पर 'अधर्म' -

यदि धर्म के नाम पर समाज में अशांति फैलेगी, तो निश्चित रूप से यह राष्ट्र के लिए शुभ नहीं होगा। उचित तो यह होगा कि धर्मांतरण पर न केवल राष्ट्रीय स्तर पर व्यापक बहस हो, बल्कि एक ऐसा कानून भी बने, जिससे छल-बल से होने वाले सभी तरह के धर्मांतरण पर प्रभावशाली तरीके से अंकुश लगाया जा सके। भारत में नया कानून कुछ इस तरह बनना चाहिए, जिससे अपनी पसंद की उपासना पद्धति अपनाने की स्थिति में संबंधित व्यक्ति की स्वतंत्रता पर किसी प्रकार की आंच न आए।

भारतीय संविधान देश के नागरिकों को अपनी पसंद के हिसाब से धर्म को अपनाने की आजादी देता है। इस अधिकार के तहत लोगों को अपने धर्म के प्रचार की छूट भी मिली हुई है। अक्सर इसी छूट के आधार पर छल-बल से बड़े पैमाने पर धर्मांतरण की घटनाओं को अंजाम दिया जाता है। हिंदू धर्म न केवल जाति-प्रथा जैसी अपनी आंतरिक कमजोरियों के कारण दूसरे धर्मों के लोगों को अपनी ओर आकर्षित करने में सबसे पीछे रह जाता है, बल्कि इन्हीं कमजोरियों के फलस्वरूप दूसरे धर्म के लोग हिंदुओं को अपनी ओर खींचने में सफल हो जाते हैं।

वास्तव में धर्म अथवा पंथ उसे मानने वाले व्यक्तियों के लिए उनका 'आत्मिक संबल' और भावनात्मक सहारा होता है। लोगों की आस्था ही उन्हें उनके ईश्वर के करीब ले जाती है और यह आस्था धार्मिक मान्यताओं से मजबूत होती है। भारत जैसे देश में प्रायः एक निर्धन व्यक्ति का संबल, उसका धर्म और विश्वास बन जाता है। भारत जैसे देश में करोड़ों व्यक्ति ईश्वर पर विश्वास के सहारे ही अपना जीवन व्यतीत करते हैं। यही उनकी सबसे बड़ी प्रेरणा और नैतिक शक्ति होती है। यदि छल-कपट तथा प्रलोभन के जरिए किसी वंचित, निर्धन या आस्थावान व्यक्ति से उसकी यह शक्ति छीन ली जाएगी, तो यह न केवल उस व्यक्ति के प्रति वरन संपूर्ण मानवता और राष्ट्र के साथ भी विश्वासघात होगा।

नागरिकों को लालच, डर या धोखे से मतांतरित करना दंडनीय अपराध होना ही चाहिए। कोई व्यक्ति अपने विवेक और स्वेच्छा से उपासना पद्धति बदलता है, तो उस पर कोई आपत्ति नहीं हो सकती। किसी भी व्यक्ति का यह मौलिक अधिकार है कि वह किस प्रकार के मत में आस्था व्यक्त करता है। भारतीय संविधान भारतीय नागरिकों को धार्मिक आधार पर पूर्ण स्वतंत्रता प्रदान करता है। यद्यपि विश्व के अनेक देशों में नागरिकों को इस प्रकार की स्वतंत्रता व अधिकार प्राप्त नहीं है। विश्व के अनेक देशों में अल्पसंख्यक समुदायों की स्थिति बेहद नारकीय है और प्रतिपल, प्रतिक्षण वे आतंक और दहशत के साए में दोयम दर्जे का जीवन जीने के लिए विवश हैं।

विश्व के अधिकांश इस्लामिक देशों में स्वेच्छा से इस्लाम छोड़ने का स्वाभाविक परिणाम विभिन्न प्रकार का उत्पीड़न, असुरक्षा, आर्थिक क्षति और प्रायः 'मृत्युदंड' तक होता है। स्पष्ट है कि इन देशों में नागरिकों को धार्मिक स्वतंत्रता प्राप्त नहीं है और उन्हें बहुसंख्यक समुदाय की रीति-नीति के आधार पर चलना होता है। यही कारण है कि प्रताड़ना और आतंक से बचने के लिए इन देशों में अल्पसंख्यक समुदाय से संबंध रखने वाले नागरिकों को बड़े पैमाने पर धर्मांतरण के लिए अभिशप्त होना पड़ता है। क्या एक सभ्य समाज में स्वयं के मजहब के प्रचार के नाम पर दूसरों के मजहब की निंदा कर, प्रलोभन या भय दिखाकर उनका मतांतरण करना स्वीकार किया जा सकता है? भारत को शिक्षा देने वाले देशों को पहले स्वयं आत्मावलोकन करना चाहिए और अपने यहां अल्पसंख्यक समुदायों के नागरिकों की धार्मिक स्वतंत्रता की रक्षा करने का उपाय करना चाहिए।

भारत की कालजयी सनातनी परंपरा सदियों से भय, लालच और धोखे की शिकार रही है। अंग्रेज सरकार की औपनिवेशिक सत्ता के युग में ईसाई मिशनरियों ने लगातार सैकड़ों वर्षों तक हिंदुओं की आस्था का उपहास उड़ाया और उसे हीन और निम्न स्तर का करार दिया। ईसाई मिशनरियों ने देश में भारतीय नागरिकों का व्यापक स्तर पर धर्मांतरण कराया। 1941 में हिंदू धर्मावलंबियों का अनुपात 84.4 प्रतिशत था। इस संदर्भ में वर्तमान आंकड़े देखे जाने चाहिए। वर्तमान में भारत की जनसंख्या 120 करोड़ है। पाकिस्तान और बांग्लादेश की जनसंख्या लगभग 20-20 करोड़ है। इस प्रकार मोटे तौर पर इन तीनों देशों की कुल जनसंख्या 160 करोड़ होती है।

भारत की जनसंख्या में आज 80 प्रतिशत हिंदू होने का अर्थ हुआ कि यहां 96 करोड़ हिंदू जनसंख्या है। पाकिस्तान और बांग्लादेश की करीब दो करोड़ हिंदू-सिख जनसंख्या को मिला दें, तो आज इन तीनों देशों में कुल 98 करोड़ हिंदू हैं। जो 160 करोड़ की कुल जनसंख्या का मात्र 61.25 प्रतिशत ही होता है। यदि हिंदुओं का अनुपात 1941 के आंकड़ों के अनुसार बना रहता, तो आज इन तीनों देशों में हिंदुओं की कुल जनसंख्या 135 करोड़ होनी चाहिए थी। यह प्रश्न अवश्य ही पूछा जाना चाहिए कि बाकी के 37

करोड़ हिंदू कहां गए? स्वाभाविक है कि या तो उन्हें मार दिया गया या उनका जबरन एकतरफा मतांतरण करा दिया गया।

वास्तव में देखा जाए, तो भारतीय उपमहाद्वीप में मतांतरण एकतरफा रहा है। भारतीय सनातन संस्कृति और मान्यताओं के अनुसार, प्रत्येक व्यक्ति को अपनी इच्छा के अनुसार जीवन जीने और उपासना पद्धति को चुनने का अधिकार है। वास्तव में यही उदारता और सहिष्णुता कालांतर में दुर्बलता और कायरता सिद्ध हुई। सैकड़ों वर्षों तक विदेशी कट्टरपंथी आक्रांताओं ने भारतीय सनातन संस्कृति की इस उदारता, सहिष्णुता का जमकर उपहास उड़ाया।

भारतीय सनातन संस्कृति में व्याप्त दुर्बलता और कायरतापूर्ण परिस्थितियों एवं मान्यताओं का लाभ उठाकर हिंदू समाज के सदियों से कमजोर एवं उपेक्षित रहे वर्ग को इस्लाम और ईसाइयत जैसे संगठित पंथ निगलने का प्रयास करते ही रहे हैं। इन संगठनों के द्वारा प्रलोभन, दबाव तथा सम्मोहन के तौर-तरीके धर्मांतरण के लिए अपनाए जाते रहे हैं।

यह भी एक तथ्य है कि भारतीय हिंदू समाज में समाज सुधार और धार्मिक सुधार आंदोलन बहुत सीमित रहा है। धर्म और समाज में व्याप्त आंतरिक पाखंडों और कुरीतियों को नष्ट नहीं किया जा सका है। विदेशी आक्रांताओं द्वारा भारतीय समाज में व्याप्त भेदभाव, छुआछूत, ऊंच-नीच और जाति भेद जैसी कमजोरियों का जमकर लाभ उठाया गया। स्वामी दयानंद सरस्वती के काल से हिंदू समाज ने 'शुद्धि' और सेवा कार्यों के माध्यम से इस्लाम और मिशनरी समाज की नकल करने की कोशिश की है, चूंकि हिंदू चिंतन में इसका आधार नहीं है, इसीलिए इस क्षेत्र में ज्यादा सफलता नहीं मिल सकी है।

इस्लाम और ईसाईयत जहां निरंतर संपूर्ण विश्व में अपनी संख्या और आधार बढ़ाने का प्रयत्न करते रहते हैं, वहीं हिंदू धर्म में इस प्रकार का कोई सामाजिक या धार्मिक आंदोलन दिखाई नहीं पड़ रहा है। ऐतिहासिक रूप से हिंदू समाज अपने ही नागरिकों में जाति के आधार पर भेद करता आ रहा है। यही कारण है कि हिंदू समाज संपूर्ण रूप से कभी भी संगठित नहीं रह सका है। जाति-भेद के पाखंड के चलते हिंदू धर्म में सेवा कार्यों को यथेष्ठ और वांछित सम्मान प्राप्त नहीं है। इसी वजह से वैश्विक स्तर पर हिंदू धर्म की लोकप्रियता और प्रचार-प्रसार उस रूप में नहीं हो सका है, जैसा ईसाई और इस्लाम धर्म का हुआ है।

कट्टरपंथ और आतंकवाद

राष्ट्रीय स्वयंसेवक संघ के सरसंघचालक मोहन भागवत ने उचित ही कहा है कि एकांतिक सामूहिक स्वार्थों के कारण शोषण, दमन, हिंसा व कट्टरवाद का जन्म होता है। ऐसे ही अनेक निहित स्वार्थों के कारण मध्य-पूर्व एशिया में आतंकवाद, कट्टरपंथ

और हिंसा का व्यापक पैमाने पर प्रसार हुआ है। पश्चिमी देशों की स्वार्थपूर्ण राजनीति के कारण ही विश्व में 'आईएसआईएस' जैसे अनेक कट्टरपंथी संगठनों का उदय हुआ है। आज विश्व के अधिकांश देश तथा अनेक पंथ-संप्रदायों के समूह आतंकवाद जनित इस संकट के विरोध में एक सामूहिक शक्ति खड़ी करने की मनःस्थिति में आ गए हैं। यह एकत्रीकरण वास्तव में विवशता के कारण हो रहा है।

वैश्विक महाशक्तियों द्वारा निजी हितों की पूर्ति के लिए समय-समय पर विभिन्न छोटे-बड़े देशों में अनेकानेक आतंकी संगठनों को अस्त्र-शस्त्र और संसाधन उपलब्ध कराए जाते रहे हैं। समय आने पर स्वाभाविक रूप से यह संगठन स्वयं को शक्तिशाली बना लेते हैं और अपने ही आकाओं को आंख दिखाना शुरू कर देते हैं।

अमेरिका और यूरोप के अन्य समृद्ध देश आज अपने ही द्वारा पैदा किए गए आतंकी संगठनों से भयभीत और आतंकित दिखाई पड़ रहे हैं। डेनमॉर्क, फ्रांस, स्पेन, इटली, इंग्लैंड, आयरलैंड तथा ऑस्ट्रेलिया जैसे देश आज आतंकवाद की विभीषिका से जूझ रहे हैं। वास्तव में बार-बार रूप बदलकर आने वाला यह आतंकवाद जिन एकांतिक प्रवृतियों व भोग-विलासी स्वार्थों की क्रिया-प्रतिक्रिया के चक्र में से जन्मा है, उसका समूल उन्मूलन किये बिना विश्व में सदियों से चलती आ रही आतंकवाद और कट्टरवाद की समस्या समाप्त नहीं हो सकेगी। इसके लिए पहले वैश्विक समाज को सर्वत्र व्याप्त अन्याय और असमानता का उन्मूलन करना होगा। शांति स्थापना की भाषा की आड़ में अपने साम्राज्य का विस्तार चाहने वाले अथवा निशस्त्रीकरण के नाम पर दूसरे देशों को स्वयं की अपेक्षा सदैव बलहीन बनाकर रखने की चेष्टा करने वाले देश एक शांतिपूर्ण एवं सहिष्णु विश्व की स्थापना कभी नहीं होने देंगे। वास्तव में विश्व के प्रत्येक राष्ट्र के लिए यह समय आत्मावलोकन और आत्मचिंतन करने का है। निश्चित रूप से 21 वीं शताब्दी के इस आधुनिक युग में किसी ने भी कल्पना नहीं की होगी कि मानव जाति के विनाश का कारण कट्टरपंथ और आतंकवाद बनेगा।

भारत में जाति व्यवस्था -

भारत के मानवशास्त्रीय सर्वेक्षण ने अपनी परियोजना 'भारत के लोग' में 4635 समुदायों तथा जातियों का अध्ययन किया है। इस अध्ययन के अनुसार भारतीय समाज में कथित उच्च जातियों के कुछ मुख्य लक्षण रहे हैं, यथा - (1) सामाजिक व्यवस्था में इनका स्थान सबसे ऊपर है। (2) सभी संसाधनों और भूमि संपत्तियों पर इनका पूर्ण नियंत्रण है और (3) कथित निम्न जातियों के साथ इनका गैर-व्यापारिक संबंध है। वहीं कथित निम्न जातियों के भी कुछ विशिष्ट लक्षण रहे हैं, यथा- (1) भयंकर गरीबी, जिसका प्रमुख कारण अपने पास भूमि संपत्तियों का न होना तथा संसाधनों पर बहुत कम नियंत्रण होना है। (2) निम्न सामाजिक स्तर, जिसका संबंध कथित शुद्धता और

अशुद्धता से है और (3) इनका परंपरागत व्यवसायों में लीन रहना, जो अस्वच्छ तथा निम्न प्रकार के कार्य समझे जाते हैं।

भारत में वर्ण व्यवस्था की उत्पत्ति के कई सिद्धांत हैं। कुछ लोगों का मानना है कि इस व्यवस्था की उत्पत्ति समाज में सहिष्णुता लाने के लिए दैवीय शक्ति द्वारा की गई थी। इनके अनुसार, व्यक्ति का जन्म किसी एक जाति में होता है। अवैज्ञानिक मान्यताओं के अनुसार, जाति का निर्धारण व्यक्ति के पिछले जन्म के कर्मों के आधार पर होता है। कतिपय लोगों का मानना है कि इस वर्ण व्यवस्था की उत्पत्ति समय के अनुसार हुई है, जब आर्थिक विकास का अतिरिक्त विकास हुआ। यह मुख्य रूप से आर्थिक बंटवारे की देन है। एक मत के अनुसार, विदेशी आक्रमणकारियों ने जनजातीय लोगों को अपने वश में करने के लिए इस समस्या की उत्पत्ति की थी।

देश के विभिन्न भागों में किए गए अध्ययनों से यह पता चला है कि जाति और भूमि का आपस में दोहरा टकराव रहा है। मानवशास्त्री एम.एन. श्रीनिवास का मानना है कि 'ग्रामीण समुदाय विभिन्न वर्गों में बंटा हुआ है, जिनके अपने स्वयं के अधिकार, कर्तव्य और विशेषाधिकार हैं। जो जाति उच्च थी और जिनके पास शक्ति एवं विशेषाधिकार थे, वे जातियां कथित निम्न जातियों को इनसे वंचित रखती थीं।' पहले कुछ जातियां अपने आपको पिछड़ी जातियां कहलाने में संकोच करती थीं। इसके बावजूद कि उनकी आर्थिक स्थिति कमजोर थी, उनको यह डर था कि खुद को पिछड़ा मानने से उनकी स्थिति में कभी भी सुधार नहीं हो सकेगा। अब यह सत्य नहीं है, क्योंकि नई संवैधानिक व्यवस्थाओं के अंतर्गत राज्य ने इन पिछड़ी जातियों को फायदा पहुंचाया है। इन जातियों को यह अहसास हुआ है कि यदि उन्हें अपने स्तर में सुधार करना है, तो अपनी आर्थिक स्थिति को बेहतर करना अनिवार्य होगा। इसके बिना ये समाज में ऊपर नहीं उठ सकते। भारत में एक लंबे समय तक कथित उच्च जातियों के आचरण और कर्मकांडों की नकल करने को ही कथित निम्न जातियां समाज में अपने उच्चीकरण का आधार मानती रही हैं। धीरे-धीरे नए संवैधानिक प्राविधानों और विज्ञान तथा तकनीक के बढ़ते प्रयोग के चलते समाज की घिसी-पिटी अवैज्ञानिक सोच में तेजी से बदलाव आ रहा है।

भारत में जाति व्यवस्था यद्यपि समाप्त नहीं हुई है, फिर भी उसके रंग-ढंग और प्रस्तुतिकरण में तेजी से बदलाव आ रहा है। अब इन पिछड़ी जातियों में आपस में प्रतिस्पर्धा है। भारत में राजनैतिक कारणों से पिछले कुछ दशकों में यह नई प्रवृत्ति सामने आई है कि देश के विभिन्न राज्यों में कतिपय ब्राह्मण, राजपूत तथा अन्य कथित समर्थ जातियों द्वारा भी इस प्रकार की मांग सरकारों से की जाने लगी है कि उन्हें भी पिछड़ी जातियों में शामिल किया जाना चाहिए, ताकि वे कतिपय विशिष्ट संवैधानिक प्रावधानों का लाभ उठा सकें।

कोई भी सामाजिक व्यवस्था वास्तव में सदैव के लिए स्थिर नहीं हो सकती।

सामाजिक व्यवस्था समय-समय पर बदलती रहती है। सामाजिक, आर्थिक और राजनीतिक परिस्थितियों के बदलने के साथ ही समाज की सोच में भी स्वाभाविक रूप से बदलाव आता रहता है। भारत में जाति व्यवस्था के लिए भी यह एक सत्य है। अनुभव के स्तर पर जातिगत व्यवस्था कभी अपने इतिहास में स्थिर नहीं रही है। सभी जातियां श्रेणीबद्ध तरीके से वर्गीकृत की गई हैं। वर्ण व्यवस्था के अनुसार सामाजिक स्तरीकरण में जाति का स्थान धार्मिक कर्मकांडों से निर्धारित किया जाता है, जिसका आधार अंतरवैयक्तिक संबंध होते हैं।

कुछ विद्वानों का यह भी मानना है कि इस व्यवस्था का संबंध वास्तव में हिंदू धर्म में प्रचलित 'पूर्व जन्म की अवधारणा' से है, जिसे भारतीय समाज में व्यापक रूप से स्वीकार किया जाता रहा है, हालांकि यह मान्यता वैज्ञानिक या तर्कसंगत सिद्ध नहीं हो सकी है। भारतीय समाज में उच्च जातियों ने अपना स्तर ऊंचा बनाए रखा है, फिर भी मध्यम और निम्न जातियों ने सफलतापूर्वक इसमें परिवर्तन करने की कोशिश की है।

सही अर्थों में जातिगत ढांचे का कोई स्वरूप संपूर्ण भारत में नहीं मिलता। यद्यपि भारत में हजारों जातियां हैं, जिनके नाम-उपनाम अलग-अलग हैं, लेकिन पूरे देश में सिर्फ पांच या छह वर्ग हैं। यहां यह याद रखना जरूरी है कि भारतीय समाज में सामाजिक विभाजन के स्पष्ट रूप से दो भिन्न आधार वास्तव में एक-दूसरे से ज्यादा भिन्न हैं। भारत में अनेक मध्यम वर्ग हैं, जिनका उत्पादन प्रक्रियाओं से कोई संबंध नहीं है, बल्कि वे आधुनिक भारतीय संवैधानिक व्यवस्था, आर्थिक सुधार और प्रशासनिक राज्य उपकरण की उत्पत्ति हैं।

जाति व्यवस्था भारत की पहचान सी बन गई है। भारतीय समाज में जाति व्यवस्था ने संपूर्ण सामाजिक प्रक्रियाओं को बुरी तरह जकड़ रखा है। भारत में प्रत्येक कार्य कहीं न कहीं इसी जाति व्यवस्था से जुड़ा हुआ पाया जाता है। अनेकानेक बदलावों और समय के परिवर्तन के बावजूद भारत में जाति व्यवस्था कभी भी कमजोर नहीं पड़ी है। यहां तक कि ईसाई और इस्लाम जैसे संप्रदाय भी भारत में जाति व्यवस्था की जकड़ से बच नहीं पाए हैं।

भारत के ईसाई और मुस्लिम समुदाय भी हिंदुओं की तरह ही जाति आधारित अनेकानेक दुर्गुणों से ग्रस्त हैं, यद्यपि इनमें उस प्रकार का पाखंड और परस्पर भेदभाव नहीं पाया जाता। धर्म परिवर्तन के बाद भी उनमें पहले से व्याप्त भेद बने हुए हैं। धर्म परिवर्तन के बाद भी उन्हें वही सामाजिक स्थान प्राप्त है, जो उन्हें धर्म परिवर्तन से पहले मिला हुआ था। धर्म परिवर्तन के माध्यम से ईसाई धर्म में जाति-क्रम और सजातीय विवाह मानने वाले वर्ग शामिल हो गए हैं। इस संदर्भ में उत्तर-पूर्व के आदिवासी अपवाद हैं, क्योंकि उनकी सामाजिक व्यवस्था में जाति की कोई भूमिका नहीं थी।

भारत में लगभग सारे भारतीय ईसाई समुदाय में जाति भेद देखने को मिलते हैं।

'प्रोटेस्टेट' की तुलना में 'रोमन कैथोलिक' समुदाय में यह अधिक है। इसका मुख्य कारण यह है कि 'रोमन कैथोलिक' समुदाय में जहां कथित ऊंची जातियों के हिंदू अधिक संख्या में शामिल हुए, वहीं इसके विपरीत 'प्रोटेस्टेट' समुदाय में कथित छोटी जातियों के लोग अधिक संख्या में आए। इसी प्रकार के जाति भेद सिखों में भी दिखाई देते हैं। बौद्ध धर्म, जो जाति व्यवस्था और जाति आधारित सामाजिक शोषण को नकारता है, वह भी अपने अनुयायियों को इस शोषण से मुक्त नहीं रख पाया है। इस्लाम धर्म और ईसाई धर्म के अतिरिक्त सिख धर्म में भी इसी प्रकार से जाति व्यवस्था के अंश मौजूद पाए गए हैं। स्पष्ट है कि 'जाति' भारत में लगभग समस्त धर्मों का एक अनिवार्य हिस्सा बन चुकी है।

हिंदू धर्म पारंपरिक रूप से वर्ण व्यवस्था के आधार पर संचालित किया जाता रहा है। हिंदू धर्म में जातिगत समूह चार वर्णों के अंतर्गत पवित्रता की रूढ़ियों पर आधारित एक क्रमबद्ध प्रणाली के तहत रखे गए हैं। इस व्यवस्था में ब्राह्मण सर्वोच्च आसन पर हैं। उसके बाद क्रमशः क्षत्रिय, वैश्य, शूद्र तथा जाति बहिष्कृत लोग रखे गए हैं। वास्तविक जीवन में समाज जाति के रूप में है। हिंदू धर्म में हजारों जातियां हैं। प्रत्येक जाति के अंदर पुनः असंख्य उपजातियां हैं। वास्तव में हिंदू धर्म का निर्माण परस्पर सहयोग पर आधारित न होकर, विभेद पर आकर टिक गया है। असमानता एवं जाति वर्गीकरण हजारों वर्षों से इसका प्रमुख आधार बना हुआ है। जाति भेद से मुक्ति पाए बिना इस असमानता को समाप्त नहीं किया जा सकता। यह तय है कि जब तक यह भेद और असमानता बनी रहेगी, तब तक भारतीय समाज का एकीकरण संभव नहीं हो सकेगा।

वर्ण व्यवस्था –

उत्तर वैदिक काल में समस्त सामाजिक चिंतन एवं विमर्श में जाति एक महत्वपूर्ण स्थान पर रही है और उसका शासन-सिद्धांत से सीधा संबंध रहा है। इस काल में प्रत्येक वर्ण को विशिष्ट कार्य सौंपे गए थे। राजा का यह सर्वोपरि कर्तव्य था कि वह यह देखें कि हर व्यक्ति स्वयं को उन कार्यों तक सीमित रखे, जो कि उसके वर्ग से संबंधित थे। कोई भी व्यक्ति अपना हित साधने अथवा प्रकट करने का प्रयास नहीं कर सकता था और न ही अपनी निजी महत्वाकांक्षा अथवा व्यक्तिगत ध्येय निर्धारित कर सकता था। भारतीय समाज के संदर्भ में यह एक तथ्य है कि वर्णाश्रम व्यवस्था ने समाज को मानवीय मूल्यों की लागत पर उन्नत किया।

प्राचीनकाल में क्षत्रियों, ब्राह्मणों व तदोपरांत वैश्यों ने मिलकर शासक वर्ग का निर्माण किया। शूद्र, सेवक वर्ग में आते थे। क्षत्रिय-लौकिक सत्ता पर अपनी शक्ति व अधिकार का अहसास कराते थे। वैश्य-कृषि व व्यापार जैसे व्यवसायों में लगे थे, जो राज्य को आर्थिक आधार प्रदान करते थे। पुरोहित का पद सबसे ऊंचा होता था।

उसका काम था धर्म की व्याख्या करना और कर्मकाण्ड का संचालन करना। पुरोहित द्वारा राज्याभिषेक राजकीय सत्ता प्राप्त करने तथा उसका उपभोग करने के लिए एक आवश्यक शर्त थी। प्रतीक रूप में इसका अर्थ था कि क्षत्रिय राजकीय शक्ति ब्राह्मण से प्राप्त करेंगे। पुरोहित अर्थात याजक राजा का मुख्य सलाहकार होता था।

प्रख्यात समाजशास्त्री जीएस घुरये के अनुसार, हिंदू वर्ण-व्यवस्था की छह प्रमुख विशेषताएं रही हैं। यथा- (1) समाज का सखंड विभाजन अर्थात जातीय वर्ग ऐसे समूह थे, जिनकी अपनी एक सुविकसित जीवन शैली थी। इन समूहों की सदस्यता जन्म द्वारा निर्धारित होती थी, जिसमें चुनाव या रुचि की कोई गुंजाइश नहीं थी। किसी भी व्यक्ति की हैसियत इससे तय नहीं होती थी कि उसके पास कितनी धन-दौलत है, बल्कि वह इससे तय होती थी कि हिंदू समाज में उसकी जाति को कौन सा दर्जा प्राप्त है? (2) क्रम-परंपरा अर्थात विभिन्न जातियों के बीच सामाजिक श्रेष्ठता या महत्ता की एक सुनियोजित योजना काम करती थी। जाति क्रम-परंपरा के इस ढांचे में हर जाति समूह को एक विशेष दर्जा दिया गया था। (3) खान-पान और सामाजिक संपर्क पर अंकुश अर्थात व्यक्ति किस तरह का भोजन या पेय ले और किस जाति से स्वीकार करें या नहीं, इस बारे में बड़े ही सूक्ष्म नियम प्रचलित थे। (4) नागरिक और धार्मिक अशक्तता और विभिन्न वर्गों के विशेषाधिकार अर्थात गांव में अलग-अलग जातियों या जाति समूहों का पृथक्करण नागरिक विशेषाधिकार और अशक्तता का सबसे बड़ा चिन्ह था। कुछ संस्कारों को ब्राह्मण के अलावा अन्य जाति का व्यक्ति नहीं कर सकता था। इसी तरह शूद्रों और अन्य कथित निम्न जातियों को पवित्र ग्रंथों को पढ़ने या उनका ज्ञान हासिल करने की अनुमति नहीं थी। (5) पेशा चुनने की स्वतंत्रता का न होना अर्थात आमतौर पर प्रत्येक जाति एक खास तरह के पेशे को ही अपना विधिसम्मत आजीविका मानती थी। पैतृक पेशे को छोड़कर कोई दूसरा पेशा अपनाना, वह अगर लाभप्रद भी हो, तो भी उचित नहीं समझा जाता था। (6) विवाह पर अंकुश अर्थात जाति समूह सिर्फ सगोत्र विवाह करते थे, परंतु इसके कुछ अपवाद भी थे। उदाहरण के लिए भारत के कुछ भागों में कथित ऊंची जाति का व्यक्ति कथित छोटी जाति की स्त्री से विवाह कर सकता था। इस प्रकार के वैवाहिक संबंध को अनुलोम विवाह कहा गया है।

आधुनिक युग में प्रचलित वर्ण-व्यवस्था में कतिपय परिवर्तन आए हैं। इनमें सबसे उल्लेखनीय परिवर्तन जाति और व्यवसाय में संबंध का टूटना है। यह परिवर्तन गांवों से ज्यादा कस्बों और कस्बों से ज्यादा शहरों में आया है। औद्योगिकीकरण और आधुनिकीकरण के फलस्वरूप कई प्रकार के नए व्यवसाय पैदा हुए हैं, जिन्हें जाति-मुक्त कहा जा सकता है। आज कथित ऊंची जाति के लोग ऐसे काम-धंधों में लगे देखे जा सकते हैं, जो पारंपरिक रूप से उनके लिए निषिद्ध थे। उदाहरण के लिए ब्राह्मणों को हम जूते के कारखानों में काम करता देख सकते हैं। इसी प्रकार पूर्व में वंचित रहे

समाज भी प्रशासनिक और शिक्षण का कार्य कर रहे हैं। जाति और व्यवसाय के बीच यह असंबद्धता इस सीमा तक बढ़ गई है कि जाति को हम व्यवसाय विशेष के साथ उसके संबंध के आधार पर परिभाषित नहीं कर सकते।

भारत में अनेक सामाजिक परिवर्तनों एवं आर्थिक बदलावों के बावजूद जाति व्यवस्था ने भारतीय समाज में अपना प्रभाव बनाए रखा है। निश्चित रूप से अनेक जातियों, उपजातियों, धार्मिक और जातीय संप्रदायों से बना भारतीय समाज बहुस्तरीय रहा है। हिंदू सामाजिक व्यवस्था, दलित जिसके अमूमन हिस्सा रहे हैं, वह जाति क्रम परंपरा के आधार पर सबसे नीचे स्थित है। इस व्यवस्था ने ऊंची जातियों और निम्न जातियों, पवित्र और अपवित्र जातियों में भेद खड़ा कर दिया। सामान्य भाषा में, जो लोग कभी अछूत, अस्पृश्य थे, उन्हें ही हम दलित कहते हैं। भारतीय संविधान ने इन जातियों को 'अनुसूचित जाति' की संज्ञा दी थी, परंतु सामाजिक कार्यकर्ताओं ने इन जातियों के लोगों को 'दलित' कहना शुरू किया। आज भारत के राजनैतिक, सामाजिक और साहित्यिक क्षेत्र में लेखक और विद्वान सभी इसी शब्द का प्रयोग करते हैं।

भारतीय संविधान ने अनुसूचित जातियों के उत्थान में बहुत महत्वपूर्ण भूमिका निभाई है। भारतीय संविधान में नागरिकों को कुछ मौलिक अधिकार दिए गए हैं। भारतीय संविधान के अनुच्छेद 15(2) के अनुसार, किसी भी नागरिक के साथ उसके धर्म, नस्ल, जाति, लिंग, जन्मस्थान के आधार पर किसी भी प्रकार का भेदभाव (क) दुकानों, रेस्तराओं, होटल और सार्वजनिक मनोरंजन स्थलों में प्रवेश (ख) कुओं, टंकी, स्नान घाटों, सड़कों और सार्वजनिक विश्राम स्थलों के प्रयोग को लेकर नहीं किया जाएगा। अनुच्छेद 15(4) के अनुसार राज्य सामाजिक और शैक्षिक रूप से पिछड़े नागरिकों या अनुसूचित जातियों और जनजातियों के उत्थान के लिए विशेष प्रावधान व व्यवस्थाएं कर सकता है। स्पष्ट है कि भारतीय संविधान निर्माताओं ने इस बात को भली-भांति समझ लिया था कि हजारों वर्षों से समस्त प्रकार के संसाधनों से वंचित रहे करोड़ों नागरिकों को राष्ट्र की मुख्यधारा में लाए बिना भारत का समग्र विकास संभव नहीं हो सकेगा।

□□

11. जातिभेद मिटाना है, नया भारत बनाना है

भारत को यदि वैश्विक मंच पर एक सशक्त उपस्थिति दर्ज करानी है, तो पहले उसे स्वयं को अंदर से स्वस्थ एवं सुदृढ़ बनाना होगा। यह तो हो नहीं सकता कि वैश्विक मंच पर हम एक विकसित देश के रूप में स्थापित हो जाएं और राष्ट्रीय और सामाजिक जीवन में अंदर से पाखंड, जाति-भेद, अंधविश्वासों और अलगाव के वायरस से ग्रसित बने रहें। भारत के लिए इससे अधिक लज्जास्पद और क्या होगा कि संपूर्ण योग्यताओं और संवैधानिक शक्तियां प्राप्त होने के बावजूद मात्र जातिगत पाखंड के कारण देश में ऐसा कई बार हुआ है, जबकि देश की विशिष्ट विभूतियों, जिनमें राष्ट्रपति, केंद्रीय मंत्री, मुख्यमंत्री और संवैधानिक पदों पर आसीन गणमान्य व्यक्तियों तक को हिंदू पूजा स्थलों में प्रवेश नहीं दिया गया।

इन्हीं पाखंडों की वजह से भारत की जगहंसाई होती है और स्वतंत्रता के सात दशक बाद भी भारत एक योग्यताविहीन व्यवस्था के रूप में विपन्नता और अवैज्ञानिकता का पर्याय बना हुआ है। इस आशय के समाचार पूरे देश और विश्व की मीडिया द्वारा प्रसारित और प्रचारित किए जाते रहे हैं। जब विशिष्ट व्यक्तियों के साथ ऐसे कटु अनुभव होते रहते हैं, तो इस देश में सुदूर गांवों में आज भी जातिगत पाखंड की क्या स्थिति होगी, यह समझना कोई मुश्किल कार्य नहीं है।

यह आश्चर्य का विषय है कि ऐसी हैरतंगेज घटनाओं को भी देश में गंभीरता से नहीं लिया जाता। समाज में इस प्रकार की घटनाओं पर गंभीरता से विचारोत्तेजक चर्चाएं नहीं होतीं। आखिर क्यों ऐसी घटनाएं होने पर देश में हिंदू धमार्चार्य, धर्मगुरु और पुरोहित मुखर रूप से समाज में आदिकाल से व्याप्त जातिगत पाखंड के विरुद्ध खड़े नहीं होते और एक लक्ष्य बनाकर जातिभेद के इस दानव को समाज से क्यों नहीं समूल उखाड़ फेंकते? यह तय है कि जब तक ऐसा नहीं होगा, भारत में संपूर्ण समाज को एकजुट करना कभी भी संभव नहीं हो सकेगा। यह भी सुनिश्चित है कि एक बुरी तरह बंटा हुआ समाज और राष्ट्र कभी भी समर्थ, समृद्ध, सशक्त और पूर्ण विकसित नहीं हो सकता। झूठे अहंकार और निहित स्वार्थों के लालच में आखिर कब तक जाति-भेद की इस अवैज्ञानिक और राष्ट्र विरोधी सोच को कायम रखा ज़ाएगा? इसके चलते आज तक

भारत राष्ट्र और हिंदू समाज वह सम्मानजनक एवं सुदृढ़ स्थिति प्राप्त नहीं कर सका है, जो उसे प्राप्त कर लेनी चाहिए थी। जिस देश में इतने उच्च संवैधानिक पदों पर आसीन गणमान्य व्यक्ति भी कर्मकाण्ड, पाखंड और अंधविश्वास को रोकने में और उसकी बेड़ियां काटने में असमर्थ हों, वह राष्ट्र कैसे विश्व का सिरमौर बन सकता है और कैसे वह वैश्विक मंच पर एक सशक्त एवं सिद्ध नेतृत्व प्रदान कर सकता है?

संकीर्ण जातिवाद का जहर –

विश्व की अन्य सभ्यताओं के विपरीत भारतीय समाज और सभ्यता बुरी तरह जातिवाद के पाखंड में उलझी हुई है। समय के साथ अब विश्व की विभिन्न सभ्यताओं ने स्वयं को अधिक वैज्ञानिक और तर्कसंगत बना लिया है, परंतु भारतीय समाज आज भी सड़-गल चुकी इस पुरातन, अवैज्ञानिक व्यवस्था को बड़े जतन के साथ छाती से चिपकाए हुए है। भारत में जिस तरह से लोगों को अपनी औलाद प्रिय होती है, उसी तरह अपनी जाति भी अतिप्रिय होती है। भारत में अच्छे और बुरे, गुण और अवगुण का आंकलन जाति के आधार पर किया जाता है। तार्किकता और वैज्ञानिकता का गला घोंटने का काम भारतीय समाज में जाति आधारित इस व्यवस्था ने किया है। भारत में लोग जहां एक ओर अपनी जाति के डकैतों और कुख्यात अपराधियों की भी पूजा करते हैं और उन्हें नायक मानते हैं, वहीं अन्य जातियों के संतों का तिरस्कार करने में भी इन्हें कोई संकोच नहीं होता।

प्रायः कहा जाता है कि भारत 'अनेकता में एकता' का प्रतीक है, तथा यहां की 'गंगा-जमुनी संस्कृति' भारत की विशेषता है। इस तरह अनेकता को एक सद्गुण के रूप में प्रचारित करने की कोशिश भारत में की जाती रही है। वास्तव में यह सत्य से परे है। ऐतिहासिक रूप से यह तथ्य सामने आते रहे हैं कि भारत अपनी विविधता के कारण अनेक अवसरों पर एक राष्ट्र के रूप में एकजुट नहीं हो सकता है। इसी अलगाव के कारण भारत अनेक बार पदाक्रांत हुआ है। अंतर्राष्ट्रीय अनुभव यह सिद्ध करता है कि विश्व में सभी विकसित राष्ट्र एकजुट होकर एक ही शासन व्यवस्था में एक ही राष्ट्रवाद के तले एकीकृत हो सके हैं।

विविधता या अनेकता में एकता को खोजना मृग मरीचिका से ज्यादा कुछ भी नहीं है। भारत को इस प्रकार के खोखले आदर्शों से बाहर आना चाहिए। भारत में रहने वाले सभी नागरिकों को एक ही राष्ट्रध्वज के तले राष्ट्र को सशक्त बनाने के एकीकृत लक्ष्य के साथ परस्पर एकाकार होना चाहिए। दुर्भाग्यवश भारतीय समाज में अभी यह परिपक्वता और राष्ट्रभक्ति का ऐसा दृढ़ संकल्पभाव अभी तक उत्पन्न नहीं किया जा सका है। निजी हितों के आधार पर समाज कई खांचों में बंटा हुआ है। कहने को तो सवर्ण और दलित दोनों हिंदू हैं, लेकिन जमीनी स्तर पर व्यवहार में दोनों में बहुत फर्क

दिखाई पड़ता है।

भारतीय व्यवस्था में योग्यता आधारित प्रणाली को प्रोत्साहित नहीं किया गया है। इसके कारण भारतीय प्रशासन और व्यवस्था तंत्र गंभीर दुर्गुणों से निरंतर ग्रस्त बना रहा है। भारतीय शासन-प्रशासन में बड़े पैमाने पर व्याप्त भ्रष्टाचार की जड़ें भी भारत की सामाजिक दुर्व्यवस्था में ही कहीं छिपी हुई हैं। विशेषाधिकार से संपन्न सवर्ण की इच्छाएं असीम हैं और मानवाधिकार तक से विहीन, विपन्न वंचितों की अपनी इच्छाएं ही मर चुकी हैं। इसलिए सवर्ण अपनी असीम इच्छाओं की पूर्ति के लिए किसी भी प्रकार का भ्रष्टाचार कर सकते हैं और संसाधनों से युक्त सर्वत्र कब्जा जमाए बैठे उनके अपने रिश्तेदार उनके भ्रष्टाचार को छिपा भी सकते हैं। दूसरी तरफ विपन्न वंचितों की इच्छाएं भी सीमित हैं और उनके छोटे से भ्रष्टाचार को छिपाने वाला उनका कोई रिश्तेदार भी ऊपर नहीं बैठा है।

'डायवर्सिटी' के माध्यम से अगर संख्या के अनुपात में सभी को संसाधनों में हिस्सा दे दिया जाये, तो सवर्णो का एकाधिकार कम होगा और वंचितों को भी उनकी संख्या के अनुपात में हिस्सा मिल जायेगा। तब सवर्ण भी भ्रष्टाचार करने में डरेंगे, क्योंकि उन्हें लगेगा कि ऊपर कोई वंचित भी हो सकता है, जो सवर्ण के भ्रष्टाचार को छिपायेगा नहीं। 'डायवर्सिटी' से वंचितों को भी उनकी जनसंख्या के अनुपात में ही भागीदारी मिलेगी और वे थोड़े अधिक संपन्न हो सकेंगे। यद्यपि भ्रष्टाचार करने की हिम्मत तब उनकी भी नहीं पड़ेगी। स्पष्ट है कि एक योग्यता आधारित, समतामूलक प्रशासनिक तंत्र की संरचना कर भ्रष्टाचार जैसी अनेक बुराइयों को पनपने से रोका जा सकता है।

एक राष्ट्रीय कलंक -

केंद्र सरकार ने दो अक्टूबर 2014 से आगामी पांच वर्षों के लिए 'स्वच्छ भारत अभियान' की पहल की है। भारत सरकार का प्रयास है कि इस स्वच्छता अभियान में देश के सभी लोग पूरी लगन और निष्ठा से शामिल हों। यह अभियान सफल हो तथा वास्तव में 'स्वच्छ भारत' का निर्माण हो सके, इसके लिए आवश्यक है कि देश में मैला ढोने की सदियों पुरानी अमानवीय और अपमानजनक प्रथा को तत्काल समाप्त कर दिया जाए। इस काम को दो साल के भीतर किसी भी हाल में पूरा कर लिया जाना चाहिए। इसके लिए चाहे जो करना पड़े, वह अवश्य ही किया जाना चाहिए।

इस संदर्भ में उपलब्ध मौजूदा कानूनों को पूरी शक्ति से लागू करने से लेकर आवश्यकता पड़ने पर आवश्यक संवैधानिक तथा अन्य नीतिगत संशोधनों पर भी विचार किया जा सकता है। बुनियादी ढांचे से जुड़ी प्रत्येक आवश्यकता को उपलब्ध कराना सरकार की सर्वोच्च प्राथमिकता में शामिल होना चाहिए। 'स्वच्छ भारत अभियान' को केवल सफाई के मुद्दों मात्र तक सीमित रखने की बजाय इसे कहीं व्यापक 'मानवीय

गरिमा' की स्थापना के लक्ष्य पर केंद्रित किया जाना चाहिए। इस अवसर का लाभ उठाकर भारत को जातिभेद और मैला ढोने जैसी कुप्रथा का सदैव के लिए अंत कर देना चाहिए।

भारत में मैला ढोने की प्रथा देश की विकास प्रक्रिया के चेहरे पर एक गहरा काला धब्बा है। आजादी के छह दशक से ज्यादा बीत जाने के बाद भी यह राष्ट्रीय शर्म का विषय है कि 21वीं सदी में भी साफ-सफाई में लगे लाखों भारतीय परिवार सामाजिक तौर पर अपमानित और अमानवीय जीवन जीने को मजबूर हैं। विश्व के सबसे बड़े लोकतंत्र भारत ने इस शताब्दी के पहले दशक के दौरान उल्लेखनीय आर्थिक वृद्धि पर दर हासिल की है और लाखों लोगों के लिए भारत काम करने की एक आदर्श जगह के रूप में उभरा है। इसके साथ ही विदेशी निवेशकों के लिए भी भारत एक विशाल संभावनाओं का क्षेत्र बना हुआ है।

इन सब उपलब्धियों का रंग इसके बावजूद फीका है, क्योंकि भारतीय समाज में जीवन के सभी क्षेत्रों में जाति आधारित गहरे भेदभावों के चलते करोड़ों लोग बहुत पीछे छूट गये हैं। ये वही लोग हैं, जो जाति आधारित भेदभाव के शिकार थे और सदियों से मैला ढोने सरीखा घृणित और अपमानजनक कार्य समाज ने स्वार्थवश उनके हिस्से में डाल दिया। इसे मानवजनित अन्याय की पराकाष्ठा ही कहा जाएगा कि इसके बाद भी समाज उनके साथ 'गंदा और केवल मैला ढोने के गंदे काम के लिए ही जन्मे वर्ग' की तरह व्यवहार करता है।

मैला ढोने की प्रथा की जड़ें उन सामाजिक बुराइयों में हैं, जो सदियों पुरानी जाति-व्यवस्था से निकली है। 'मैला ढोने वाले' का ठप्पा लगने के चलते दूसरे लोग उन्हें उस काम के अलावा किसी अन्य काम के लिए नहीं बुलाते हैं। इस तरह से इन लोगों को सम्मानजनक काम के अवसरों को पाने के अधिकार से वंचित कर दिया गया है। कानून को लागू करने वाले अधिकारियों के उदासीन रवैये के चलते ये गंभीर भेदभाव बना हुआ है। साथ ही इसके बने रहने के पीछे मैला ढोने की प्रथा को जड़ से खत्म करने के लिए बने मौजूदा कानूनों में कमियां प्रमुख कारण हैं।

विश्व की सर्वाधिक अपमानजनक कुप्रथा-

मैला ढोना इस संपूर्ण विश्व में कहीं भी, किसी भी कोने में अमानवीय, अवैज्ञानिक और सामाजिक भेदभाव की सबसे ज्यादा अपमानजनक जीवित कुप्रथा है। भारत में इसे मानवीय गरिमा के बजाय सफाई के मुद्दे से जोड़कर देखा जाता रहा है। भारतीय संविधान प्रत्येक नागरिक के लिए सम्मान और गरिमा को सुनिश्चित करता है। सामाजिक उत्पीड़न का दंश झेलने के अलावा मैला ढोने वाले इस पेशे के साथ जुड़ी कई तरह की स्वास्थ्य संबंधी समस्याओं का भी सामना करने के लिए अभिशप्त रहते हैं।

सुप्रीम कोर्ट में दायर श्रीनारायण की जनहित याचिका के अनुसार, अन्य बातों के साथ मीथेन और हाइड्रोजन सल्फाइड जैसी हानिकारक गैसों के संपर्क में आने से तत्काल मृत्यु और हृदयाघात, मांसपेशियों और हड्डियों से जुड़े रोगों जैसे पुराने ऑस्टियो ऑर्थराइटिस परिवर्तन और इंटरवेर्टब्रल डिस्क हार्नियेशन, संक्रमणों जैसे हेपेटाइटिस, लेप्टोस्पायरोसिस और हेलिकोबैक्टर, त्वचा की समस्याओं, श्वसन तंत्र की समस्याओं और फेफड़ों के काम करने के बदले हुए मानक पैरामीटर आदि जीवन से जुड़े खतरे शामिल हैं।

मैला ढोने की अमानवीय गतिविधि को सदा के लिए समाप्त करने के लिए राजनीतिक इच्छा शक्ति, सरकार की चिंता और प्रतिबद्धता तथा कानून को लागू करने वाले प्राधिकारी की योग्यता, पारदर्शिता और दायित्वों के बारे में किसी तरह के संदेह को समाप्त करने के लिए निश्चित रूप से एक ठोस कार्ययोजना तत्काल बनाई जानी चाहिए। सरकारी तंत्र और सामाजिक संस्थाओं द्वारा संयुक्त रूप से मैला ढोने वालों और शुष्क शौचालयों की पहचान की जानी आवश्यक है, ताकि सरकारें इस गंभीर मामले में अब पहले की भांति आंकड़ों को न झुठला सकें।

मैला ढोने वालों की मुक्ति के लिए तकनीकी परिवर्तनों के माध्यम से उनका मानवीय, सम्मानजनक और सुरक्षित तरीके से मल-मूत्र के सीधे संपर्क से मुक्ति पहली आवश्यक शर्त होनी चाहिए। नये कानून के तहत ग्रामीण पंचायत और नगरीय, स्थानीय निकायों के साथ ही जिलाधिकारी को यह सुनिश्चित करने के लिए कहा जाना चाहिए कि कोई भी परिवार अस्वास्थ्यकर शौचालय का निर्माण न करे तथा किसी भी बाहरी व्यक्ति को शौचालय की सफाई के लिए न रखा जाए।

ग्रामीण भारत में जहां शुष्क शौचालय उपयोग में लाए जा रहे हैं, वहां हाथ से मैला सफाई की कुप्रथा का अंत करने के लिए स्वच्छता की दयनीय स्थिति को निश्चित रूप से सुधारा जाना चाहिए। सीवर तंत्र की सुविधाओं के अभाव में यहां तक कि स्थानीय शहरी निकायों में भी श्रमिकों को हाथ से ही सैप्टिक टैंक साफ करने के काम पर रखा जाता है। अतः मैला ढोने की प्रथा का अंत ग्रामीण क्षेत्रों में उल्लेखनीय रूप से संपूर्ण स्वच्छता के तरीकों में सुधार करके ही किया जा सकता है। यह भी ध्यान रखा जाना चाहिए कि मैला ढोने की कुप्रथा का अंत करने के बाद सफाईकर्मियों को अन्य कार्यों में लगा दिया जाए। इसके लिए सफाईकर्मियों के उचित नियोजन पर वैधानिक एवं नीतिगत दृष्टि से ध्यान देने की आवश्यकता है। इस हेतु कानूनों में संशोधन करते हुए नगरपालिकाओं, सरकारी, अर्द्धसरकारी या निजी कंपनियों में कार्यरत मैला ढोने वालों के लिए कानून में विशेष रूप से एक खंड/धारा 'कार्य से बर्खास्त नहीं किया जाएगा, बल्कि उसे मैला ढोने के कार्य को छोड़कर किसी अन्य कार्य के लिए नियमित किया जायेगा' जोड़ा जाना चाहिए।

शुष्क शौचालय के स्थान पर जलयुक्त शौचालय के प्रचार के लिए सरकारी कार्यक्रमों, आजीविका पुनर्वास में मैला ढोने वालों का मुफ्त स्वास्थ्य और उनके बच्चों को शिक्षा उपलब्ध कराने के लिए स्थानीय निकायों और गैर सरकारी संगठनों द्वारा प्रभावी तरीके से कार्य किया जाना चाहिए। ऐसे मामलों में प्रशासनिक अधिकारियों और निर्वाचित प्रतिनिधियों को लक्षित परिणाम हासिल करने के प्रति जवाबदेह बनाना चाहिए। मुक्त कराये गये मैला ढोने वालों के बच्चों को सरकारी सहायता प्राप्त विद्यालयी शिक्षा से लेकर कॉलेज या रोजगारोन्मुख तकनीकी कौशल प्रदान करने वाला व्यावसायिक प्रशिक्षण मुफ्त देने की गारंटी दी जानी चाहिए। मैला ढोने वालों को सदियों पुरानी प्रथा से सामूहिक रूप से लड़ने के लिए सशक्त बनाया जाना चाहिए। जनप्रतिनिधियों को नए विधेयक पारित करने में राजनीतिक प्रतिबद्धता दिखानी होगी और सरकार को इसे बहुत शीघ्र कानून बनाकर लागू करने वाले प्राधिकरणों को निर्देश देने होंगे कि वे इसे बिना किसी विलंब के तत्काल लागू करें। 12वीं पंचवर्षीय योजना के तहत गांवों के स्तर पर पंचायतें और शहरी केंद्रों पर स्थानीय निकाय सिर पर गंदगी ढोने वालों की पहचान कर उन्हें इस काम से मुक्त कराएंगे और उनके पुनर्वास के लिए विकास कार्य योजना लागू करेंगे।

ब्लॉक स्तर पर खंड विकास अधिकारी की अध्यक्षता में एक निगरानी कमेटी को गांव और शहरी केंद्रों की प्रत्येक माह निगरानी करनी चाहिए। इसी प्रकार जिलास्तर पर जिलाधिकारी की अध्यक्षता वाली निगरानी कमेटी को तिमाही आधार पर ब्लॉकवार इसके कामकाज की जांच करनी चाहिए। जिलाधिकारी को इसके लिए जवाबदेह बनाया जाना चाहिए कि एक निर्धारित संख्या में लोगों को इस काम से हटाने का लक्ष्य वह निर्धारित करे। मैला ढोने के कार्य से मुक्त कराए गए व्यक्तियों का तत्काल उचित पुनर्वास भी किया जाना चाहिए। यह भी आवश्यक है कि राज्यों में मुख्यमंत्री की अध्यक्षता वाली निगरानी कमेटी छमाही आधार पर जिलेवार इस काम की निगरानी करे। इसी प्रकार राष्ट्रीय स्तर पर गृहमंत्री की अगुवाई वाली निगरानी कमेटी को विभिन्न राज्यों की वार्षिक समीक्षा करके इस संदर्भ में रिपोर्ट संसद के समक्ष प्रस्तुत करनी चाहिए। स्पष्ट है कि एक लक्ष्यबद्ध और समयबद्ध रणनीति अपनाकर ही भारत को विश्व की सर्वाधिक अपमानजनक कुप्रथा से मुक्त कराया जा सकता है। एक राष्ट्र के रूप में भारत के सम्मान और करोड़ों नागरिकों की गरिमा की दृष्टि से ऐसे प्रयास तत्काल किया जाना आवश्यक है।

इस तथ्य को विशेष रूप से ध्यान में रखा जाना चाहिए कि जो वर्ग आज मैला ढोने के अपमानजनक कार्य को करने के लिए अभिशप्त हैं, उन्होंने ही सैकड़ों वर्षों तक इस्लामिक और ब्रिटिश शासन के उत्पीड़न को सहने के बाद भी धर्मांतरण नहीं किया। इस स्वाभिमानी वर्ग ने अपनी स्वतंत्रता और निष्ठा को अपने प्राणों से भी अधिक मान

दिया। ये वर्ग चाहते तो धर्मांतरण कर आसानी से विदेशी शासन द्वारा दी जाने वाली सुविधाओं का उपभोग कर सकते थे और बेहतर जीवन जी सकते थे। इन क्रांतिकारी वर्गों ने अपने लिए नारकीय जीवन का चयन कर लिया, परंतु विदेशी आक्रांताओं के समक्ष नैतिक समर्पण नहीं किया। होना तो यह चाहिए था कि स्वतंत्र भारत इन वीर सपूतों और राष्ट्रभक्तों का सम्मान करता। इससे अधिक शर्मनाक और कुछ नहीं हो सकता कि सम्मान करने के स्थान पर भारतीय समाज ने इनके सिर पर मैला ढोने की टोकरी रख दी। भारतीय समाज द्वारा प्रदर्शित की गई ऐसी निष्ठुरता, असंवेदनशीलता और कृतघ्नता का समकक्ष उदाहरण संपूर्ण विश्व की किसी भी अन्य सभ्यता और समाज में कहीं भी देखने को नहीं मिलता। वास्तव में यह एक ऐसा पाप है, जिसका प्रायश्चित संभवतः कभी भी नहीं किया जा सकता।

जाति–द्वेष से बलहीन भारत –

अब समय आ गया है कि भारत को समस्त प्रकार के पाखंडों से मुक्त किया जाए। यह घोर आश्चर्य का विषय है कि एक राष्ट्र के रूप में अपने जिन अनेकानेक दुर्गुणों के कारण भारत हजारों वर्षों की गुलामी भोगने के लिए विवश हुआ, वे दुर्गुण आज भी समाज में सर्वत्र व्याप्त हैं। कहीं कोई चेतना दिखाई नहीं देती कि इन दुर्गुणों को दूर कर राष्ट्र को सशक्त और समर्थ बनाया जाए। देश के नागरिकों में बहुत अल्प संख्या में ऐसे लोग हैं, जिनके अंदर इन दुर्गुणों को समाप्त कर राष्ट्र को सशक्त बनाने का संकल्प भाव और दूरदर्शिता है।

यह विचार का विषय है कि यदि एक दिन की भी परतंत्रता में हमें जीना पड़े अथवा हमारे साथ किसी भी प्रकार का दुर्व्यवहार हो जाए, तो हम बेहद चिंतित हो जाते हैं। हम बेहद संवेदनशील ढंग से उन कारणों पर विचार करने लगते हैं, जिनकी वजह से हमारी गरिमा को ठेस पहुंची है। हम बिना विलंब ऐसे प्रयास शुरू कर देते हैं जिससे हम अपने सम्मान और गरिमा को बढ़ा सकें। इसके विपरीत जब बात राष्ट्र के सम्मान के क्षरण की आती है, तो हमारे अंदर इस प्रकार की दूरदर्शिता और चिंतनशीलता यकायक विलुप्त हो जाती है।

डेढ़ हजार वर्षों की विदेशी आक्रांताओं की कष्टसाध्य गुलामी के बाद भी देश के अंदर यदि यह बेचैनी नहीं होगी कि जिन कारणों से यह देश मुट्ठीभर विदेशी आक्रांताओं का गुलाम बना रहा, उन दुर्गुणों का समाज से, राष्ट्र से समूल उन्मूलन बिना विलंब करना है, तब तक राष्ट्र निर्माण एक दिवास्वप्न ही होगा। राष्ट्र चिंतक डॉ. हेडगेवार ने कहा था, " यह समूचा भारतीय समाज हमारे परिवार में आता है। देश-कार्य कठिन क्यों लगता है? मैं, मेरा परिवार, इस प्रकार का मनुष्य को शोभा न देने वाला अति संकीर्ण विचार ही देश में उत्पन्न अनेकानेक समस्याओं का मूल कारण है।"

निश्चित रूप से आज आवश्यकता इस बात की है कि संपूर्ण समाज एकजुट हो। प्रत्येक भारतीय, दूसरे भारतीय नागरिक को अपना परिजन समझे। इस प्रकार के बंधुत्व और भावनात्मक संबंध के आधार पर ही एक संगठित समाज और सशक्त राष्ट्र का निर्माण संभव हो सकता है।

यह बात देश का प्रत्येक व्यक्ति जानता है कि जिन दुर्गुणों की वजह से यह राष्ट्र हजारों वर्ष गुलाम रहा, वे दुर्गुण हैं –समाज में व्याप्त भेदभाव, जाति-द्वेष और आचरणगत पाखंड। यही वह दुर्गुण हैं, जिन्होंने भारत को कभी भी एक राष्ट्र के रूप और एक समाज के रूप में एकजुट नहीं होने दिया। यह घोर आश्चर्य का विषय है कि इतने कठोर अनुभवों और भयंकर दुष्परिणामों को झेलने के बाद भी एक समाज और राष्ट्र के रूप में हमारे अंदर कोई सजगता, दूरदर्शिता और संकल्पबद्धता का भाव क्यों नहीं उत्पन्न हो पाया। यद्यपि कुछ लोग कह सकते हैं कि इस दिशा में देश में प्रगति हुई है और लोग राष्ट्र के विषय में सजग और प्रयत्नशील हो रहे हैं, परंतु सत्य यही है कि यह प्रक्रिया अभी भी बहुत धीमी है। देश के अधिकांश नागरिक अभी भी राष्ट्रीय समस्याओं और सामाजिक कुरीतियों के प्रति अपने दायित्वबोध से अंजान है।

स्पष्ट है कि भारत को यदि एक सशक्त एवं क्षमतावान राष्ट्र के रूप में उभरना है, तो उसको देश में उपलब्ध विशाल मानव संसाधन का सदुपयोग करना होगा। योग्य व्यक्तियों को राष्ट्र निर्माण के कार्य में लगाना होगा। इसके लिए आवश्यक है कि देश में योग्यता आधारित व्यवस्था का निर्माण किया जाए, जिसमें किसी भी भारतीय नागरिक के लिए योग्यता और प्रतिभा के आधार पर आगे बढ़ने का अवसर सहज ही उपलब्ध होना चाहिए।

मात्र जन्म के आधार पर कोई अयोग्य व्यक्ति सुविधाओं का लाभ उठाता रहे, इस प्रकार की दुर्व्यवस्था का समापन तत्काल किया जाना चाहिए। इसके लिए आवश्यक कानूनी प्रावधान किए जाने चाहिए। यह आवश्यक है कि आधुनिक भारत अवैज्ञानिक जाति व्यवस्था से ऊपर उठकर योग्यता पर आधारित एक अन्यायमुक्त व्यवस्था को अपनाए, जिसमें देश का प्रत्येक नागरिक अपनी क्षमता और योग्यता के आधार पर प्रसन्नतापूर्वक उत्साह के साथ देश के विकास में अपना योगदान दे सके, जैसा कि यूरोप और अमेरिका के अधिकांश विकसित राष्ट्रों में हो रहा है, जिन्होंने योग्यता आधारित व्यवस्था को अपनाकर स्वयं को महाशक्ति और समृद्ध राष्ट्र के रूप में स्थापित कर लिया है।

भेदभाव से हुए गुलाम, अब तो इस पर लगे विराम –

हमारे प्राचीन मनीषियों और राष्ट्रवादी चिंतकों ने समय-समय पर समाज में व्याप्त पाखंडों और कुरीतियों से मुक्ति के लिए व्यापक एवं सघन सामाजिक अभियान चलाया

है। धीरे-धीरे ही सही, इन सामाजिक अभियानों और सामुदायिक प्रयासों का सुपरिणाम भी देश और समाज को मिलना शुरू हो गया है। आज यह आवश्यक है कि भारत के प्रत्येक घर में परिवार के सदस्यों के बीच प्रतिदिन राष्ट्र चर्चा होनी ही चाहिए। राष्ट्रीय समस्याओं के प्रति प्रत्येक भारतीय नागरिक को निरंतर दायित्वबोध होना ही चाहिए।

प्रत्येक नागरिक के अंदर राष्ट्र के लिए, राष्ट्र की एकजुटता के लिए कार्य करने का अदम्य उत्साह, साहस और अभिलाषा होनी चाहिए। जब तक प्रत्येक व्यक्ति में यह भाव पैदा नहीं होगा, तब तक एक सशक्त और वैभवशाली भारत का निर्माण संभव नहीं हो सकेगा। समाज में व्याप्त भेदभाव और पाखंड के विरुद्ध अंतिम युद्ध छेड़ देने की आवश्यकता है। अब यह युद्ध तभी समाप्त होना चाहिए, जब तक कि भारतीय समाज संपूर्ण रूप से जाति आधारित पाखंड एवं भेदभाव से मुक्त न हो जाए।

भारत में समाज सुधार से जुड़े अनेक आंदोलन आदिकाल से होते रहे हैं। महात्मा बुद्ध से लेकर कबीर तक और स्वामी दयानंद सरस्वती से लेकर स्वामी विवेकानंद तक इस प्रकार के समाज सुधार आंदोलन निरंतर होते रहे हैं। इन अनेक सुधार आंदोलनों का व्यापक लाभ संभवतः देश को इसलिए नहीं मिल सका है, क्योंकि इन आंदोलनों की प्रकृति भारतीय समाज में निरंतर और स्थाई नहीं रह सकी है।

आदि शंकर के अनुसार, ''सभी में एक ही ईश्वर का रूप है और मानव-मानव में भेद मात्र अज्ञानता और अदूरदर्शिता के कारण है। इस भेद की सत्ता का जन्म 'आत्मविस्मरण' हो जाने के कारण ही हुआ है।'' यह महान दर्शन यदि समग्र रूप से भारतीय सामाजिक और धार्मिक आचरण में अपनाया गया होता, तो आज हमारा राष्ट्र जीवन के प्रत्येक क्षेत्र में अवश्य ही विश्व को नेतृत्व दे रहा होता। दुर्भाग्यवश ऐसा नहीं हो सका है।

आदि शंकराचार्य ने देश के कोने-काने का भ्रमण किया तथा पाखंड व अंधविश्वास का खंडन करते हुए उन्होंने देश में चार पीठों की स्थापना की। इन्हें यह देश श्रृंगेरी, द्वारिका, पुरी और बद्रिका के रूप में जानता है। इन चारों पीठों की स्थापना के उपरांत आदि शंकर ने अपना शेष जीवन कांचीपुरम में बिताया और प्राणी मात्र के कल्याण के लिए उपदेश दिए। आदि शंकर के देह त्याग के उपरांत उन पीठों में निरंतर संत-महात्मा आते रहे और आज भी सुशोभित हैं, परंतु समाज सुधार का कार्य अपेक्षित गति से नहीं हो सका है।

हिंदू धर्म के बिखराव और जाति प्रथा के कलंक को भी अभी तक समाप्त नहीं किया जा सका है। आदि शंकर ने धर्म को व्यापक संदर्भ में परिभाषित किया है। इस भाव में उन्होंने धर्म शब्द को सांप्रदायिक माना ही नहीं। उन्होंने धर्म को परमात्मा के रूप में देखा। धर्म की उपलब्धि मात्र कर्मकाण्ड से हो सकती है, उनकी ऐसी भी कोई मान्यता नहीं थी। दुर्भाग्यवश उनके अनुयायियों ने कर्मकाण्ड को ही सब कुछ मान लिया

है। सत्य यही है कि आज अंतस के रूपांतरण हेतु जो कुछ होना चाहिए, वह वास्तव में किसी भी पीठ द्वारा नहीं किया जा रहा है।

वर्तमान में शंकराचार्यों की पीठों पर जो व्यक्ति आसीन हैं, उनसे समाज को यह पूछना चाहिए वे समाज में व्याप्त छुआछूत, पाखंड, अंधविश्वास और जातिवाद को समाप्त करने के लिए वास्तव में क्या कर रहे हैं? आश्चर्यजनक रूप से देश के मंदिरों, मठों में भगवा वस्त्रधारियों की संख्या बढ़ती ही चली जा रही है, परंतु समाज की समस्याएं कम होने का नाम नहीं ले रही हैं। जब तक हिंदू समाज अपने वर्तमान जातिगत भेदभाव के अवैज्ञानिक पाखंड को समाप्त नहीं करता और जाति प्रथा तथा उप-जाति प्रथा के कारण जो समस्याएं उत्पन्न हो रही हैं, उनका समाधान नहीं खोजता, तब तक भारतीय समाज इस विश्व को कुछ भी देने लायक नहीं बन सकेगा। वास्तव में हिंदू धर्म का उद्धार एवं विकास मात्र प्रवचनों से नहीं होगा, वरन यह तो मात्र आचरण की शुचिता और पाखंड के समूल उन्मूलन से ही संभव हो सकेगा। हमारे हिंदू धर्माचार्यों को अपने व्यवहार में से पाखंड और ढोंग को दूर करना ही होगा।

यदि विदेश यात्राओं में खानपान तथा रईसों के यहां पधारने और भोजन करने के प्रश्न पर हमारे धर्माचार्यों को कोई दिक्कत नहीं होती, तब देश के अंदर किसी श्रद्धालु के घर जाने पर इतना नाटकीय और कर्मकांडीय व्यवहार हमारे धर्माचार्य आखिर क्यों करते हैं? इससे धर्म के प्रति आम हिंदू नागरिक में अविश्वास का भाव ही पैदा होता है। आखिर भारत में ही हमारे धर्माचार्यों को बैठने वाले स्थान को पहले गंगाजल से धोने की आवश्यकता क्यों पड़ती है? क्यों हमारे धर्माचार्य किसी श्रद्धालु की आर्थिक, सामाजिक, राजनैतिक और प्रशासनिक हैसियत देखकर ही उसके घर जाना पसंद करते हैं।

आज विश्व में ईसाई और इस्लाम धर्म शायद इसीलिए आगे बढ़ पा रहे हैं, क्योंकि इनमें जाति आधारित पाखंड और भेदभाव वैसे आपत्तिजनक रूप में व्याप्त नहीं है। ईसाई धर्म में निरंतर सेवा और विशेषकर निर्धन क्षेत्रों में मिशनरी और चैरिटी कार्यों को विशेष महत्व और प्रोत्साहन दिया जाता है। इन्हीं कार्यों से यह धर्म अन्य संप्रदायों के नागरिकों का आकर्षण अपनी ओर पैदा करने में सफल हुए हैं। हमारे हिंदू धर्माचार्य क्यों ऐसा प्रयास नहीं कर रहे हैं? आज देश में सर्वत्र धर्मांतरण का मुद्दा जबर्दस्त चर्चा का विषय बना हुआ है। हिंदू धर्म के मठाधीशों के लिए यह विचार का विषय होना ही चाहिए कि आखिर क्यों हिंदू धर्म से दूसरे धर्मों में धर्मांतरण होता रहा है और अभी भी हो रहा है।

विदेशी आक्रांताओं की गुलामी और उससे उत्पन्न भयवश धर्मांतरण की बात की जाती रही है। ईसाई मिशनरियों द्वारा प्रलोभन और सेवा कार्यों के आधार पर भी धर्मांतरण का विषय उठता रहा है, लेकिन इस सच्चाई को भी स्वीकार किया जाना चाहिए कि हिंदू धर्म समय के साथ अपने अंदर व्याप्त पाखंड, जातिभेद और अन्य कुरीतियों का इलाज नहीं कर सका है। यही कारण है कि अधिकांश हिंदू अपने धर्म से संतुष्ट, प्रसन्न

और गौरवान्वित नहीं होते हैं। यह स्थिति बदले, यह किसका दायित्व है? क्या यह कार्य भी विदेशी शक्तियों के हवाले ही छोड़ दिया जाना चाहिए? क्यों नहीं हिंदू धर्म के मठाधीश और धर्माचार्य इस पाखंड के उन्मूलन के लिए अंतिम युद्ध का शंखनाद करते हैं। यह भी उल्लेखनीय है कि प्रायः इन धर्माचार्यों का स्वयं भी आचरण इस प्रकार का नहीं होता है कि उनके प्रति सामान्य हिंदू विश्वास का भाव रख सके।

हिंदू धर्म पर यह भी आरोप लगता रहा है कि यहां धर्म को एक 'व्यवसाय' और 'धंधा' बना दिया गया है। व्यक्ति के आध्यात्मिक उत्थान के स्थान पर धर्म मात्र एक दुकान बनकर रह गया है, जहां व्यक्ति को एक उपभोक्ता के रूप में लिया जा रहा है और हरसंभव ढंग से कदम-कदम पर उसको ठगा जा रहा है। क्या धर्म अपने ही श्रद्धालु की जेब काटते रहने का उपकरण मात्र है? इस प्रकार के आर्थिक लोभ से ग्रस्त उथले आचरण के चलते समाज और देश में एकता का भाव कैसे पैदा होगा? यह विचार का विषय है कि इस देश में ही समय-समय पर तथा सबसे अधिक बार ईश्वर ने अवतार लिए हैं तथा इसी देश में सर्वाधिक चिंतक, मनीषी, साधु-संन्यासी तथा महापुरुष उत्पन्न हुए हैं, फिर भी आज तक इस देश का कोई भला नहीं हो पाया। आज भी यह देश वैश्विक स्तर पर सर्वाधिक अभावग्रस्त, भूखा, अशिक्षित, गंदा, असंतोष और हीनभावना का शिकार राष्ट्र है। निश्चित रूप से भारत में धर्म के कथित ठेकेदारों को जेबकतरे की भूमिका से ऊपर उठकर व्यापक सामाजिक और राष्ट्रीय हितों के विषय में गंभीरतापूर्वक आत्मावलोकन करना चाहिए।

वास्तव में मात्र जाति-द्वेष और पाखंड ही वह सबसे बड़ा कारण है, जिसकी वजह से वैश्विक स्तर पर आजपर्यंत भारत वह विशिष्ट स्थान और सम्मान प्राप्त नहीं कर सका है, जिसका वह स्वाभाविक हकदार हो सकता था। यह प्रश्न पूछा जाना चाहिए कि हिंदू धर्म के धर्माचार्य और शंकराचार्य एक दलित को गले क्यों नहीं लगाते? उसके साथ भोजन क्यों नहीं कर सकते? क्या हम जाति आधारित सुरक्षा देकर एक योग्यताविहीन एवं पथभ्रष्ट समाज का निर्माण नहीं कर रहे हैं? आखिर कब तक निजी आर्थिक एवं सामाजिक लाभों के लिए उच्च पदों पर अयोग्य मठाधीश बैठे रहेंगे? यह भी पूछा जाना चाहिए कि हिंदू धर्म कब एक योग्यता आधारित धर्म के रूप में स्थापित होगा, जिसमें व्यक्ति को योग्यता के आधार पर सम्मान और दायित्व प्राप्त होंगे, न कि मात्र जन्म के अवैज्ञानिक आधार पर?

□□

12. गैर बराबरी की अंतहीन गाथा

स्वतंत्र भारत में हुए अनेक सामाजिक, आर्थिक और राजनैतिक परिवर्तनों के बाद अनेक समाजशास्त्रियों ने यह कहना शुरू कर दिया था कि अब जातियां भारत में केवल राजनीतिक तौर पर जीवित रह गई हैं तथा उनका सामाजिक अस्तित्व समाप्तप्राय हो गया है। इसके विपरीत जब-तब समाज में घटित होने वाली घटनाएं एवं अपराध यह दिखाते हैं कि भारतीय समाज से जातियों का खात्मा अब भी केवल दिवास्वप्न है। हमारा मन आज भी सामाजिक तौर पर वहीं है, जहां आदिम समाज रहता था। सभ्यता और विकास के क्रम में आत्मा के विकास की यात्रा अभी भी कहीं पीछे छूट गई लगती है। मानवता को पीड़ित करने वाली तथा मन को व्यथित करने वाली जातीय अत्याचार की घटनाएं जब-तब समाज में होती ही रहती हैं। इस प्रकार की घटनाएं सभ्य समाज के अस्तित्व पर सवालिया निशान लगाती हैं।

भारतीय इतिहास के अनेक अनुभव जाति-भेद के शर्मनाक उदाहरणों से पटे पड़े हैं। इस प्रकार के उदाहरणों से सैकड़ों वर्ष बाद भी भारतीय समाज कोई सबक लेने को तैयार नहीं है। कई बार लगता है कि हम आज भी वहीं खड़े हैं, जहां कई हजार वर्ष पहले खड़े थे। पिछले कई दशकों में देश और विश्व में बहुत कुछ बदल गया, परंतु भारतीय समाज का यह रोग अभी तक यथावत बना हुआ है।

छत्रपति शिवाजी ने जब महाराष्ट्र के एक बड़े भूभाग पर कब्जा किया, तो महाराष्ट्र का कोई पुरोहित उनका राज्याभिषेक करने को तैयार नहीं था। अंत में काशी के गंगाभट्ट एक बड़ी दक्षिणा के बाद तैयार हुए, लेकिन उन्होंने शिवाजी का राजतिलक हाथ के अंगूठे की बजाय अपने दाहिने पैर के अंगूठे से किया, क्योंकि शिवाजी वर्ण व्यवस्था के सोपान में कहीं से भी क्षत्रिय सिद्ध नहीं होते थे। 1674 ई. की यह घटना अपने पूरे अपमान के साथ ऐतिहासिक ग्रंथों में दर्ज है।

शिवाजी के वंशज छत्रपति साहूजी महाराज के साथ भी समाज ने ऐसा ही अपमानजनक व्यवहार किया। साहूजी महाराज जब प्रातः वानगंगा में स्नान करने जाते थे, तो उनका कुलपुरोहित वैदिक मंत्रों के स्थान पर पुराणों के मंत्र पढ़ता था, क्योंकि उनका कुल गैर क्षत्रिय था। एक दिन साहूजी महाराज को जब यह रहस्य पता चला, तो

उन्होंने पुरोहित का पद प्रजापति समाज के लिए आरक्षित कर दिया और उन्हें संस्कृत पढ़ने के लिए काशी भेजा। तब से लेकर आज तक कोल्हापुर का कुलपरोहित इसी समाज का होता है। हाशिए के समाज को मुख्यधारा में लाने के लिए उन्होंने इसी घटना से प्रेरित होकर अपनी रियासत में आरक्षण लागू किया।

बाबा साहेब अम्बेडकर ने जब महार सत्याग्रह के तहत तालाब का पानी पिया, तो उस तालाब को शुद्ध किया गया। ऐसे घृणित आचरण से व्यथित होकर भारत के संविधान निर्माता डॉ.अंबेडकर ने कहा था –"यह कैसा समाज है, जो कुत्ते-बिल्लियों को तो तालाब में पानी पीने देता है, लेकिन इंसान के पानी पीने से अपवित्र हो जाता है।" गैरबराबरी की यह व्यथा कथा ही अंबेडकर जैसे विद्वान को अपना धर्म बदलने पर मजबूर करती है। एक बार बाबू जगजीवन राम ने वाराणसी में डॉ. संपूर्णानंद की प्रतिमा का अनावरण किया, तो उसे भी गंगाजल से शुद्ध किया गया।

आज भी समाज में पुरोहित का पद जाति विशेष के लिए आरक्षित है। शंकराचार्य के पद भी आरक्षित हैं। देवदासियां भले ही मंदिरों में उपभोग के लिए रखी जाती थीं, लेकिन देवदासियां अनिवार्य रूप से समाज के वंचित तबके से ही होती थीं। स्वामी दयानंद सरस्वती ने इन अनेक कारणों से मूर्ति पूजा पर सवाल खड़े किए थे, तो उनको साजिश के तहत विष दे दिया गया था। देश की सबसे पुरानी पार्टी में शीर्ष पद आज भी नेहरू खानदान के लिए आरक्षित है। गैर बराबरी को बढ़ावा देने वाले ये तमाम आरक्षण और विशेषाधिकार हमारे लोकतंत्र की परिपक्वता पर सवाल खड़ा करते हैं।

यह समय की आवश्यकता है कि भारत उन पुरानी रुढ़ियों और अवैज्ञानिक चिंतन से बाहर आए, जिसकी वजह से न केवल हम हजारों वर्ष तक विदेशी आक्रांताओं द्वारा अपमानित हुए हैं, वरन आज भी अंतर्राष्ट्रीय जगत में इन्हीं दुर्गुणों की वजह से अन्य राष्ट्र हमें वाजिब सम्मान प्रदान नहीं करते हैं। जाति व्यवस्था के इस कलंक की वजह से भारत पहले भी बहुत बदनाम हो चुका है और आज भी अपमानित हो रहा है। ऐसी क्या विवशता है कि भारतीय समाज अपनी इतनी दुर्दशा कराने के बाद भी सुधरने के लिए तैयार नहीं है।

भेदभाव के विरुद्ध अंतिम युद्ध –

आरक्षण नीति शिक्षा, रोजगार, राजनीतिक प्रतिनिधित्व, उद्यमशीलता इत्यादि क्षेत्रों में दलितों के उत्थान की युक्ति है। यद्यपि शिक्षा और रोजगार के क्षेत्र में यह नीति प्रभावशाली ढंग से लागू नहीं हुई है। जिन दलितों को शिक्षा और रोजगार में आरक्षण का लाभ मिला है, वे अपेक्षाकृत बेहतर स्थिति में हैं और वे एक नए मध्यम वर्ग के रूप में उभरे हैं। तमाम संवैधानिक उपायों के बावजूद जातिगत अत्याचार दलितों के जीवन का अभिन्न अंग हैं। जबसे दलितों ने अपने अधिकारों के लिए लड़ना-बोलना शुरू किया है, तभी से यह अत्याचार उन पर ढाए जा रहे हैं।

भारतीय समाज की वास्तविकता यही है कि जीवन के हर पहलू पर जाति हावी है और वर्ण-व्यवस्था का दलित ही सबसे बड़ा शिकार रहे हैं। यह सिद्ध हो चुका है कि जाति व्यवस्था के चलते भारत में कभी भी एक योग्यता आधारित सामाजिक एवं प्रशासनिक व्यवस्था का निर्धारण नहीं किया जा सका है और इसके दुष्परिणामों के चलते भारत को हजारों वर्षों की दीर्घकालिक कष्टदायी परतंत्रता को भोगना पड़ा है तथापि आजपर्यंत भारतीय समाज स्वयं को इस कलंक से मुक्त नहीं कर सका है।

यह दुर्भाग्यपूर्ण है कि भारत में जातिवादी मानसिकता को बनाए रखने के पीछे उन लोगों का भी हाथ रहा है, जिनके ऊपर ही संविधान एवं व्यवस्था ने इसे समाप्त करने का दायित्व डाला था। प्रायः भारत में सरकारों और प्रशासनिक तंत्र के द्वारा इस गंभीर कुप्रथा के संदर्भ में अत्यंत लापरवाहीभरा रवैया दिखाई पड़ता रहता है। हाल ही में राजस्थान सरकार ने बिना सोचे-समझे अंतर्जातीय विवाह करने वाले दंपति को सरकार से मिलने वाली धनराशि आधी कर दी है और उसे पाने की दो साल की तय अवधि को घटाकर एक साल कर दिया है। उल्लेखनीय है कि राजस्थान उन राज्यों में है, जहां सबसे अधिक संख्या में लोगों ने छुआछूत को मान्यता देने वाले अपने व्यवहार को स्वीकार किया है।

उत्तर भारत के कई अन्य राज्यों में भी राजस्थान जैसा ही हाल है। इन राज्यों में जातिवाद उन्मूलन और समानता लाने संबंधी मूल्यों को स्थापित करने की आज सर्वाधिक आवश्यकता है। जिस भूमि पर असमानता और पाखंड के उन्मूलन के लिए गौतम बुद्ध और कबीर जैसे युगपुरुषों ने जन्म लिया था, वहां आज ऐसे असामाजिक एवं राष्ट्रविरोधी उपदेशक भी हैं, जो खुलेआम कहते हैं कि जाति व्यवस्था से देश और समाज को छुटकारा कभी मिल ही नहीं सकता। कई बार भारत में कतिपय स्वयंभू विशेषज्ञ अवैज्ञानिक जाति व्यवस्था के लाभ गिनाते हुए भी मिल जाते हैं। एक राष्ट्र और समाज के रूप में भारतीय विकास के रास्ते में अनेक अवरोध आते ही रहे हैं, परंतु जो अवरोध सबसे ज्यादा कठिन और अभेद्य सा दिखाई पड़ता है, संभवतः वह जातिवाद ही है।

जात-पांत जब तक, देश पीछे तब तक -

यह चिंतन का विषय है कि जब भारतीय समाज और राष्ट्र में इतनी गंभीर एवं विनाशकारी समस्याएं मौजूद हैं, तो क्यों हमारे धर्माचार्य और धार्मिक संस्थाएं समाज सुधार और राष्ट्र निर्माण के कार्य में पूर्ण संकल्प के साथ आगे नहीं आते हैं। हमारे धार्मिक स्थल राष्ट्र को पुनः जीवित क्यों नहीं कर सकते? हमारे धर्मस्थल एक कल्याणकारी समाज की संरचना में सहयोग क्यों नहीं कर सकते? संपूर्ण भारत में अधिसंख्य धार्मिक स्थलों में आज जो ढोंगी, पाखंडी और कर्मकांडी बैठे हुए हैं, आखिर उन्हें क्यों नहीं हटाया जा सकता? कर्मकांड त्याज्य नहीं है, लेकिन यदि कर्मकांड व्यावहारिकता के अनुरूप नहीं हो तथा वे देशकाल और परिस्थितियों के अनुरूप स्वयं को न ढाल सकें,

तो ऐसे कर्मकांड अंततः रूढ़िवादिता, अंधविश्वास और अवैज्ञानिक परंपराएं मात्र ही सिद्ध होते हैं। यदि कर्मकांड हमें रूढ़ियों की जंजीरों से बांध दें, खोखला कर दें, तो ऐसे कर्मकांड सर्वथा त्याज्य होने ही चाहिए। इन कर्मकांडों और पाखंडों ने भारतीय समाज और राष्ट्र के पुनर्जागरण का गला घोंटकर रख दिया है।

धार्मिक स्थलों से तो मानवता, राष्ट्रवाद और श्रेष्ठतम चिंतन की धारा समाज में सर्वत्र प्रवाहित होनी चाहिए, परंतु भारत में ऐसा नहीं हो रहा है। हमारे अधिकांश धर्मस्थल ऐसे धनलोलुप कर्मकांडी व्यक्तियों के हाथों कैद होते चले जा रहे हैं, जिनका धर्म के वास्तविक मूल्यों से कुछ भी लेना-देना नहीं है और इसीलिए ये स्थान एक कलुषित चेतना, अवैज्ञानिकता और कुतर्क के प्रसारण केन्द्र बन चुके हैं। अधिकांश धर्माचार्य श्रेष्ठ आचरण और जीवनमूल्यों को भूलते दिख रहे हैं।

ऐसा प्रतीत होता है कि भारतीय समाज का एक अंग किसी न किसी भयंकर रोग से ग्रस्त हो चुका है। इस रोग का तो इलाज करना ही होगा। रोग की उपेक्षा करके कोई भी व्यक्ति या समाज स्वस्थ और सुखी नहीं हो सकता है। बेहतर होगा कि भारत के धार्मिक स्थल केवल भजन-कीर्तन करने और भीड़ इकठ्ठा करने के स्थान मात्र बनकर न रह जाएं, वरन यह राष्ट्र निर्माण के लिए आवश्यक चेतना का संचार करने वाले केंद्र के रूप में उभरें। धार्मिक स्थल मानव, समाज और राष्ट्र के निर्माण का केंद्र होते हैं। यह कारोबार करने के अड्डे नहीं होते। दुर्भाग्यवश भारत में अधिसंख्य धार्मिक स्थल व्यापारिक केंद्र के रूप में परिवर्तित हो चुके हैं और यहां 'मार्केटिंग' और 'बिजनेस' बढ़ाने के लिए हरसंभव हथकंडे अपनाए जा रहे हैं। वास्तव में धार्मिक स्थलों का लक्ष्य मात्र अपने श्रद्धालु और भक्त बढ़ाने पर न होकर अधिकाधिक राष्ट्रभक्त नागरिक निर्मित करने पर होना चाहिए।

अब समय आ गया है कि देश की तमाम धार्मिक संस्थाओं व धर्म गुरुओं की धर्म और अंधविश्वास के नाम पर जुटाई गई धन-सम्पत्ति की जांच करते हुए उसे कानून के दायरे में लाया जाए। आज ये संस्थान काले धन को श्वेत करने के भी माध्यम बन गए हैं। आज देश में अधिकांश आश्रमों, मदरसों, मस्जिदों अथवा डेरों का धर्म, नैतिकता और अध्यात्म से कोई लेना-देना नहीं है, फिर भी समाज में इनकी पैठ लगातार बढ़ती ही जा रही है। कानून के दबाव में रामपाल, आसाराम जैसे अनेक बाबाओं, कठमुल्लाओं और उनके समर्थकों की घेराबंदी तो हो चुकी है, परंतु भविष्य में जनता ऐसे ढ़ोंगियों के चंगुल में न फंसे, इसके लिए समाज को भी आस्था और अंधविश्वास में फर्क करना आना चाहिए। ऐसे पाखंडियों से देश के संविधान को भविष्य में चुनौती न मिले, इसके लिए भी समाज और देश के राजनेताओं को समय रहते आत्ममूल्यांकन करने की आवश्यकता है।

भारत में अधिकांश संतों और महापुरुषों ने त्याग और पुरुषार्थ को ही अपने जीवन

का आधार माना है। उनका जीवन त्याग और वैराग्य का उदाहरण रहा है। संसार में रहकर भी वे मोह-माया एवं सांसारिकता के जाल से दूर रहे। देश में अब ऐसे धर्मगुरुओं की फौज सी आ गई है, जो धर्म के नाम पर व्यवसाय चला रहे हैं, विलासिता कर रहे हैं और अहंकार का भोंडा प्रदर्शन कर रहे हैं। इन अधिकांश कथित धर्मगुरुओं व धर्माचार्यों ने आश्रमों तथा धार्मिक संस्थाओं के नाम पर महलनुमा किले खड़े कर लिए हैं। यही नहीं, हथियारों का ज़खीरा भी इन धर्माचार्यों ने इकट्ठा कर लिया है। ऐसे धर्मगुरुओं की लंबी कतार है, जिनका 'संत कर्म' से दूर-दूर तक कुछ भी लेना-देना नहीं होता है। अनाचार और व्याभिचार उनके दैनिक जीवन का अभिन्न हिस्सा बन चुका है। इनमें से कुछ पर तो कानून का शिकंजा भी कसा जा चुका है और यह अनेकानेक अपराधों में गिरफ्तार होकर जेल की हवा खा रहे हैं।

आज अपराधी प्रवृत्ति के कई शातिर लोग समाज में अपना दबदबा बनाने, धन पाने या मौज-मस्ती करने के लिए धर्मगुरु बनने का ढोंग कर रहे हैं। वास्तव में यह भी समाज में शक्ति संरचना का एक हिस्सा बनने का ही प्रयास मात्र है। देश के अधिसंख्य धार्मिक स्थलों पर ऐसे धर्मगुरुओं की बाढ़ सी आ गई है, जिन्हें कभी अपनी आपराधिक गतिविधियों के चलते घर और गांव छोड़ना पड़ा था। देश के विभिन्न धार्मिक स्थलों पर 'महंतई' एवं 'मठाधीशी' के अहंकारपूर्ण सत्ता संघर्ष में अब तक कई हत्याएं हो चुकी हैं। हालत यह है कि अब राजनीति में ही नहीं, बल्कि धार्मिक क्षेत्र में भी परिवारवाद हावी हो गया है। विभिन्न मठों के महंत अपनी वसीयत अपने परिवार के पास ही छोड़कर जाना चाहते हैं। मठ की महंतई पाने का मतलब है धन-संपदा, सामाजिक शक्ति और भक्तों की एक भीड़ पर अधिकार।

यह आश्चर्य का विषय है कि शंकराचार्य जैसे शीर्ष संत देश में साधुओं के वेश में इन अपराधियों के एकत्रीकरण पर आखिर मौन क्यों साधे हुए हैं? ऐसे अपराधी तत्वों के खिलाफ संत समाज से ही आवाज उठनी चाहिए, नहीं तो सही और गलत का भेद समाप्त हो जाएगा। धर्म को लेकर आम आदमी की दुविधा और विकट हो जाएगी। हमारे देश में लोग आध्यात्मिक प्यास बुझाने के लिए सदैव से भटकते ही रहे हैं। इनमें से मात्र कुछ ही सही राह पाने में सफल हो पाते हैं, जबकि अधिकांश पाखण्डियों के चक्कर में पड़ जाते हैं।

संत समाज को ही ऐसा रास्ता खोजना होगा कि लोग ऐसे बहुरुपियों के चंगुल में न फंसें। यह पूछा जाना चाहिए कि किलेनुमा आश्रम आखिर क्यों और किसके लिए बनाए जा रहे हैं? आश्रमों के नाम पर जमीन पर अवैध कब्जे क्यों हो रहे हैं? क्यों भोले-भाले लोगों की आस्था के साथ खिलवाड़ हो रहा है और क्यों भारतीय संविधान और कानून-व्यवस्था के साथ खुलेआम खिलवाड़ हो रहा है? तरह-तरह के नए-नए सामने आ रहे मामलों से भारत में संत समाज की प्रतिष्ठा खतरे में पड़ गई है।

प्रायः त्याग और मोह-माया से मुक्ति की शिक्षा देने वाले कथित संतों का आचरण

स्वयं उनकी ही वाणी से मेल नहीं खाता। वे स्वयं विशालकाय पंडालों में विलासिता के वातावरण में प्रवचन देते हैं। इनके कार्यक्रमों का भयंकर प्रचार-प्रसार अखबारों और मीडिया के माध्यम से किया जाता है। टेलीविजन पर सुबह होते ही और कई चैनलों पर रात होते ही तरह-तरह के बाबा कूद पड़ते हैं। यह दिनभर अपने-अपने तरीके से नित नई शैली में स्वयं के श्रेष्ठ होने का बोध कराते रहते हैं। निर्मल बाबा सरीखे अनेक ऐसे कथित धर्मगुरु, संत और बाबा 'मार्केट' में आ गए हैं, जो नित नए-नए 'प्रोडक्ट' जनता के सामने पेश कर रहे हैं। लगभग सभी बाबाओं की ईश्वर को लेकर अलग-अलग व्याख्या है और अपनी व्याख्या को सिद्ध करने के लिए यह नित निरंतर प्रयास करते रहते हैं। भारत में आज धर्म और अध्यात्म का क्षेत्र सबसे शानदार तनावरहित उद्योग बन गया है।

समाज में अपनी छवि को बेहतर दिखाने के लिए इन कथित संतों द्वारा तरह-तरह की चैरिटेबल संस्थाएं बना ली गई हैं। भक्तों की संख्या बढ़ाने के लिए मार्केटिंग के सभी तौर-तरीके अपनाए जा रहे हैं। अपनी छवि चमकाने और 'इमेज ब्रॉडिंग' के लिए बाबा वैतनिक विशेषज्ञों की सलाह ले रहे हैं। कुल मिलाकर इस प्रकार के आचरण से भारतीय समाज में इन कथित संतों के प्रति अविश्वास बढ़ता ही जा रहा है। अंतर्राष्ट्रीय स्तर पर भी इससे भारत की एक नकारात्मक, रूढ़िवादी और अवैज्ञानिक देश के रूप में छवि बन रही है। समाज का सबसे बड़ा नुकसान इन पाखंडों की वजह से यह हुआ है कि सही और योग्य आध्यात्मिक व्यक्ति भी स्वयं को अपमानित और कुंठित महसूस करने लगे हैं और उनका वास्तविक लाभ समाज और राष्ट्र को नहीं मिल पा रहा है।

राष्ट्रकवि मैथिलीशरण गुप्त की एक प्रसिद्ध पंक्ति है, जिसमें वह कहते हैं- 'वही मनुष्य है, जो मनुष्य के लिए मरे।' भारतीय संस्कृति की यही तो विशेषता रही है। यही संस्कृति 'बहुजन हिताय और बहुजन सुखाय' और 'वसुधैव कुटुंबकम' की पावन भावना का विकास करती है। हमारे भीतर 'स्व' और 'पर' का भेद नहीं होना चाहिए। 'स्व' की संकुचित सीमा से निकलकर 'पर' के लिए खुद को बलिदान कर देना ही सच्ची मानवता है। यही सबसे बड़ा गुण है और यही मनुष्य का सबसे बड़ा धर्म है।

भारत में जितने भी महापुरुष हुए, उन सभी ने अपने बाल्यकाल से ही चरित्र की रक्षा का ध्यान रखा। बड़े दार्शनिक, चिंतक, विचारक, संत, लेखक और नेता, सबका लक्ष्य राष्ट्र-निर्माण कर मानवीय गुणों का प्रचार-प्रसार करना रहा है, लेकिन उनके जीवन में झांककर देखने पर यही पता चलता है कि वे सभी चरित्र की दृष्टि से कितने महान और विशिष्ट थे। उन्होंने अपने चरित्र को कभी दूषित नहीं होने दिया। भारतीय संस्कृति में समग्रता का विलक्षण भाव रहा है। निजी हितों के स्थान पर सामुदायिक हित को प्राथमिकता देने का स्पष्ट उद्घोष भारतीय संस्कृति और इसके विमर्श में निहित है।

□□

13. एक ही भावना, राष्ट्र की उपासना –

अभिव्यक्ति की स्वतंत्रता के नाम पर भारत में निरंतर धरनों और प्रदर्शनों की एक नई संस्कृति विकसित होती जा रही है। अधिकांशतः यह धरने और प्रदर्शन राजनैतिक होते हैं। देश में अभी भी जनसमस्याओं को लेकर होने वाले धरने-प्रदर्शन और एकत्रीकरण न के बराबर होते हैं। हाल ही में भारत में युवाओं ने स्वच्छंदता और चुंबन जैसे विषयों को मूल अधिकारों की संज्ञा देते हुए इसकी रक्षा के लिए सड़कों पर संघर्ष किया। बेहतर होता कि भारत का यह युवा धन अपनी शक्ति और योग्यता का प्रयोग राष्ट्र निर्माण के लिए होने वाले रचनात्मक आंदोलनों में करता।

आखिर गंदगी, खुले में शौच, अशिक्षा, धार्मिक स्थलों की दुर्व्यवस्था, मठाधीशों के दुष्कर्म, भ्रूण हत्या, कला और संगीत में रचनात्मक हीनता, पर्यावरण प्रदूषण, नशा, सार्वजनिक संपत्तियों का दुरुपयोग और नागरिकों का गैर जिम्मेदार आचरण जैसे अतिमहत्वपूर्ण राष्ट्रीय मुद्दों को लेकर सामाजिक, सांस्कृतिक आंदोलन हमारे देश में क्यों कभी नहीं होते? इन मुद्दों के प्रति भारत के ऊर्जावान युवाओं में उत्तेजना क्यों नहीं पैदा होती? भारत की युवा पीढ़ी को यह सोचना ही होगा कि उनका राष्ट्र और समाज के प्रति क्या दायित्व है? यह चिंतनशीलता, सजगता और सक्रियता न केवल राष्ट्र के लिए वरन स्वयं उनके भविष्य के लिए भी दूरगामी सिद्ध होगी। जब देश में कई प्रकार के अनर्गल और समाज व राष्ट्रविरोधी विषयों पर जनसमूह का एकत्रीकरण हो सकता है, तो राष्ट्र निर्माण के मुद्दे पर समाज एकजुट होकर आंदोलन क्यों नहीं छेड़ सकता?

राष्ट्रधर्म–

'राष्ट्रधर्म' वास्तव में किसी भी राष्ट्र के नागरिकों में व्याप्त वह भावना है, जिसके अंतर्गत नागरिक किसी भी अन्य विचार की तुलना में मात्र राष्ट्र को ही सर्वोपरि मानते हैं। एक प्रकार से यह 'राष्ट्रवाद' का ही पर्याय कहा जा सकता है। 'राष्ट्रवाद' से आशय नागरिकों द्वारा किसी भी अन्य मत की तुलना में राष्ट्र को 'सर्वाधिक महत्व' प्रदान करने से होता है। किसी भी देश के लिए आगे बढ़ने का मार्ग उसके नागरिकों में उत्पन्न 'राष्ट्रवाद' के स्तर पर निर्भर करता है।

भारत में हजारों वर्षों से 'राष्ट्रवाद' को उन्नत करने वाले राष्ट्रनायकों का पदार्पण राष्ट्रीय क्षितिज पर होता ही रहा है। इन्हीं से प्रेरणा पाकर आजपर्यंत भारत एक अखंड सभ्यता के रूप में अपना गौरव अक्षुण्ण बनाए हुए है। वास्तव में भारतीय 'राष्ट्रवाद', ऋग्वेद से भी प्राचीन है। वस्तुतः स्वाधीनता संग्राम का प्रेरक भी यही 'राष्ट्रवाद' था। भारत के स्वाधीनता संग्राम के दौरान लाखों भारतीयों ने 'राष्ट्रवाद' को अपने प्राणों से अधिक मान दिया। 'वंदे मातरम' का गान करते हुए हजारों क्रांतिकारी खुशी-खुशी राष्ट्र पर बलिदान हो गए। लाखों राष्ट्रवादी शहीदों के बलिदान पर जब स्वतंत्र भारत की नींव रखी गई, तो यह आशा थी कि एक स्वतंत्र राष्ट्र के रूप में भारत 'राष्ट्रवाद' की अपनी विरासत को एक विराट रूप दे देगा।

ऐसी आशा की जा रही थी कि संपूर्ण विश्व स्वतंत्र भारत के विराट व्यक्तित्व और तेज के आगे नतमस्तक हो जाएगा, परंतु दुर्भाग्यवश ऐसा नहीं हो सका। 'राष्ट्रवाद' की भावना स्वतंत्र भारत में बहुत तेज़ी से क्षीण होती ही चली गई। 'राष्ट्रवाद' का उन्मूलन यूं तो सबसे पहले राजनैतिक क्षेत्र से प्रारंभ हुआ, परंतु उसके उपरांत राष्ट्रवादी मूल्यों में तेजी से हुए क्षरण ने भारत की सामाजिक और मनोवैज्ञानिक सीमाओं को भी नाप लिया। वास्तव में स्वतंत्रता प्राप्ति के लिए देश के लाखों क्रांतिकारियों ने जो बलिदान दिया, उसका भी मान आजाद भारत ने नहीं रखा।

भारतीय राजनीति स्वतंत्रता प्राप्ति के प्रथम दशक में ही 'राष्ट्रवाद' के स्थान पर 'सत्तावाद', 'जातिवाद' और 'परिवारवाद' में स्थानांतरित हो गई। राष्ट्र हित से सर्वथा भिन्न गैर जरूरी मुद्दों का अनावश्यक राजनीतिकरण शुरू हो गया। देश को अदूरदर्शी ढंग से मात्र राजनीतिक निहित स्वार्थों के लिए अगड़ा, पिछड़ा और अल्पसंख्यकवाद की खतरनाक लड़ाई में उलझा दिया गया। निजी स्वार्थ के तूफान में 'राष्ट्रवाद' तिरोहित हो गया। राष्ट्र के प्रति चिंतन और राष्ट्रवादी विचारों के प्रतीक योजनाबद्ध ढंग से हाशिए पर डाल दिए गए। तुष्टिकरण की राजनीति ने राष्ट्रीय प्रतीकों को अस्पृश्य बना डाला। जनहित के मुद्दों को सस्ती, काम निकालू स्वार्थपूर्ण राजनीति ने बहुत पीछे धकेल दिया। अर्थनीति, विकास, गरीबी और राष्ट्रीय समृद्धि के मूलभूत प्रसंग राजनीतिक एजेंडे से बहुत तेजी से लगातार बाहर होते चले गए।

यह बहुत आश्चर्यजनक है कि जिस देश में स्वतंत्रता प्राप्ति के लिए करोड़ों राष्ट्रभक्तों ने अपना तन-मन-धन तथा सर्वस्व जीवन लुटा दिया, उसी भारत में आजादी के बाद न जाने कौन सा 'बैक्टीरिया' और 'वायरस' आ गया कि आजादी मिलने के एक ही दशक के भीतर भारतीय राजनीति और सामाजिक जीवन पूरी तरह पथभ्रष्ट से हो गए। इससे यह सिद्ध हो गया कि हमें आजादी मिली अवश्य, परंतु हम एक राष्ट्र के रूप में अपने गौरव, दायित्वबोध और वास्तविक लक्ष्य को समझ नहीं सके। क्या हम वास्तव में 'स्वशासन' के योग्य नहीं थे? क्या आज भी हम इतने परिपक्व और जिम्मेदार नहीं

हो पाए हैं कि बेहतर ढंग से देश का शासन तंत्र संचालित कर सकें? यह स्थिति कई दशकों से कायम है। विश्व में इजरायल और चीन जैसे अनेक राष्ट्र जो हमसे बाद में आजाद हुए या लगभग हमारे साथ ही स्वतंत्र हुए, आज हमसे जीवन के हर क्षेत्र में बहुत अधिक आगे निकल गए हैं। एक राष्ट्र के रूप में भारत और यहां रहने वाले 120 करोड़ नागरिकों को इसके लिए यथेष्ट चिंतन और प्रायश्चित करना चाहिए। इसकी भरपाई किया जाना आसान नहीं होगा। जो समय भारत को अपने आधारभूत संरचना के निर्माण और अपने नागरिकों के मानसिक और चारित्रिक निर्माण में लगाना चाहिए था, वह कीमती समय भारत ने गंवा दिया है।

आज भी देश में सर्वत्र अनेकानेक सामाजिक कुरीतियां और पाखंड व्याप्त है। इनसे मुक्ति पाने के लिए पूरे देश को एकजुट होकर इनके खिलाफ खड़े होने की आवश्यकता है। भारतीय सामाजिक और राजनैतिक जीवन से समस्त प्रकार के निहित स्वार्थों और चारित्रिक दुर्बलताओं का समूल उन्मूलन करने की आवश्यकता है। जब भी देश में जाति, धर्म, क्षेत्र और भाषा के संकीर्ण आधारों पर पक्षपात किया जाता है, तो इससे अयोग्यता और अराजकता को ही बढ़ावा मिलता है। इससे योग्य व प्रतिभाशाली व्यक्तियों का मनोबल कमजोर होता है। स्पष्ट है कि अपने परिश्रमी, मेधावी और योग्य नागरिकों का मनोबल तोड़कर कोई भी राष्ट्र कदापि आगे नहीं बढ़ सकता।

जब-जब धर्म और राष्ट्र की हानि संभावित होती है, तब-तब युद्ध अवश्यंभावी हो जाता है। यद्यपि युद्ध को टालने का हरसंभव प्रयास किया जाना चाहिए, लेकिन इसकी एक सीमा होती है। राष्ट्र के स्वाभिमान को ताक पर रखकर संधि नहीं की जा सकती। भारत राष्ट्र और समाज के पुनरुत्थान के लिए समस्त प्रकार के बलिदानों के लिए भारतीय राष्ट्रभक्त नागरिकों को सदैव तैयार रहना चाहिए। महाभारत के 'उद्योग पर्व' में भी यह स्पष्ट किया गया है कि युद्ध से पूर्व शांति के समस्त प्रयास कर लिए जाएं। हिंदू, मुस्लिम, सिख, ईसाई या अन्य कोई भी धर्मावलंबी इस देश के नागरिक होते हुए स्वयं को राष्ट्र की मर्यादा से पृथक नहीं कर सकते। यह ध्यान रखना चाहिए कि कोई भी कार्य, जो राष्ट्र विरोधी हो, वह कदापि 'धर्मसम्मत' नहीं हो सकता।

'लाभ' और 'लोभ' के दास क्यों?

आज देश के समक्ष अधिकांश समस्याएं मात्र इसलिए उत्पन्न हो गई हैं, क्योंकि औसत भारतीय 'आर्थिक लाभ' और 'लोभ' के दास बनकर रह गये हैं। इस पर गंभीर चिंतन और मंथन की आवश्यकता है कि देश में ऐसी चारित्रिक दुर्बलता कब और कैसे प्रवेश कर गई? त्याग और बलिदान की इस भूमि पर हम अति सुरक्षा के इतने आदी क्यों हो गए हैं? आज हम इस तरह से जीवन जी रहे हैं, मानों हमने 'काल' पर विजय प्राप्त कर ली है और हम अनंतकाल के लिए अमर हो गए हैं।

वस्तुओं को प्रधान मानते हुए हमारा पूरा जीवन और ध्यान मात्र इन्हीं के संग्रहण में उलझकर रह गया है। इसके अतिरिक्त मानो जीवन का और कोई लक्ष्य ही नहीं है। वस्तुएं और तरह-तरह के उपभोक्तावादी उत्पाद आखिर कैसे चिंतन, दर्शन और राष्ट्रीय चेतना के उच्च भावों का विकल्प बन सकते हैं? मनुष्य का जीवन और उसका ध्येय क्या मात्र पेट पालने और जीविकोपार्जन करने तक सीमित माना जा सकता है? कदापि नहीं।

अधिकांश भारतीय नागरिक आज अनुशासनहीनता के शिकार हैं। अनुशासनहीनता के कारण ही प्रत्येक क्षेत्र में हम अपेक्षित सफलता प्राप्त नहीं कर पा रहे हैं। कर्महीनता और अनुशासनहीनता के दुष्परिणाम देश को भोगने पड़ रहे हैं। राष्ट्रहित में आखिर क्यों हम पुरुषार्थ नहीं कर सकते? देश की समस्याओं को देखते हुए क्यों नहीं एक नागरिक के रूप में हमें अपने दायित्वों का निष्ठापूर्वक निर्वहन करना चाहिए?

यह आवश्यक है कि देश के नागरिक भारतीय चेतना और दर्शन के अनुरूप स्वयं को ढालते हुए प्रातः काल 'ब्रह्म मुहूर्त' में उठना प्रारंभ करें। इसके बड़े व्यापक एवं दूरगामी लाभ होंगे। इससे हम सुबह के कीमती समय का बेहतर ढंग से समायोजन और सदुपयोग कर सकेंगे। यदि प्रत्येक व्यक्ति प्रातः काल में एक घंटा स्वयं के स्वास्थ्य, एक घंटा घर की सफाई और एक घंटा समाज और राष्ट्रहित में 'सामूहिक श्रमदान' को दे, तो पूरा देश स्वच्छ, स्वस्थ एवं समृद्ध हो सकता है। इसके लिए वास्तव में 'आत्मचेतना' और 'स्वप्रेरणा' की आवश्यकता है। यदि भारत को स्वच्छ और स्वस्थ तथा समृद्ध और समर्थ बनाना है, तो केवल सरकारी अभियान और सरकारी तंत्र वांछित परिणाम पैदा नहीं कर सकते। नागरिक चेतना ही समग्र और स्थायी परिणाम देश को देने में सक्षम है।

आज लोकतंत्र की मूल भावना भी भटक गई है। संकीर्ण अर्थों में आज देश की लोकतांत्रिक व्यवस्था का अर्थ मात्र चुनाव लड़ने और येन-केन-प्रकारेण चुनाव जीतने तक सीमित होकर रह गया है। अधिकांश राजनैतिक दलों में शर्मनाक ढंग से परिवारवादी राजनीति विकराल रूप धारण किए हुए है। चाटुकारिता और गुटबाजी के हाहाकार में योग्य और सामर्थ्यवान व्यक्तियों और राष्ट्रीय चेतना से युक्त नागरिकों का तिरस्कार किया जा रहा है। निहित स्वार्थों के कारण पदलोलुपता अपने शिखर पर पहुंच गई है। 'आदर्श वक्तव्य' मात्र टेलीविजन बहसों के लिए आरक्षित कर दिए गए हैं और इन 'आदर्शों' को निजी व्यवहार और व्यक्तिगत आचरण में कहीं कोई स्थान प्राप्त नहीं हो पा रहा है।

'कथनी' और 'करनी' में भयंकर अंतर्विरोधों से आज भारतीय राजनीति जूझ रही है। देश में समस्त 125 करोड़ नागरिक किसी एक बिन्दु पर पूर्णतः एकमत नहीं हो सकते, यह बात स्वाभाविक है। इसे मानव व्यवहार के स्तर पर समझा जा सकता है, परंतु राष्ट्र को 'प्रधान' मानने के भाव पर एकमत न होने का कोई प्रश्न ही नहीं उठता। देश के समस्त नागरिकों के लिए 'राष्ट्र' ही सर्वोपरि होना चाहिए। इस संदर्भ में किसी भी प्रकार का कोई समझौता हो ही नहीं सकता।

'राष्ट्रधर्म' ही सर्वोच्च धर्म –

'राष्ट्रधर्म' ही वास्तव में समस्त प्रकार के प्रचलित एवं विद्यमान धर्मों से कहीं अधिक ऊंचा और श्रेष्ठ है। मात्र आर्थिक लाभ के लिए हम राष्ट्र को कमजोर नहीं कर सकते। इस हेतु हमें अपने प्रत्येक आचरण पर कठोरतापूर्वक दृष्टि डालनी होगी। वास्तव में 'राष्ट्र निर्माण' कुछ दिन, कुछ माह या कुछ वर्षों में न होगा, वरन यह एक सतत, चिरंतन एवं निरंतर जारी रहने वाली प्रक्रिया है। जिस प्रकार एक दिन पौष्टिक भोजन करने या व्यायामशाला चले जाने मात्र से सुगठित देह व मांसपेशियां निर्मित न होंगी, उसके लिए निरंतर कई वर्षों तक अनुशासित जीवनशैली को अपनाना होगा। निरंतर योग-व्यायाम करना होगा तथा पौष्टिक भोजन लेते हुए स्वस्थ जीवन जीना होगा और यदि यह क्रम टूटा, तो समस्त विशेषताएं तथा उपलब्धियां शीघ्र ही समाप्त हो जाएंगी। अस्तु हमें 'राष्ट्र निर्माण' को अपने दैनिक जीवन, दिनचर्या, चिंतन, कर्म, विचार और आचरण में स्थायी रूप से उतार लेना होगा। इसे निरंतरता तथा अखण्ड भाव से चिरंतन बनाना होगा। आज हम कायरता और स्वार्थ के वशीभूत होकर सर्कस के शेर बनकर रह गये हैं। इस प्रकार हम आत्मगौरव और विजयभाव से विरत हो गये हैं।

भारतीय संस्कृति और चिंतन में मानव और ईश्वर के 'एकाकार' होने की धारणा व्यक्त की गई है। इसके लिए मानव का मानव से एकाकार होना अनिवार्य है। इसके बिना राष्ट्र एकसूत्र में पिरोया न जा सकेगा। अज्ञानता, अवैज्ञानिकता, अदूरदर्शिता और निहित स्वार्थों की क्षुद्र सीमाओं में बंधे नागरिकों को राष्ट्रधर्म का निर्वहन करते हुए अब अनिवार्य रूप से एकीकृत हो जाना चाहिए। इतिहास में हमने अनेकों बार निजी अहंकार और स्वार्थ के लिए 'राष्ट्रहित' की बलि दी है। आज समय आ गया है कि 'राष्ट्रहित' के लिए निजी अहंकार और स्वार्थों की बलि चढ़ा दी जाए।

एक राष्ट्र के रूप में हमें और अधिक सजगता, एकजुटता और आत्मविश्वास प्रदर्शित करने की आवश्यकता है। आज यूरोप और अमेरिका जैसे सशक्त और समृद्ध देश इसीलिए शक्तिशाली बन सके हैं, क्योंकि उन्होंने अंधविश्वासों से मुक्ति पाकर 'योग्यता' (मैरिट), 'समानता' (इक्वेलिटी) और 'राष्ट्रीयता' पर आधारित एक कुशल शासन व्यवस्था स्वयं के लिए निर्धारित की है। यदि भारत को पश्चिम से कोई प्रेरणा लेनी ही है, तो उसे 'योग्यता' (मैरिट), 'समानता' (इक्वेलिटी) और 'राष्ट्रीयता' पर आधारित ऐसी ही सामाजिक व्यवस्था के निर्माण का संकल्प लेना चाहिए। देश में प्रत्येक क्षेत्र में 'कुशलता' आधारित एक मानवीय और वैज्ञानिक व्यवस्था का निर्माण किए जाने की आवश्यकता है। यह कार्य जितना शीघ्र हो सके, उतना ही 'राष्ट्रहित' में होगा।

'अभारतीयता' से मुक्ति –

स्वतंत्रता के पश्चात भारत में अनेक ऐसे प्रयास नहीं किए गए, जो किसी भी

नवस्वतंत्र राष्ट्र के लिए बेहद आवश्यक होते हैं। परतंत्रता की बेड़ियों से मुक्त हुए एक राष्ट्र के लिए अपने करोड़ों नागरिकों के आत्मविश्वास को बढ़ाना बहुत आवश्यक होता है। भारतीय नागरिकों में राष्ट्र के प्रति दायित्वबोध और गरिमा का भाव स्थायी रूप से विकसित किया जा सके, ऐसे प्रयास गंभीरतापूर्वक स्वतंत्रता के तत्काल पश्चात नहीं किए गए। नवस्वतंत्र राष्ट्र होने के बाद भी देश के मानस को अव्यवस्थित एवं ढुलमुल तरीके से छोड़ दिया गया। स्वतंत्रता के पश्चात जन्म लेने वाली नई पीढ़ी को राष्ट्रवादी मूल्यों की शिक्षा नहीं दी गई।

वास्तव में भारत के प्रथम प्रधानमंत्री जवाहर लाल नेहरू को भारतीय संस्कृति और दर्शन की विशिष्ट जानकारी नहीं थी और वे राष्ट्र को गौरवबोध की अनुभूति प्रदान कर सकने वाले तत्वों से अनभिज्ञ थे। उनकी इस अनभिज्ञता ने भारत को 'अभारतीय' बना डाला। उनके बाद भी देश में सत्तासीन रही सरकारों ने इस भाव को निरंतर पुष्ट ही किया है कि भारत एक ऐसा ढुलमुल और आत्मविश्वासविहीन राष्ट्र है, जो फैसले लेने में विदेशी शक्तियों की ओर निहारता है और 'राष्ट्रहित' में दृढ़ फैसले लेने में भी सक्षम नहीं है। देश को इस रुग्ण एवं बीमार मनोवृत्ति से बाहर निकाले बिना एक सक्षम, समर्थ और सशक्त भारत का निर्माण संभव नहीं हो सकेगा।

विश्व में यह केवल भारत में ही संभव हो सकता है कि देश के विभिन्न हिस्सों में राष्ट्रीय ध्वज, राष्ट्रीय गान, वंदेमातरम और राष्ट्रीय प्रतीकों का अपमान होता रहे। ऐसी स्थिति क्यों बनी और ऐसे राष्ट्र विरोधी तत्वों के विरुद्ध क्यों कठोर कार्रवाई नहीं की जा सकी? यह गंभीर चिंतन एवं चिंता का विषय है। देश के कतिपय प्रांतों यथा कश्मीर, हैदराबाद और पश्चिम बंगाल में 'इस्लामिक स्टेट' और पाकिस्तान के झंडे फहराना और विभिन्न अवसरों पर खेलों के आयोजन के दौरान 'पाकिस्तान जिन्दाबाद' के नारे लगाना एक गंभीर प्रकृति का राष्ट्रद्रोह है, जिसे कदापि सहन नहीं किया जा सकता।

यह आवश्यक है कि राष्ट्रविरोधी तत्वों को उचित और कठोर सबक सिखाया जाए। यह नहीं चल सकता कि कोई व्यक्ति भारत के अन्न-जल का सेवन करे, भारत में रहकर जीविकोपार्जन करे और पूर्ण स्वतंत्रता का आनंद ले, लेकिन उसकी चेतना और मानस राष्ट्रविरोधी हो और उसके कार्य गोपनीय रूप से या खुले रूप से राष्ट्र विरोधी एजेंडे का पोषण करते हों। देश के करोड़ों राष्ट्रभक्त भारतवासी इस प्रकार के अभियान को न तो सहन करेंगे और न ही करना चाहिए। देश और प्रदेशों के राजनैतिक नेतृत्वों को भी इसी राष्ट्रीय भावना के अनुकूल दृढ़तापूर्वक कार्य करना चाहिए और प्रशासन को राष्ट्र विरोधी तत्वों के खिलाफ कठोरतम कार्रवाई करने की स्वतंत्रता और प्रोत्साहन दिया जाना चाहिए।

किसी भी देश के मानस और आचरण पर उसकी ऐतिहासिक और सांस्कृतिक विरासत का गहन प्रभाव पड़ता है। भारत जैसे देश, जो हजारों वर्ष लगातार विदेशी

शक्तियों के गुलाम रहे हों, पर इस विरासत का गहरा प्रभाव परिलक्षित होता है। गुलामी की इस दीर्घकालिक अवधि ने हमारी भाषा, विचार, व्यवहार, आत्मसम्मान, राजनीति और प्रशासन तथा रचनात्मकता को गंभीर रूप से छिन्न-भिन्न कर दिया है। इसने हमारी 'स्मृति' को भी तार-तार कर दिया है। हम यह भी भूल गये हैं कि कभी हम 'सभ्यता' व 'संस्कृति' के लगभग हर क्षेत्र में शिखर पर थे और इस विश्व को 'दर्शन' और 'विज्ञान' बांट रहे थे।

वास्तव में अपनी खोई हुई चेतना और सांस्कृतिक विरासत को पुनः हासिल करना एक राष्ट्र के रूप में आज भारत का प्रधान लक्ष्य होना चाहिए। दीर्घकालिक गुलामी का परिणाम यह हुआ है कि भारतीय मध्यवर्ग तथा उच्च मध्यवर्ग में खुद को 'पाश्चात्य संस्कृति' में ढालने की होड़ मची हुई है। भारत का शिक्षित उच्च वर्ग स्वयं को भारतीय चेतना और चिंतन से जोड़कर नहीं देखता, उसकी पूरी सोच, शिक्षा, पुस्तकें, रूचियां और संपर्क पूर्णतः विदेशी भाषा और विदेशी सोच में ढल गई हैं। इस अर्थ में यह चिंतन का विषय है कि क्या हम वास्तव में वैचारिक और सांस्कृतिक रूप से भी 'स्वतंत्रता' प्राप्त कर पाए हैं?

पहचान का संकट –

'स्वतंत्रता' का आशय मात्र राजनीतिक स्वतंत्रता नहीं हो सकता। यह इससे कहीं अधिक व्यापक होती है। वास्तव में 'स्वतंत्रता' का मतलब केवल अपना ध्वज, संसद, संविधान ही नहीं होता, वरन अपनी खोई हुई 'सांस्कृतिक चेतना' और 'राष्ट्रीय गौरव' के प्रति बोध को पुनः प्राप्त करना भी होता है। मात्र दूसरों का अनुकरण करते चले जाना और सांस्कृतिक रूप से दूसरों द्वारा थोपी गई चीज को श्रेष्ठ मानने की हीन भावना हमें कभी भी वास्तविक 'स्वतंत्रता' एवं 'स्वपहचान' का आनंद प्रदान नहीं कर सकती।

राजनैतिक स्वतंत्रता प्राप्त करने के उपरांत हमारा लक्ष्य सांस्कृतिक एवं बौद्धिक दासता से मुक्ति भी होना चाहिए था, लेकिन स्वतंत्रता प्राप्ति के छह दशकों बाद भी इस दिशा में अपेक्षित प्रयास नहीं किये गये हैं। स्वतंत्रता के उपरांत अंग्रेजों के 'मानस' पुत्रों ने 'विकल्पहीनता' तथा 'अज्ञानता' की स्थिति में देश की सत्ता पर कब्जा कर लिया और उन्होंने स्वयं को बलपूर्वक देश की अशिक्षित और निर्धन जनता के लिए आदर्श के रूप में प्रस्तुत कर लिया। वास्तव में यह 'मिथ्याचार' और 'बेईमानी' ही थी, जिसने एक राष्ट्र के रूप में हमें प्रारंभ से ही मानसिक रूप से विकलांग और दीन-हीन बनाए रखा।

15 अगस्त, 1947 की उस ऐतिहासिक रात्रि में देश के प्रथम प्रधानमंत्री के रूप में जवाहरलाल नेहरू ने देश की 30 करोड़ निर्धन और निरक्षर जनता को जब अंग्रेजी में पहला भाषण पिलाया, तो आत्ममुग्ध और भक्तिभाव में झूम रहे देश के आमजन यह भी न समझ सके कि देश के आजाद होने पर वास्तव में बदला क्या? न भाषा, न सोच,

न विचार और न ही तौर-तरीके। हां, इतना अवश्य बदला कि अंग्रेजों के स्थान पर देश की सत्ता शक्ल से भारतीय दिखने वालों के हाथ में आ गई, यद्यपि वे सोच में उतने ही विदेशी और पाश्चात्य थे, जितने कि उनके पूर्ववर्ती अंग्रेज। यह देश के इतिहास में एक 'कलंक' है कि हम जिस ब्रिटिश शासन को करोड़ों भारतीयों के बलिदान होने के बाद देश से उखाड़ पाए, उस औपनिवेशिक शासन को देश से भगाने के बाद भारत का ही प्रधानमंत्री अपने पहले संबोधन में उसी दीर्घकालिक गुलामी की भाषा का प्रयोग कर रहा था। इससे अधिक लज्जा का विषय स्वतंत्र भारत के लिए कुछ और नहीं हो सकता था। इस संबोधन ने देश के करोड़ों राष्ट्रभक्त नागरिकों के लिए नव प्राप्त स्वतंत्रता का पूरा स्वाद ही कसैला कर दिया था।

इससे पूर्व 1946 में जब डॉ. राजेन्द्र प्रसाद संविधान सभा के अध्यक्ष बने, तो उनका स्वागत करने के लिए एक के बाद एक वक्ताओं ने अंग्रेजी भाषा में ही संबोधन दिए। वास्तव में यह मैकॉले की 'वैचारिक विजय' थी। 1947 से पहले नेहरू ने जिस औपनिवेशिक प्रशासन तंत्र या नौकरशाही की जमकर आलोचना की थी, उसे नेहरू ने आजादी मिलने के बाद बेधड़क न केवल जारी रखा, वरन उसे और अधिक शक्तिशाली बना दिया। आज भी देश में ब्रिटिश औपनिवेशिक विरासत की कई धरोहरें उसी रूप में कार्य कर रहीं हैं। कलकत्ता के 'बंगाल क्लब' में जहां अपने भारतीय प्रवास के दौरान मैकॉले रहता था, वहां भारतीयों को प्रवेश की अनुमति 1959 में जाकर मिली। इस क्लब में 1966 तक अंग्रेज ही अध्यक्ष बनते रहे। आजादी के बाद भी देश में कई वर्षों तक अंग्रेजों द्वारा स्थापित कई क्लबों में गेट के बाहर यह नोटिस लटके रहे, जिनमें 'डॉग्स एण्ड इंडियंस आर नॉट अलाउड' लिखा था।

1947 के बाद कई दशक तक जॉर्ज पंचम की प्रतिमा दिल्ली के इंडिया गेट की छतरी के नीचे मौजूद रही। इसे हटाने के बाद हमने उस स्थान पर कोई अन्य प्रतिमा नहीं लगाई, मानो हमारी दृष्टि में जॉर्ज पंचम से श्रेष्ठ मनीषी या बौद्धिक प्रतिभा कोई थी ही नहीं। ऐसा करके हमने अपनी बौद्धिक दासता और मानसिक दिवालियेपन को ही प्रदर्शित किया है। दिल्ली के महत्वपूर्ण इलाकों में आज भी 80 प्रतिशत सड़कों, भवनों, इमारतों और सार्वजनिक स्थलों के नाम अंग्रेजों के ही नाम पर चले आ रहे हैं। इससे सिद्ध होता है कि हम अब तक ब्रिटिश उपनिवेशवाद की मानसिक जंजीरों को तोड़ नहीं सके हैं।

आज भी इस देश में नीति नियंताओं के कार्यालय, वही दौड़ती एम्बेसडर कारें, सर्वोच्च एवं उच्च न्यायपालिकाओं का कार्य करने का वही ढर्रा, फाइलों पर वही अंग्रेजी भाषा और जनता से दूर रहते हुए, स्वयं को विशिष्ट दिखाने का वही अहंकार भाव सर्वत्र व्याप्त है'। देश के 80 करोड़ निर्धन नागरिकों का मजाक उड़ाते उसी प्रकार के विशालकाय बंगले सहज ही हमारी सरकारों और प्रभुवर्ग की 'बौद्धिक दासता' की अंतहीन दास्तान सुनाते रहते हैं। इस प्रकार के निकृष्ट भाव ने एक राष्ट्र के रूप में हमारी 'सांस्कृतिक

चेतना' का वध कर दिया है। आजादी के बाद वर्षों तक इस देश की चुनी हुई सरकारें 'नेत्रहीन' बनकर 'राष्ट्रीय-सांस्कृतिक चेतना' का यह 'वध' होते निरंतर देखती रही हैं।

भारतीय प्रतीकों का अपमान –

आजादी के बाद देश में तथाकथित सभ्रांत उच्च वर्ग ने कई ऐसे लेखक, साहित्यकार, पत्रकार, प्रशासक और राजनेता देश को दिए हैं, जिन्होंने खुलेआम अपना पूरा जीवन 'अंग्रेजियत' और 'पाश्चात्य संस्कृति' का ढोल पीटने में और भारतीयों की निंदा करने में खर्च कर दिया। यह और बात है कि इसके बाद भी उन्हें 'ढोंगी' ही माना गया और पश्चिमी देशों ने ऐसे 'राष्ट्रद्रोहियों' को न तो कभी सम्मान दिया और न ही कभी उन्हें स्वीकार ही किया।

स्वतंत्र भारत के छह दशक बीतने के बाद आज भी देश में न तो हिंदी भाषा सम्मानजनक और यथेष्ट स्थान ही प्राप्त कर सकी है और न ही देश में आज भी ऐसे लोगों की कमी है, जो स्वयं को इस देश के राष्ट्रध्वज और राष्ट्रगान से जुड़ा हुआ महसूस नहीं करते। आज भी देश में मैकॉले के मानस पुत्रों को 'वंदेमातरम' तथा 'भारत माता की जय' बोलने में भयंकर कठिनाई महसूस होती है। वास्तव में औपनिवेशिक शासन की यह बहुत बड़ी उपलब्धि ही कही जाएगी कि उन्होंने हमारी भाषा, हमारा चिंतन, हमारा रहन-सहन और राष्ट्र के प्रति हमारा गौरव बोध तक हमसे छीन डाला। जिस महान विरासत पर हमें गर्व होना चाहिए था, आज हम उस पर शर्म का अनुभव करने लगे हैं।

वास्तव में अगर आज मैकॉले जीवित होता, तो वह भी भारतीयों की इस मानसिक दासता और उनमें गहराई तक पैठ कर गई हीन भावना पर अवश्य ही आश्चर्य करता। आश्चर्य इसलिए, क्योंकि निश्चय ही उसने भी कभी यह कल्पना नहीं की होगी कि उसकी अंग्रेजी शिक्षा का भारत में कई दशकों बाद भी इतना दूरगामी असर न केवल बना रहेगा, वरन निरंतर इस सीमा तक बढ़ता जाएगा कि औसत भारतीय अपनी मातृभाषा, अपने रहन-सहन और सांस्कृतिक विरासत तक से घृणा करने लगेगा।

भारत को यह समझना चाहिए कि मैकॉले ने भारत को जो शिक्षा व्यवस्था दी, वह औपनिवेशिक शासन की वैचारिक और प्रशासनिक बढ़त तथा शक्ति निरंतर बनाए रखने की योजना का प्रमुख हिस्सा थी। भारतीय क्या यह भी भूल गए हैं कि अंग्रेजी शिक्षा और मैकॉले की शैक्षणिक योजना से 2000 वर्ष पूर्व से भी अधिक समय से भारतीय शिक्षा और भारतीय शैक्षणिक संस्थान संपूर्ण विश्व में ज्ञान के प्रसार और शोध एवं अनुसंधान का एकमात्र केंद्र थे। आज हम यह भूल गए हैं कि विश्वविख्यात 'नालंदा विश्वविद्यालय' की स्थापना 427 ईसवी में हुई थी और यह विश्वविद्यालय उस समय विश्व का सबसे विशाल और सर्वश्रेष्ठ विश्वविद्यालय था। 'नालंदा विश्वविद्यालय' में एक साथ सैकड़ों शिक्षक और 10 हजार से अधिक छात्र अध्ययन-अध्यापन तथा शोध

के कार्य में निरंतर संलग्न रहते थे।

जिस समय भारत में दर्शन, भाषा, शोध, अनुसंधान, विज्ञान इत्यादि की शिक्षा एवं पठन-पाठन हो रहा था, उस समय विश्व के अधिकांश क्षेत्रों में प्राथमिक शिक्षा तक उपलब्ध नहीं हो पाई थी। कालांतर में 'नालंदा विश्वविद्यालय' को 1197 ईस्वी में विदेशी आक्रमणकारी बख्तियार खिलजी ने जलाकर पूरी तरह नष्ट कर दिया था। इस विश्वविद्यालय में इतनी अधिक पुस्तकें तथा पाठ्य सामग्री थी कि उसे जलने में कई माह लग गए। अपनी महान ऐतिहासिक विरासत को भूलकर आज भारतीय संगीत, कला, शोध, विज्ञान, तकनीक, खेलकूद, लेखन, सिनेमा और रंगमंच तक के क्षेत्र में अपनी मौलिकता को खोकर मात्र 'नकलची' बनकर रह गये हैं।

यह भी विचार का विषय है कि भारत में वास्तविक राष्ट्रीय नायकों और राष्ट्रीय महत्व की तिथियों तथा घटनाओं के प्रति व्यापक स्तर पर अज्ञानता और उनके प्रति गौरव के भाव का अभाव क्यों है? राजनैतिक सत्ता के मद में इस देश के असंख्य सार्वजनिक स्थलों तथा संस्थानों इत्यादि के नामकरण व्यक्ति विशेष के नाम पर किए जाते रहे हैं। दिल्ली के कनॉट प्लेस के बाहरी और भीतरी सर्किल का नामकरण इन्दिरा और राजीव गांधी के नाम पर किए जाने के बाद खुशवंत सिंह ने अपने स्तम्भ में व्यंग्य किया था कि "बेहतर होता कि कनॉट प्लेस का नाम 'मां-बेटा चौक' कर दिया जाता।" स्वतंत्र भारत में सत्ता के निरंतर बने रहे प्रभाव के कारण भारत में गांधी, नेहरू परिवार के नेताओं को जितना अधिक महत्व मिला है, उतना अनेकानेक अन्य वास्तविक राष्ट्रभक्तों, क्रांतिकारियों तथा स्वतंत्रता सेनानियों को नहीं मिला है।

नेहरू के बाद इन्दिरा गांधी लंबे समय तक प्रधानमंत्री रहीं। उनके बाद राजीव गांधी और परोक्ष रूप से सोनिया गांधी का केंद्रीय राजनैतिक सत्ता पर अधिकार सिद्ध रहा। गैर कांग्रेसी सरकारों में जनता पार्टी शासन के दौरान तीन साल तक मोरारजी देसाई सरकार और पार्टी की अंतर्कलह से ही निरंतर जूझते रहे। कालांतर में विश्वनाथ प्रताप सिंह, चन्द्रशेखर, देवेगौड़ा और गुजराल के प्रधानमंत्रित्वकाल में भी केंद्र सरकार को किसी तरह बस चलाया भर ही जा सका था।

अटल बिहारी वाजपेयी के तीसरे कार्यकाल में इतिहास के पुनर्लेखन की चर्चा देश में पहली बार प्रारंभ हुई। इस तरह पहली बार देश में गांधी, नेहरू परिवार से आगे निकलकर अन्य राष्ट्रवादी विभूतियों की ओर प्रेरणा प्राप्त करने की दृष्टि से देखना शुरू किया गया। उनके राष्ट्र निर्माण कार्यों और अनवरत संघर्षों को पहली बार भारतीय जनता के सामने लाने का प्रयास शुरू किया गया। यद्यपि 50 साल में कायम हुए व्यापक संस्थागत, वैचारिक एवं मनोवैज्ञानिक असंतुलन को मात्र पांच वर्ष की अल्पवधि में समायोजित एवं संतुलित कर पाना संभव नहीं था। यह भी एक तथ्य है कि वाजपेई सरकार सहयोगियों पर निर्भर थी।

स्वतंत्र भारत में राजनैतिक सत्ता के गलियारों में एक और दुष्प्रवृत्ति निरंतर सामने आती रही है। यह दुष्प्रवृत्ति रही है-सरकारी संपत्तियों एवं भवनों का व्यापक स्तर पर दुरुपयोग एवं उनका मिथ्या नामकरण। आखिर भारत में कब तक सरकारी बंगलों और संस्थानों को राजनैतिक दबाव में आकर राजनैतिक व्यक्तियों के नाम पर स्मारकों एवं शोध संस्थानों में परिवर्तित किया जाता रहेगा?

आज देश में अनेकानेक सरकारी बंगलों पर भिन्न-भिन्न किस्म की संस्थाओं, गैर सरकारी संगठनों आदि ने मिथ्याचारी ढंग से कब्जा कर लिया है। यदि भारत की सीमाओं की रक्षा के लिए शहीद हो जाने वाले हजारों सैनिकों के स्मरण के लिए यदि मात्र एक ही 'स्मारक' पर्याप्त हो सकता है, तो फिर देश के अनेक राजनैतिक व्यक्तियों के नाम पर अलग-अलग 'स्मारक' आखिर क्यों होने चाहिए? इस संदर्भ में देश में एक सुस्पष्ट राष्ट्रीय नीति की आवश्यकता है।

मात्र राजनैतिक कारणों के चलते 'सामंती' ढंग से देश की राष्ट्रीय संपदाओं का भयंकर दुरुपयोग अब और अधिक समय तक होने नहीं दिया जा सकता। आखिर नेहरू, इन्दिरा, लाल बहादुर शास्त्री, जगजीवन राम, कांशीराम, चरण सिंह आदि की स्मृतियां किसी एक स्मारक में ही क्यों नहीं सहेजी जा सकतीं? नेहरू और इन्दिरा के साथ-साथ राजीव गांधी और संजय गांधी की स्मृतियों के लिए भी बंगले आवंटित हो चुके हैं। आखिर राजीव गांधी फाउंडेशन और संजय गांधी मेमोरियल ट्रस्ट तीन मूर्ति भवन या इन्दिरा गांधी स्मारक से क्यों नहीं संचालित हो सकते? मृत राजनैतिक व्यक्तियों के नाम पर विगत कई दशकों से अनवरत चली आ रही यह सरकारी लूट अब अनिवार्य रूप से बंद की जानी चाहिए।

वरिष्ठ लेखक और स्तंभकार राजीव सचान के अनुसार, "यदि बड़े नेताओं की स्मृतियां सरकारी बंगलों में इसी तरह सहेजी जाती रहीं, तो एक दिन ऐसा आएगा जब दिल्ली के लुटियन जोन में मृत आत्माओं का ही वास होगा।" देश के वरिष्ठ राजनैतिक नेताओं के परिजनों को उनकी स्मृतियां सहेजने के लिए दिल्ली स्थित 'लुटियन जोन' का इलाका ही प्रायः सबसे ज्यादा 'उपयुक्त' प्रतीत होता है। उल्लेखनीय है कि यह क्षेत्र संभवतः विश्व का सर्वाधिक महंगा क्षेत्र है। इक्कीसवी शताब्दी में देश के जनमानस के ज्ञान का स्तर अब इतना तो हो ही गया है कि वह यह समझ सके कि मृत राजनैतिक व्यक्तियों के नाम पर आधारित इन स्मारकों और शोध संस्थानों में क्या 'शोध' हो रहा है और उन कथित 'स्मृतियों' और 'मूल्यों' से देश को क्या लाभ प्राप्त हो रहा है? बेहतर तो यह होता कि मृत राजनैतिक व्यक्तियों के स्मारक स्थलों का निर्माण उनके परिजन और अनुयायी अपने निजी धन एवं योगदान से करते।

□□

14. ऐतिहासिक गलतियों का प्रायश्चित

भारत में अब यह आशा की जा रही है कि संभवतः देश में योजनाबद्ध प्रयास करके अनेकानेक अन्य वास्तविक राष्ट्रभक्तों, क्रांतिकारियों तथा स्वतंत्रता सेनानियों के योगदान एवं संघर्ष को उचित सम्मान व प्रतिनिधित्व प्रदान किया जाएगा। उचित ही केंद्र सरकार ने सरदार पटेल के कार्यों, विचारों और संघर्षों के विषय में भारतीय जनता को जागरूक करने का कार्य प्रारंभ किया है। नर्मदा नदी पर सरदार पटेल की 182 मीटर ऊंची प्रतिमा के लिए गुजरात सरकार ने बजट का प्रावधान कर दिया है। उनके जन्मदिवस पर अखिल भारतीय 'रन फॉर यूनिटी' जैसे कार्यक्रमों के आयोजन के माध्यम से देश में एकता का संदेश दिया गया है।

कई दशकों तक भारत में कांग्रेस के लंबे शासनकाल के दौरान नेहरू-गांधी परिवार से बाहर के नेता हाशिये पर धकले दिए गए थे। सरदार बल्लभभाई पटेल और डॉ.भीमराव अंबेडकर को कई दशकों बाद 'भारत रत्न' से सम्मानित किया गया। पटेल, अंबेडकर, स्वामी विवेकानंद, मदन मोहन मालवीय, डॉ.राजेंद्र प्रसाद, डॉ.श्यामा प्रसाद मुखर्जी, दीनदयाल उपाध्याय तथा डॉ.हेडगेवार जैसे राष्ट्रवादी चिंतकों के साहित्य और लेखन को भी स्वतंत्र भारत में प्रोत्साहित नहीं किया गया। इन चिंतकों के विचार भी भारतीय जनता तक पहुंचने नहीं दिए गए। जिन राष्ट्रीय विचारों से एक राष्ट्र के रूप में भारत और भारतीय जनता को बहुत अधिक लाभ प्राप्त हो सकता था, उससे उन्हें वंचित कर दिया गया।

कांग्रेस की विचारधारा से इतर राष्ट्रवाद की अवधारणा पर मजबूती से काम करने वाले डॉ. श्यामा प्रसाद मुखर्जी से लेकर दीनदयाल उपाध्याय और नानाजी देशमुख के कामों पर सरकार ने जान-बूझकर कभी कोई ध्यान ही नहीं दिया। भारतीय संविधान सभा के अध्यक्ष और भारतीय गणतंत्र के पहले राष्ट्रपति डॉ. राजेंद्र प्रसाद को भी स्वतंत्र भारत में उचित स्थान और सम्मान प्रदान नहीं किया गया। उनके विचारों और साहित्य से देश की जनता को वंचित रखा गया। इसी प्रकार अनेक राष्ट्रवादी क्रांतिकारी और स्वतंत्रता सेनानी स्वतंत्र भारत में अपेक्षित महत्व और सम्मान प्राप्त नहीं कर सके।

वर्तमान भारत सरकार ने भारतीय इतिहास की इन अनेक गलतियों से सबक लेते

हुए इन्हें ठीक करने के संकेत देने शुरू किए हैं। श्यामा प्रसाद मुखर्जी और दीनदयाल उपाध्याय के नाम से कई राष्ट्रीय योजनाओं की शुरुआत की गई है। भारत सरकार को 'भारतीय इतिहास और अनुसंधान परिषद' तथा अन्य शोध एवं अनुसंधान संस्थानों के माध्यम से राष्ट्रीय महत्व के अब तक उपेक्षित पड़े रहे अनेकानेक विषयों पर नए सिरे से विमर्श को आगे बढ़ाने के लिए प्रयत्नशील करना चाहिए।

विभिन्न उत्तरी एवं दक्षिणी राज्यों, पूर्वोत्तर में राष्ट्रीय चेतना मजबूत करने वाले स्थानीय ऐतिहासिक राष्ट्रीय नायकों को शैक्षिक पाठ्यक्रमों और विभिन्न सरकारी एवं अन्य नीतिगत योजनाओं में विशेष महत्व एवं स्थान प्रदान किए जाने की आवश्यकता है। ऐसा करके ही सवा सौ करोड़ भारतीय नागरिकों को राष्ट्र निर्माण कार्यों के प्रति उनके उत्तरदायित्व के प्रति उन्हें प्रेरित और प्रोत्साहित किया जा सकता है। राष्ट्रीय स्वयं सेवक संघ के सर संघचालक मोहन भागवत ने अपने विजयादशमी संबोधन में दक्षिण के महान शासक राजेन्द्र चोल को याद किया था। राजेन्द्र चोल और हेमू ने विदेशी आक्रांताओं के विरुद्ध अनेक युद्ध लड़े थे और विदेशी आक्रमणकारियों को परास्त किया था।

स्वतंत्र भारत के 21 वीं शताब्दी के शैक्षिक पाठ्यक्रमों में वास्तविक राष्ट्र नायकों, स्वतंत्रता सेनानियों व शहीदों, यथा-सरदार भगत सिंह, लाला लाजपत राय, बाल गंगाधर तिलक, अशफाक उल्लाह खान, महर्षि अरविन्दो, स्वामी विवेकानंद, सरकार पटेल, डॉ. अंबेडकर एवं डॉ. राम मनोहर लोहिया आदि के कार्यों को भारतीय जनमानस तक पहुंचाया जाना चाहिए।

स्वतंत्रता प्राप्ति के पश्चात भारत में वोट बैंक की दूषित राजनीति के प्रभाव में 'सत्य' को नकारने का सिलसिला शुरू हुआ। इसके दुष्प्रभाव के चलते स्वतंत्रता प्राप्ति के पश्चात भारत में 'राष्ट्रवाद' को नकार दिया गया। देश में आयातित औपनिवेशिक, अंग्रेजी व पाश्चात्य विचारधारा का अदूरदर्शितापूर्वक प्रचार-प्रसार करने वालों और स्वतंत्रा प्राप्ति के पश्चात भी मानसिक दासता के विकारों से ग्रस्त भारतीय राजनैतिक नेतृत्व ने अनेक दशकों तक भारत में वास्तविक राष्ट्रवादी विमर्श तथा देश की मौलिक बौद्धिक सम्पदा को फलने-फूलने नहीं दिया। स्वतंत्रता प्राप्ति के पश्चात भारतीय राजनैतिक नेतृत्व को कम से कम महात्मा गांधी के विचारों पर तो अमल करना ही चाहिए था।

गांधीजी ने छह अक्टूबर 1946 को 'हरिजन' में एक लेख लिखकर सचेत किया था कि ''यदि हम विदेशों के दान के बजाय अपनी धरती पर ही उत्पादन कर सकते हैं, तो उस पर ही अपना जीवन निर्वाह कर सकने की योग्यता, क्षमता और साहस देश के नागरिकों में विकसित किया जाना चाहिए, अन्यथा हम एक स्वतंत्र देश की तरह जीने के हकदार नहीं होंगे।'' वास्तव में यह विचार आयातित औपनिवेशिक, अंग्रेजी व पाश्चात्य विचारधारा के संदर्भ में भी लागू होते हैं। इन आयातित विचारों के कारण भारतीय राजनैतिक नेतृत्व तथा सत्ता प्रतिष्ठान मानसिक दासता से ग्रस्त होते गए हैं। इन

विचारों का व्यापक प्रभाव भारतीय जनमानस पर भी पड़ा है।

आयातित विचारों को उसी सीमा तक स्वीकार किया जाना चाहिए, जहां तक कि वे हमारे लिए उपयोगी एवं लाभदायक हो सकते हैं। राष्ट्रीय चिंतक, राष्ट्रनायक एवं राष्ट्रीय व्यक्तित्व किसी भी राजनैतिक दल या संगठन की निजी संपत्ति नहीं होते हैं। किसी दल विशेष का इन पर एकमात्र अधिकार स्वीकार नहीं किया जा सकता। भारतीय राष्ट्रवादी चिंतक और राष्ट्रीय नायक सम्पूर्ण राष्ट्र के लिए समान रूप से श्रद्धेय हैं।

राष्ट्रीय पुनर्जागरण का युग –

हम कौन थे, क्या हो गये और क्या होंगे अभी?
आओ मिलकर विचार करें, मिलकर ये समस्याएं सभी।।

मैथिलीशरण गुप्त की ये पंक्तियां राष्ट्रीय जीवन के लिए आज भी प्रासंगिक हैं। अखण्ड भारत की कल्पना उस युग में की गई थी, किन्तु समय के साथ देश में प्रांतीयता और अलगाववाद की भावनाएं विकसित होती गई हैं। समर्थ एवं सशक्त भारत के निर्माण के लिए इस प्रकार की संकीर्ण भावनाओं से देश के नागरिकों को मुक्त कराना आवश्यक है। इस दिशा में देश में एक बेहतर वातावरण तैयार करने के लिए विशेष प्रयास करने की आवश्यकता है। स्वतंत्रता संग्राम के युग के कई 'मंत्र' आज पुनः प्रासंगिक हो गए हैं। साम्राज्यवाद और उपनिवेशवाद नये रंग-रूप और आकार में पुनः देश को सम्मोहित करता जा रहा है। भारतीय संस्कृति और मूल्यों को दूषित करने वाले अनेकानेक तत्व आज प्रभावी होते जा रहे हैं। उपभोक्तावादी मूल्यों तथा पाश्चात्य संस्कृति के बढ़ते हुए सम्मोहन के कारण भारतीयता की जड़ें कमजोर पड़ती जा रही हैं।

आर्थिक उदारीकरण के विस्फोटक दौर में विश्व के कुछ बड़े देश विश्व के अन्य देशों के लिए सारे नियम-कायदे स्वयं ही तय कर रहे हैं। वास्तव में 'साम्राज्यवाद' का चेहरा व्यावहारिक स्तर पर निरंतर बदलता रहता है। अंतर्राष्ट्रीय अनुभव यह भी सिद्ध करते हैं कि मात्र प्रत्यक्ष औपनिवेशिक या सैन्य शासन की समाप्ति के साथ ही वस्तुतः यह समाप्त नहीं हो जाता, वरन भिन्न-भिन्न रूपों में शासन की यह विस्तारवादी 'प्रवृति' समाज में बनी ही रहती है। आधुनिक विश्व में सर्वत्र इस प्रकार की 'प्रवृति' के विस्तार का सहज ही आंकलन किया जा सकता है। आज भी अधिकांश विश्व में आर्थिक, सांस्कृतिक और मनोवैज्ञानिक साम्राज्यवाद की विस्तारवादी 'प्रवृति' बनी हुई है।

वास्तव में भूमंडलीकरण का युग इन साम्राज्यवादी ताकतों के लिए और अधिक लाभकारी सिद्ध हुआ है। पहले औपनिवेशिक शासन दूसरे राष्ट्रों को सैन्य शक्ति के बल पर गुलाम बनाते थे और फिर उनको बुरी तरह लूटते और प्रताड़ित करते थे। अब नवीन भूमंडलीकरण के इस आर्थिक युग में सैन्य शक्ति की आवश्यकता नहीं पड़ रही है। इससे समर्थ एवं विकसित राष्ट्रों का खर्चा ही बच रहा है। अब वे बिना कोई खर्च

किए ही अनेक देशों को यथावत लूट रहे हैं। बड़ी होशियारी से विकसित पश्चिमी देशों ने अपनी लूट की इस प्रवृत्ति को वैधानिक आवरण पहना दिया है। उदारीकरण की सर्वमान्य प्रक्रिया वास्तव में औपनिवेशिक राष्ट्रों की लूट की इस प्रवृत्ति को ही पुष्ट कर रही है। इस मनोवैज्ञानिक साम्राज्यवाद का ही परिणाम है कि 1997 में सौ करोड़ की विशाल जनसंख्या वाले देश का प्रधानमंत्री 'कॉमन वेल्थ सम्मेलन' में ब्रिटिश महारानी के आगे बिना सोचे-समझे सिर झुका देता है।

भारतीय मनीषा में 'राष्ट्र' का अर्थ अत्यंत व्यापक रहा है। भारतीय चिंतन के संदर्भ में 'व्यष्टि' ही 'समष्टि' का कारक माना गया है। जैसे भवन की मूल इकाई ईंट है, उसी प्रकार से समाज अथवा देश की मूल इकाई 'व्यक्ति' होती है। जिस समाज में बहुसंख्यक व्यक्ति जिस प्रकार के संस्कार एवं आचरण से सम्पन्न होंगे, वैसा ही उस देश का स्वभाव एवं आचरण बनेगा। इसके विपरीत यदि अधिसंख्य लोगों का मनोभाव एवं आचरण राष्ट्रविरोधी एवं समाज को अधोगति की ओर ले जाने वाला हो, तो निश्चय ही उस राष्ट्र और समाज का पतन हो जाता है। स्वतंत्रता के ठीक पश्चात जब महात्मा गांधी ने कहा था, "देश का राष्ट्रपति मलिन बस्ती में रहे, ऐसी मेरी इच्छा है" तो उसके मूल में यह भावना थी कि देश का प्रमुख एवं प्रथम नागरिक जब स्वयं सादगी, मितव्ययता, सदाचार एवं त्याग का जीवन अपनाएगा, तो निश्चय ही उसका सकारात्मक प्रभाव शेष समाज पर भी अवश्य ही पड़ेगा।

भारत आदिकाल से 'तेन त्यक्तेन भुजीथाः' अर्थात त्यागपूर्वक भोग करने का पक्षधर था। यही नहीं 'मा गृधः कस्यस्विद्धनम' कहकर ऋषियों ने धन किसी व्यक्ति अथवा किसी परिवार का न बताकर, धन प्रकृति का है, यह महान विचार समाज के समक्ष स्थापित किया था। यह तो शाश्वत सत्य ही है कि व्यक्ति कितना भी साधनसंपन्न, शक्तिशाली या सामर्थ्यवान क्यों न हो, जीवन की यात्रा समाप्त होते ही उसकी समस्त धन-सम्पदा तथा शक्ति इसी पृथ्वी पर रह जाती है।

भारतीय दर्शन रहा है - 'इद न मम इदं राष्ट्रीय।' वास्तव में सब कुछ समाज और देश का ही है, यह भाव हमारे अंदर होना चाहिए। 'सादा जीवन, उच्च विचार' के दर्शन को अपने आचरण में ढालने वाले देश में उपभोक्तावाद तथा लाभ और लोभ की चल रही आंधी हमारे लिए निश्चय ही चिंतन का बिंदु होना चाहिए। 'उत्पादों' ने आज हमारे सामाजिक जीवन में 'विचारों' पर बढ़त बना ली है। वास्तव में कई सौ वर्षों की दीर्घकालिक परतंत्रता के बाद औपनिवेशिक शासन के दौरान अंग्रेजों ने बेहद योजनाबद्ध ढंग से भारत को इसके मूल संस्कारों से ही विलग कर दिया था। भारतीय नागरिकों को मूल्यविहीन, जड़विहीन तथा संस्कारविहीन कर देने की अंग्रेजों की कुटिल नीति काफी हद तक सफल भी रही है।

'समर्थ भारत' का निर्माण–

राष्ट्र के प्रति चेतना का स्तर एक नागरिक के लिए उसके अनुशासित और राष्ट्र के प्रति दायित्वबोध से युक्त होने का प्रमाण होता है। भारतीय सामाजिक जीवन में प्रायः यह देखने में आता है कि हम नागरिकों के आचरण, व्यवहार को लेकर प्रचलित आदर्शों और सामाजिक मान्यताओं के आधार पर टिप्पणियां करते रहते हैं। निश्चित रूप से भारतीय समाज अत्यंत जागरूक और सक्रिय समाज है।

स्वतंत्रता प्राप्ति के बाद विगत छह दशकों में जिस प्रकार से भारतीय जनमानस में निरंतर आश्चर्यजनक राजनैतिक, प्रशासनिक एवं सामाजिक बदलाव लाते हुए लोकतांत्रिक मूल्यों को पुष्ट किया है, उससे भारतीय जनमानस की बुद्धिमत्ता सिद्ध होती है। व्यक्ति, क्षेत्र और समुदाय के स्तर पर भारतीय नागरिक अधिकांश अवसरों पर अपनी सक्रियता और संवेदनशीलता दिखाते ही रहे हैं। प्रत्येक दिन इस प्रकार की सक्रियता और संवेदनशीलता के अनेकानेक उदाहरण देश में देखने को मिल जाते हैं। यद्यपि अधिकांश नागरिकों की यह सक्रियता व्यापक सामाजिक हितों और राष्ट्र निर्माण के कार्यों में अपेक्षित उत्साह के साथ दिखाई नहीं पड़ती।

भारतीय समाज में परिवार और समुदाय के प्रति थोड़ा सा भी उपेक्षा भाव रखने वाले व्यक्तियों की प्रायः सार्वजनिक रूप से निंदा की जाती है, परंतु यह चेतना, निंदा का भाव और संवेदनशीलता राष्ट्र और समाज के प्रति उपेक्षा भाव रखने वाले नागरिकों के संदर्भ में यकायक लुप्त हो जाती है। अनुशासनबद्ध समाज के निर्माण के लिए निरंतर सक्रियतापूर्वक प्रयास करने की आवश्यकता है। जब तक हमारी लोकतांत्रिक व्यवस्था के आखिरी पायदान पर खड़ा नागरिक व्यथित और पीड़ित है, तब तक यह दावा नहीं किया जा सकता कि राष्ट्र और समाज का समग्र विकास हो गया है।

अस्तु, आज यह आवश्यक हो गया है कि प्रत्येक नागरिक राष्ट्र को ही सर्वोच्च महत्व प्रदान करे और राष्ट्रहित में बाधक सिद्ध होने वाले समस्त प्रकार के निजी स्वार्थों का परित्याग करे। यह भी आवश्यक है कि प्रत्येक व्यक्ति यह समझ ले कि उसके अन्य सभी दायित्व राष्ट्र के प्रति उसके दायित्व निर्वहन के बाद ही आते हैं। यह सुस्पष्ट है कि यदि भारत एक राष्ट्र के रूप में गरिमावान, सुरक्षित एवं अक्षुण्ण नहीं रहा, तो इसका कोई भी नागरिक अपने निजी हितों की रक्षा नहीं कर सकेगा।

देश में यद्यपि शनैः-शनैः एक सकारात्मक और रचनात्मक वातावरण का निर्माण हो रहा है, लेकिन भारत के आम नागरिकों को यह भी समझने की आवश्यकता है कि देश की तस्वीर वाकई तब बदलेगी, जब वह खुद भी राष्ट्रहित में अपने दायित्वों के निर्वहन के लिए आगे आएंगे। नागरिकों में राष्ट्रीय चेतना जागृत करने के उद्देश्य से प्रधानमंत्री बार-बार जन भागीदारी की बात कर रहे हैं। वह शिक्षा, स्वास्थ्य, सफाई आदि के मामले में बार-बार लोगों से कह रहे हैं कि वे अपनी जिम्मेदारी का परिचय दें

तथा एक सजग राष्ट्रभक्त के रूप में प्रतिक्षण राष्ट्र को सशक्त बनाने के लिए रचनात्मक प्रयास करते रहें।

अपने अधिकारों और सुविधाओं को लेकर आज जैसी सजगता और सक्रियता सामान्यतः नागरिकों में देखी जा रही है, यदि वैसी ही सजगता और सक्रियता राष्ट्रीय हितों के प्रति भी अधिकांश नागरिकों में उत्पन्न हो जाए, तो भारत को एक संपूर्ण रूप से विकसित वैश्विक महाशक्ति के रूप में कुछ ही वर्षों में स्थापित किया जा सकता है।

राष्ट्र निर्माण में सरकारों के साथ ही नागरिकों का भी अत्यंत महत्वपूर्ण दायित्व होता है। इसी नागरिक दायित्व बोध को जगाने का काम देश में समय-समय पर अनेक विभूतियां और राष्ट्रवादी संगठन करते ही रहे हैं। नागरिकों को सरकारी कामों की निगरानी करने के साथ ही यह भी देखना चाहिए कि वे किस प्रकार राष्ट्र निर्माण के कार्यों और आयोजनों में अपना रचनात्मक योगदान दे सकते हैं? देश में व्याप्त अनेकानेक सामाजिक समस्याओं के समाधान के लिए व्यापक जनभागीदारी अनिवार्य है।

स्पष्ट है कि जब बात 'भारत' की हो, भारत निर्माण की हो, भारत हित की हो, तो किसी प्रकार के अन्य हितों और चर्चाओं की आवश्यकता फिर शेष नहीं रह जाती। किसी भी प्रकार के निजी, आर्थिक, राजनैतिक तथा सामुदायिक हित भारत से बढ़कर नहीं हो सकते। आज आवश्यकता इस बात की है कि समस्त प्रकार के मतभेदों को दरकिनार कर देश के प्रत्येक नागरिक का सिर्फ और सिर्फ एक ही लक्ष्य होना चाहिए- एक 'समर्थ भारत' का निर्माण।

ऐतिहासिक एवं पारंपरिक रूप से भारत में कभी भी पदों और आर्थिक लोभ को अधिक महत्व समाज में प्रदान नहीं किया गया है। भारतीय समाज में सदैव उन्हें ही वंदनीय और आदर्श के रूप में स्वीकार किया गया है, जिन्होंने राष्ट्र, समाज और मानवता के व्यापक हितों के लिए निजी सुख-सुविधाओं और स्वार्थों का पूर्ण परित्याग कर दिया। ऐसी ही महान विभूतियों को देश में सदैव अनुकरणी माना गया है। भारत में सदैव ही अनेकानेक आध्यात्मिक विभूतियों और समाजसेवियों को इसीलिए शक्तिशाली राजनेताओं से भी अधिक महत्व, सम्मान और समर्थन प्राप्त होता रहा है। आज भी भारत में सामाजिक और राजनैतिक क्षेत्र में समाज और राष्ट्र के लिए संघर्ष करने वाले स्वच्छ छवि के योग्य व्यक्तियों को ही अधिक समर्थन और महत्व प्राप्त हो रहा है।

महात्मा गांधी भी 'सिविल सोसायटी' के महत्व को भलि-भांति समझते थे। उन्होंने समस्त शक्ति एवं समर्थन प्राप्त होने के बावजूद स्वतंत्रता प्राप्ति के उपरांत शीर्ष राजनैतिक पद पर बैठना स्वीकार नहीं किया। निश्चित रूप से उनका भरोसा 'लोकशक्ति' और व्यापक सामाजिक-राष्ट्रीय मूल्यों पर अधिक था। इसी प्रकार लोकनायक जयप्रकाश नारायण ने भी सत्ता परिवर्तन का मूल आधार और नेतृत्वकर्ता होने के बाद भी स्वयं को राजनैतिक पदों से विलग रखा।

देश के इतिहास में ऐसे अनेक अवसर और उदाहरण सामने आए हैं, जब अनेकानेक भारतीय विभूतियों ने संपूर्ण सामर्थ्य और समर्थन होने के बाद भी पदों और सत्ता के स्थान पर राष्ट्र और समाज के लिए निरंतर कार्य करते रहने को ही अधिक मान और प्राथमिकता दी। उल्लेखनीय है कि दादा धर्माधिकारी ने मुख्यमंत्री एवं केंद्रीय मंत्री बनने से इनकार कर दिया था। इसी प्रकार कृष्णदास जाजू ने केंद्र में वित्तमंत्री बनने के प्रस्ताव को नकार दिया था। उस समय वह 'भारतीय चरखा संघ' के अध्यक्ष थे। उन्होंने यह कहकर मना कर दिया कि "वित्त मंत्री का काम करने के लिए देश में बहुत से योग्य लोग मिल जाएंगे, परंतु चरखे का काम करने वाला संभवतः कोई नहीं मिलेगा।" इसी तरह गांधीवादी अर्थशास्त्री जेई सी कुमारप्पा ने सांसद या मंत्री बनने से इनकार कर दिया, क्योंकि उनकी नजर में एक मजबूत राष्ट्र बनाने में सामाजिक कार्यकर्ताओं की निर्णायक भूमिका होती है।

स्पष्ट है कि आदिकाल से ही भारत भूमि बुद्ध और चाणक्य से लेकर कबीर, चैतन्य, दयानंद सरस्वती, विवेकानंद, महात्मा गांधी जैसे अनेक कर्मयोगियों का कर्मक्षेत्र रही है। देश के इतिहास में ऐसे अनेकों उदाहरण भरे पड़े हैं, जब देश के कर्मयोगी राष्ट्रभक्तों ने निजी हितों और सत्ता के स्थान पर राष्ट्र को ही सर्वोच्च प्राथमिकता दी।

अनुशासित भारत –

देश के संसाधनों का उचित उपयोग हो, उनकी बचत हो, ये दायित्व वास्तव में हम सभी का है और इस दिशा में हम सभी को यथेष्ट एवं सक्रिय प्रयास निरंतर करने होंगे। निजी जीवन में अनुशासन के कुछ नियम स्थापित करने ही होंगे। ऐसा किए बिना राष्ट्रीय संसाधनों का उचित प्रयोग तथा राष्ट्रीय प्राकृतिक सम्पदाओं की आवश्यक बचत नहीं हो सकेगी। उदाहरण के लिए देश में विशाल जनसंख्या की आवश्यकता और उपलब्धता को देखते हुए ऊर्जा और तेल का संकट निरंतर ही स्पष्ट दिखाई पड़ता रहता है।

भारत में उपलब्ध प्राकृतिक संसाधनों के अनुपात में ही इनका दोहन किया जाना चाहिए। अब यह तो नहीं हो सकता कि जिस वस्तु की कमी हो, उसी को विलासितापूर्वक अंधाधुंध खर्च किया जाता रहे और उसकी देश में सदैव अनंतकाल के लिए निरंतर उपलब्धता भी बनी रहे। इस प्रकार के आचरण को दूरदर्शितापूर्ण कदापि नहीं कहा जा सकता।

वास्तव में प्राकृतिक संसाधनों के उचित सदुपयोग के लिए प्रत्येक भारतीय को अपने 'नागरिक धर्म' का निर्वहन करना ही होगा। राष्ट्र के समक्ष जिन आवश्यक प्राकृतिक संसाधनों की कमी निरंतर बनी हुई है, उन वस्तुओं का विलासितापूर्वक दुरुपयोग न केवल भविष्य के लिए विनाशकारी है, वरन स्पष्ट रूप से इसे एक 'राष्ट्रद्रोह' की संज्ञा ही दी जा सकती है। पेट्रोलियम उत्पादों, तेल तथा ऊर्जा की बचत

के लिए औसत भारतीय को अपने निजी जीवन में पुरुषार्थ करना होगा। किस प्रकार से इन प्राकृतिक संसाधनों का संरक्षण अधिकाधिक किया जा सके, ऐसे तौर-तरीके और आचरण-व्यवहार भारतीय नागरिकों को दैनिक जीवन में अपनाना चाहिए। थोड़े से शारीरिक परिश्रम और राष्ट्र के प्रति चिंतन बोध मात्र से भारत अपने भविष्य को सुरक्षित बना सकता है।

भयमुक्त भारत –

राष्ट्र निर्माण के लिए प्रत्येक नागरिक को अपने अंदर व्याप्त समस्त प्रकार के भय, लोभ, हीनभाव और कायरता का पूर्ण रूप से दमन करना होगा। स्वामी विवेकानंद ने कहा था–'भय से ही समस्त दुख जन्म लेते हैं। भयाक्रांत व्यक्ति मृतक के समान होता है। भय समस्त प्रकार की बुराइयों की उत्पत्ति का स्रोत होता है। इसके विपरीत भय रहित चरित्र घोर विपत्तियों में भी रास्ता ढूंढ लेने की सामर्थ्य रखता है। भय एक विशिष्ट प्रकार की मानसिक दासता है। जिस प्रकार दास स्वतंत्रता प्राप्ति के लिए निरंतर तड़पता रहता है, वैसे ही भयग्रस्त इंसान भी निरंतर मन ही मन बेचैन रहता है।'

राष्ट्र निर्माण के लिए भयमुक्त आचरण एक आवश्यक शर्त है। कायरता और भयग्रस्तता के कारण ही एक राष्ट्र के रूप में भारत हजारों वर्षों तक वास्तविक रूप से विकसित नहीं हो सका और गुलामी की बेड़ियों में जकड़ा रहा। विश्व में वही राष्ट्र अपनी शक्ति सिद्ध कर सके हैं, जिनके नागरिक साहसी, निर्भीक और भयमुक्त होकर अपने दायित्वों का निर्वहन करते हैं। चुनौतियों से सामना करने का साहस भयमुक्त नागरिक ही कर सकते हैं।

भयग्रस्त व्यक्ति समस्त प्रकार के रचनात्मक निर्माण, आत्मविश्वास और कौशल से रहित हो जाता है। इसके विपरीत निर्भीक नागरिक निरंतर उल्लेखनीय उपलब्धियां अर्जित कर राष्ट्र को गौरवान्वित करते हैं। स्पष्ट है कि भविष्य का डर हमें वर्तमान से भी वंचित कर देता है। प्रायः हम सत्य कहने और सत्य का साथ देने से इसलिए भी डर जाते हैं कि इससे कतिपय व्यक्ति नाराज हो सकते हैं और हमारा अहित हो सकता है। आदर्शों और मूल्यों को ताक पर रखकर स्वार्थसिद्धि के कोई भी प्रयास हमें अपनी ही दृष्टि में बहुत नीचा गिरा देते हैं।

यह समझ लेना चाहिए कि जीवन क्षणभंगुर है। कोई भी इस पृथ्वी पर अमर होने के लिए नहीं आया है। व्यक्ति का आचरण और आदर्श ही उसे समाज और राष्ट्र के लिए निरंतर प्रासंगिक बनाए रख सकते हैं। सत्य कहने तथा सत्य के साथ चलने का साहस वस्तुतः एक मनुष्य के रूप में हमारी मूल पहचान होती है। यदि हमारा मनोबल ऊंचा और इच्छा-शक्ति प्रबल हो, तो अवश्य ही निजी स्वार्थों और उसके कारण उत्पन्न भय से बड़ी सरलता से मुक्ति मिल सकती है। वास्तव में हमें डरना तो उन कार्यों से चाहिए,

जिनसे राष्ट्र की क्षति होती हो और हमारी आत्मा मलिन होती हो।

एक राष्ट्र के रूप में भारत ने विश्व में सबसे लंबी अवधि तक विदेशी आक्रांताओं की निरंतर जारी रहने वाली गुलामी को भोगा है। यह जान लेना चाहिए कि भयभीत नागरिकों के कायरतापूर्ण आचरण की वजह से ही भारत अपनी समस्त क्षमताओं के बावजूद हजारों वर्ष परतंत्रता की बेड़ियों में जकड़ा रहा। मुठ्ठीभर विदेशी आक्रांताओं की तलवार की धार से भारतीय नागरिक भयभीत हो गए और इस भय से उनकी बुद्धि का नाश हो गया। निजी स्वार्थों और उससे उत्पन्न भय के कारण वे इस कदर मतिभ्रष्ट और पथभ्रष्ट हो गए कि उन्हें यह भी स्मरण न रहा कि वे करोड़ों की संख्या में हैं और यदि एकजुट होकर साहस करें, तो एक क्षण में गुलामी की इन बेड़ियों को काटकर फेंका जा सकता है।

वास्तव में भयभीत तो उन विदेशी आक्रांताओं को होना चाहिए था, जो निर्द्वंद होकर हजारों साल भारत भूमि को रौंदते रहे और इसे निर्बाध रूप से लूटते रहे। इससे सिद्ध होता है कि भय और कायरता न केवल व्यक्ति के लिए घातक है, वरन भयभीत नागरिक समाज और राष्ट्र का भी पतन कर डालते हैं। आज जो राष्ट्र विश्व का सिरमौर बने हुए हैं, वे कुछ सौ वर्ष पहले या तो विश्व के नक्शे में ही नहीं थे या गुलामी से जूझ रहे थे,

लेकिन नागरिकों के शौर्य, साहस और अखंड कर्मयोग से आज यह राष्ट्र विश्व की महाशक्ति बने हुए हैं। भारतीय नागरिकों को यह विचार करने की आवश्यकता है कि क्यों नहीं वह थोड़ा सा साहस जुटा सके, जिससे वह स्वयं को हजारों वर्ष की दासता से मुक्त कर पाते और आज वहां खड़े होते, जहां विश्व के अन्य अनेक शक्तिशाली, समृद्ध एवं विकसित राष्ट्र खड़े हुए हैं।

'राष्ट्रदेव' की आराधना –

निश्चित रूप से यह समय मात्र राष्ट्र की आराधना का ही है। 'राष्ट्र धर्म' ही आज भारतीय नागरिकों के लिए एकमात्र और सर्वोच्च धर्म होना चाहिए। इसी प्रकार 'राष्ट्रदेव' ही प्रत्येक भारतीय नागरिक के लिए सर्वोच्च वंदनीय एवं पूज्यनीय देव या आराध्य होना चाहिए। स्वामी विवेकानन्द का 'राष्ट्रदेव की पूजा' का आह्वान था "यदि मात्र 50 वर्ष के लिए यह जननी जन्म भूमि भारत ही हमारा आराध्य बन जाए, तो भारत को एक महानतम राष्ट्र के रूप में स्थापित किया जा सकता है।" वे कहते थे कि जब तक यह लक्ष्य प्राप्त न हो जाए, तब तक हमारे मस्तिष्क से व्यर्थ के देवी-देवताओं के हट जाने में कुछ भी हानि नहीं है। अपना सारा ध्यान इसी एक ईश्वर पर लगाओ। हमारा देश ही हमारा जागृत देवता है। सर्वत्र उसके हाथ हैं। सर्वत्र उसके पैर हैं और सर्वत्र उसके कान हैं। समझ लो कि दूसरे देवी-देवता सो रहे हैं। जिन व्यर्थ के देवी-देवताओं को हम देख नहीं पाते, उनके पीछे तो हम व्यर्थ निरंतर दौड़ रहे हैं और जिस विराट 'राष्ट्रदेव' को

हम सर्वत्र चहुंओर स्पष्ट रूप से देख रहे हैं, उसकी आराधना और वंदना हम नहीं कर रहे हैं। जब हम इस प्रत्यक्ष देव की आराधना कर लेंगे, तभी हम दूसरे देव-देवियों की आराधना करने योग्य शेष रह जाएंगे।

यदि हम वैश्विक व्यवस्था का अध्ययन करें, तो यह स्पष्ट हो जाता है कि 'राष्ट्रधर्म' को सदैव ही अन्य समस्त धर्मों की तुलना में निरंतर ही सर्वाधिक महत्व प्राप्त होता रहा है। विश्व के अधिकांश राष्ट्र इसी राष्ट्रीयता की भावना से ओत-प्रोत दिखाई पड़ते हैं। राष्ट्रीयता की यह भावना कितनी प्रबल है, इसका अनुमान केवल इसी बात से लगाया जा सकता है कि देशों की सीमाओं को अमान्य कर संपूर्ण विश्व को एक झंडे के नीचे लाने का संकल्प लेकर चलने वाली इस्लाम, ईसाइयत और कम्युनिज्म जैसी तीन व्यापक विश्वव्यापी विचारधाराएं भी विश्व में राष्ट्रीयता के भाव को मिटा नहीं सकी हैं। इसके विपरीत यह विचारधाराएं भिन्न-भिन्न राष्ट्रीयताओं के स्वरूप में ढलकर स्वयं ही वैसा रंग-रूप और आकार ग्रहण करती रही हैं।

आज तुर्की, मिस्र, ईरान, इंडोनेशिया में इस्लाम का स्वरूप एक समान नहीं है। प्रत्येक देश में एक धर्म होते हुए भी उनका स्वरूप परस्पर एक-दूसरे से भिन्न है। अपनी अलग पहचान बनाये रखने के लिए प्रत्येक देश ने इस्लाम के अलग-अलग संप्रदायों को स्वीकार कर लिया। जहां ईरान ने शिया पंथ स्वीकार कर अरबों से एक भिन्न इस्लाम को अपनाया, वहीं प्राचीन पारसी धर्म की मान्यताओं को इस्लाम के साथ जोड़ते हुए सूफी पंथ के रूप में उसने इस्लाम को एक नया रंग-रूप दे दिया। तुर्की ने यदि पश्चिमी सभ्यता के साथ ताल-मेल बैठाकर अपने यहां इस्लाम को एक विशेष रूप दिया, तो इंडोनेशिया ने भारतीय संस्कृति के प्रभावों को आत्मसात कर अपने इस्लाम को एक भिन्न रूप में आकार दिया।

संपूर्ण विश्व में ईश्वरीय साम्राज्य की स्थापना के संकल्प को लेकर चलने वाले रोम के पोप की सत्ता को अमान्य कर अंग्रेजों ने ईसाइयत के 'प्रोटेस्टेट' रूप में जन्म दिया। इसी प्रकार जर्मनी और सीरिया में क्रमशः 'लुथरन' और 'सीरियन' पंथों की स्थापना हुई। डच, फ्रांसीसी, रूसी आदि नागरिकों ने भी अपने-अपने राष्ट्र में ईसाइयत को भिन्न-भिन्न नवीन रूपों में स्वीकार किया। संपूर्ण विश्व में सर्वहारा की तानाशाही स्थापित करने का स्वप्न देखने वाले 'साम्यवाद' का स्वरूप भी विश्व के अलग-अलग देशों में भिन्न-भिन्न प्रकार का रहा है। रूस, चीन, वियतनाम, अल्बानिया आदि में साम्यवाद नितांत भिन्न-भिन्न प्रकृति का है और परस्पर एक-दूसरे से भी संघर्षरत रहता है। स्पष्ट रूप से विभिन्न राष्ट्रों के यह अनुभव सिद्ध करते हैं कि वास्तव में संपूर्ण विश्व में राष्ट्रीयता की भावना ही सर्वाधिक शक्तिशाली रूप में नागरिकों में विद्यमान है। प्रत्येक नागरिक अपने राष्ट्र के प्रति स्पंदन भाव व सर्वाधिक संवेदनशीलता रखता है।

विश्व का प्रत्येक नागरिक निश्चित रूप से अपने राष्ट्र को सशक्त और विशिष्ट

होते देखना चाहता है। इससे स्पष्ट है कि राष्ट्रवाद समस्त प्रकार के धर्मों और नस्लों के भेदभाव से ऊपर उठकर देश के संपूर्ण नागरिकों को एक सूत्र में पिरोने की क्षमता रखता है। भारत जैसे समस्याओं से ग्रस्त देश के लिए मुक्ति का एक ही मार्ग है-प्रबल राष्ट्रवाद। यदि देश के एक अरब से अधिक नागरिकों को राष्ट्रीय चेतना से युक्त किया जा सका, तो हम एक दशक के भीतर ही भारत को वैश्विक महाशक्ति के रूप में स्थापित कर सकते हैं।

भारत 'निजी संपत्ति' नहीं -

यह दुर्भाग्य है कि देश में स्वतंत्रता प्राप्ति के पश्चात भारत को राजनैतिक रूप से एक परिवार का बंधक बना दिया गया। एक विशाल लोकतांत्रिक देश का दावा करने वाली व्यवस्था और समाज में कई दशकों तक आंतरिक लोकतंत्र मृतप्राय रहा। यह वह अवधि थी, जब देश की राजनैतिक एवं संवैधानिक व्यवस्था में लोकतांत्रिक मूल्यों का निरंतर क्षरण होता रहा। एक परिवार विशेष की याचना, वंदना और स्वामिभक्ति ही योग्यता का मानक बन गई तथा राष्ट्रहित एवं संवैधानिक लक्ष्य कहीं नेपथ्य में चले गए। स्वतंत्र भारत में निरंतर पोषित होती रही इसी दूषित प्रवृत्ति और आचरण के कारण स्वतंत्रता प्राप्ति के छह दशक गुजरने तथा संपूर्ण संभावनाएं एवं क्षमताएं होते हुए भी भारत एक आत्मनिर्भर व विकसित राष्ट्र के रूप में प्रतिष्ठित नहीं हो सका है।

आज यह समय की मांग है कि भारत अमेरिका, चीन और जर्मनी जैसे राष्ट्रों की भांति आचरण करते हुए अपनी प्रत्येक राजकीय रीति-नीति में 'राष्ट्र' को ही सर्वोच्च महत्व का केंद्र बनाए। राष्ट्रहित के स्थान पर जब-जब निजी स्वार्थों को राजनैतिक एवं प्रशासनिक प्रणाली द्वारा अधिक महत्व दिया जाता है, वस्तुतः तब-तब समग्र राष्ट्रीय विकास का लक्ष्य प्राप्त करना असंभव हो जाता है।

अनावश्यक रूप से स्वतंत्र भारत में केंद्र और राज्य सरकारों द्वारा मिलाकर 450 से अधिक कार्यक्रमों और योजनाओं के नाम राजीव, इंदिरा और नेहरू के नाम पर रखे गए हैं। यह 'राजनैतिक सामंतवाद' का ऐसा विकृत रूप है, जिसका संभवतः विश्व में अन्यत्र कहीं भी उदाहरण नहीं मिलेगा। पिछली केंद्र सरकार द्वारा शुरू की गई प्रमुख 20 योजनाओं के नाम एक परिवार विशेष के नाम पर रख दिए गए हैं।

यथा-राजीव गांधी आवास योजना (शहरों के लिए), राजीव गांधी राष्ट्रीय ग्रामीण विद्युतीकरण योजना, राजीव गांधी राष्ट्रीय पेयजल योजना, राजीव गांधी राष्ट्रीय स्कीम (कामकाजी महिलाओं के हित में), राजीव गांधी उद्यमी मित्र योजना, राजीव गांधी श्रमिक कल्याण योजना, राजीव गांधी शिल्पी स्वास्थ्य बीमा योजना, राजीव गांधी पंचायत सशक्तिकरण अभियान, राजीव गांधी इक्विटी सेविंग स्कीम, राजीव गांधी ग्रामीण एलपीजी वितरण स्कीम, राजीव गांधी किशोर युवती सशक्तिकरण योजना, इंदिरा विकास पत्र,

इंदिरा नहर परियोजना, इंदिरा गांधी राष्ट्रीय वृद्धावस्था पेंशन योजना, इंदिरा आवास योजना (ग्रामीण क्षेत्रों के लिए), जवाहरलाल नेहरू शहरी विकास योजना, जवाहरलाल नेहरू रोजगार योजना आदि।

खेलकूद से संबंधित विभिन्न आयोजनों, प्रतियोगिताओं और पुरस्कारों के 26 नामों में से 22 का नामकरण राजीव गांधी के नाम पर किया गया, जबकि बाकी चार का नामकरण इंदिरा-नेहरू के नाम पर कर दिया गया। देश में 10 अंतर्राष्ट्रीय स्टेडियम राजीव गांधी के नाम पर हैं, जबकि छह इंदिरा के नाम पर हैं तथा एक जवाहरलाल नेहरू के नाम पर है। इसी प्रकार देश के नौ एयरपोर्ट या समुद्री तट नेहरू परिवार के ही नाम पर हैं। ऐसी शिक्षण संस्थाओं की तो कोई गिनती ही नहीं है, जिनके नामकरण गांधी-नेहरू परिवार के नाम पर कर दिए गए हैं।

राजीव गांधी, इंदिरा गांधी और नेहरू के नाम पर कुल मिलाकर 200 से अधिक विश्वविद्यालय, महाविद्यालयों, इंटर कालेज, तकनीकी कालेज व अन्य शिक्षा संस्थान हैं। राजीव गांधी, इंदिरा गांधी, जवाहरलाल नेहरू के नाम पर पुरस्कार, छात्रवृत्ति, शोधकार्य हेतु अनुदान, पार्क, अभ्यारण्य, हॉस्पिटल, चिकित्सा संस्थान, भवनों के नाम, सड़कों के नाम, चौराहों के नाम, मोहल्लों के नामकरण आदि की सूची इतनी अधिक लंबी है कि पूरी एक किताब लिखी जा सकती है।

कर्मयोगी भारत -

कर्मयोग ही वास्तव में सर्वश्रेष्ठ योग होता है। कार्य के निमित्त ही कार्य करना श्रेष्ठ होता है। प्रत्येक देश में कुछ ऐसे मानव-रत्न होते हैं, जो केवल कर्म के लिए ही कर्म करते हैं। वे नाम, यश अथवा स्वर्ग की भी परवाह नहीं करते। वे केवल राष्ट्रहित में इसलिए कर्म करते हैं कि इससे उनका देश आगे बढ़ेगा। विकसित देशों में अधिकांश नागरिक अपनी जिम्मेदारी को समझते हुए राष्ट्रीय कार्य में लगे रहते हैं। ये नागरिक घर, सड़क तथा सार्वजनिक स्थान स्वच्छ करने से लेकर राष्ट्रहित में छोटे-बड़े सभी काम प्रसन्नतापूर्वक दायित्वबोध के साथ करते रहते हैं।

वास्तव में राष्ट्र का निर्माण कतिपय विराट शख्सियतों एवं महान आत्माओं के कार्यकलापों मात्र से नहीं होता, वरन उन लाखों-करोड़ों नागरिकों के कर्मयोग और सामान्य नागरिक बोध से होता है, जो उन्हें राष्ट्रहित में हर छोटा-बड़ा काम करने के लिए प्रेरित करता है।

भारत भी यदि आज स्वतंत्र है, तो इसके पीछे उन करोड़ों गुमनाम राष्ट्रभक्तों का योगदान है, जिन्होंने राष्ट्रहित में अपने सीमित संसाधनों में जो बन पड़ा, सो किया। कुछ लोग ऐसे भी होते हैं, जो और भी उच्चतर उद्देश्य लेकर गरीबों के प्रति भलाई तथा मनुष्य-जाति की सहायता करने के लिए अग्रसर होते हैं, क्योंकि वे राष्ट्र और समाज

की व्यापक हित में विश्वास रखते हैं। आज भी देश में लाखों राष्ट्रभक्त नागरिक केवल राष्ट्र निर्माण के कार्य में ही निरंतर अपना जीवन अर्पित किए हुए हैं। स्पष्ट है कि जब भी कोई नागरिक राष्ट्रहित में निःस्वार्थ भाव से कार्य करेगा, तो उसके बहुत अधिक सुपरिणाम सामने आएंगे।

त्याग, राष्ट्रभक्ति, प्रेम, सत्य तथा निःस्वार्थता जैसे गुण नैतिकता संबंधी अलंकारिक वर्णन मात्र नहीं होते है। वास्तव में यह गुण हमारे सामाजिक जीवन के आदर्श होते हैं। कर्म करते हुए भी कर्मफल की आकांक्षा न करना तथा किसी मनुष्य की सहायता करने के बाद भी उससे किसी प्रकार की कृतज्ञता की आशा न रखना महान मानवीय गुण होते हैं। इसी प्रकार कोई सत्कर्म करके भी इस बात की ओर नजर तक न देना कि वह हमें यश और कीर्ति देगा अथवा नहीं, इस संसार में सबसे कठिन परंतु अनुकरणीय व्रत है। अपने आसपास के लोगों की निंदा-स्तुति की बिल्कुल परवाह न करते हुए सर्वदा राष्ट्र निर्माण के सत्कार्य में लगे रहना वास्तव में सबसे बड़ा त्याग होता है।

कर्म और आचरण से ही एक महान पुरूष के वास्तविक चरित्र का पता लग सकता है। आकस्मिक अवसर तो छोटे मनुष्य को भी किसी न किसी प्रकार का बड़प्पन दे देते हैं, परंतु वास्तव में महान तो वही है, जिसका चरित्र सदैव और समस्त प्रकार की अवस्थाओं में श्रेष्ठ, मूल्यपरक तथा एकसमान रहता है। मनुष्य जीवन में कर्म की शक्ति सबसे अधिक प्रबल और निर्णायक होती है और यही कर्मयोग मनुष्य के चरित्र और आचरण पर स्थायी प्रभाव डालता है।

□□

15. मानसिक दासता के 'साइड इफेक्ट'

भारत के संदर्भ में एक दुखद तथ्य यह है कि एक राष्ट्र के रूप में भारत अपने गौरव और राष्ट्रनायकों से जुड़ी ऐतिहासिक तिथियों की भी निरंतर अदूरदर्शी ढंग से उपेक्षा करता रहा है। हजारों वर्ष की दीर्घकालिक गुलामी और औपनिवेशिक शासन की मानसिक दासता के वस्तुतः यह 'साइड इफेक्ट' ही हैं। ऐसी कई तिथियां और अवसर हैं, जो भारतीय नागरिकों के आत्मविश्वास और राष्ट्र के प्रति गौरवबोध को बढ़ा सकते हैं। भारत को 16 दिसंबर जैसी राष्ट्रीय महत्व की तिथियों को संपूर्ण देश में पूरी गरिमा और उत्सव भावना के साथ मनाया जाना चाहिए। हम राष्ट्रीय गौरव से जुड़ी तिथियों को प्रायः विस्मृत कर देते हैं। एक गरिमापूर्ण राष्ट्र के लिए यह प्रवृत्ति शुभ नहीं कही जा सकती। वास्तव में यह एक राष्ट्र के रूप में हमारी लचर एवं थकी हुई सोच को ही परिलक्षित करता है।

भारत के आधुनिक इतिहास में 16 दिसंबर, 1971 का दिन निश्चित रूप से विशेष महत्व रखता है। बांग्लादेश युद्ध के संदर्भ में यह तिथि भारतीय शौर्य का प्रतीक है। भारतीय जवानों के शौर्य का स्मरण करते हुए इसे 'विजय दिवस' के रूप में याद किया जाता है। उस युद्ध में 3,843 भारतीय जवान शहीद हुए थे, जबकि घायल होने वालों की संख्या इससे तीन गुना थी। उस युद्ध में हिस्सा लेने वाले 1,313 जवानों को मरणोपरांत 'वीरता पदक' से सम्मानित किया गया था। उनमें से चार को युद्धभूमि में अदम्य साहस का परिचय देने के लिए 'परमवीर चक्र' से भी सम्मानित किया गया था।

दुर्भाग्यवश पिछले चार दशकों से 1971 के इन महान नायकों को उनके अथक पराक्रम और बलिदान से मिली जीत के स्वाभाविक एवं न्यायोचित श्रेय से भी इन्हें वंचित किया जाता रहा है। इस युद्ध में देश का नेतृत्व करने वाले फील्ड मार्शल मानेकशॉ का जब 2008 में निधन हुआ, तो तत्कालीन सरकार ने उनके अंतिम संस्कार तक को वैसी गरिमा और महत्व नहीं दिया, जो एक राष्ट्रभक्त को मिलना चाहिए था। अपने शहीदों के युद्ध स्मारक बनाने के काम को भी भारत में कभी गंभीरता से नहीं लिया गया है। विश्व के संभवतः किसी अन्य देश में शायद ही अपने वीर सैनिकों और बलिदानी राष्ट्रनायकों की ऐसी दुर्गति हुई होगी। निश्चित रूप से यह स्थिति बदलनी चाहिए।

राष्ट्र नायकों और बलिदानियों के प्रति संपूर्ण राष्ट्र को नतमस्तक होना ही चाहिए। इस संदर्भ में जो भी किया जा सकता है, वह अवश्य ही किया जाना चाहिए। अब इसमें किंचित मात्र भी विलंब नहीं होना चाहिए। भारत में राष्ट्रीय गौरव के दृष्टिकोण से अनेकानेक अदूरदर्शी एवं बुद्धिहीनता के उदाहरण सामने आते रहे हैं। भारत अत्यंत गैरजिम्मेदार ढंग से शत्रु राष्ट्र के युद्ध नायकों का अनावश्यक रूप से सम्मान करता रहा है। क्या कोई सामान्य व्यक्ति यह कल्पना कर सकता है कि करगिल या इससे पहले 1965 या 1971 में पाकिस्तान के साथ हुई जंग के किसी भारतीय नायक की पुस्तक का पाकिस्तान में विमोचन किया जाए? पर ऐसा 'आश्चर्यजनक' व्यवहार भारत करता रहा है।

कई बार ऐसा प्रतीत होता है कि हम भारतीय मूर्खता की हद तक उदारवादी हो जाते हैं। हमने 1965 की जंग के पाकिस्तानी नायक फ्लाइट लेफ्टिनेंट अरशद सामी खान की किताब का दिल्ली में विमोचन करने की अनुमति दी। इसी प्रकार दुस्साहसिक करगिल युद्ध के दोषी परवेज मुशर्रफ को न केवल भारत में आयोजित विभिन्न सेमिनारों में आमंत्रित किया जाता रहा है, वरन उनके दिल्ली से जुड़ाव पर भी भारतीय मीडिया व्यर्थ ही शेखी बघारता रहा है। इस प्रकार के हीनभाव, अदूरदर्शिता तथा बुद्धिहीनता को अपने आचरण से समूल उखाड़ फेंकने की आवश्यकता है। जिस राष्ट्र और उसके नागरिकों में स्वयं ही आत्मगौरव का बोध नहीं होगा, वह कभी भी वैश्विक मंच पर सम्मान का पात्र नहीं बन सकता।

राष्ट्रनायकों का अलंकरण -

भारत में यद्यपि ईश्वर की उपासना और उसकी महिमा का गुणगान सर्वत्र किया जाता है, परंतु भारत भूमि पर काम करने वाले अनेकों कर्मयोगी राष्ट्रनायकों को सम्मान देने में कई बार यह देश पीछे रह जाता है। यह एक निर्विवाद सत्य है कि भारत भूमि ने जितनी बड़ी संख्या में चिंतक, मनीषी, दार्शनिक, विद्वान, त्यागी तथा आध्यात्मिक पुरुष उत्पन्न किए हैं, उतना विश्व के किसी भी अन्य देश ने नहीं किए हैं।

यह आश्चर्यजनक है कि अज्ञानतावश कई बार हम अपने इन महापुरुषों की दी हुई शिक्षाओं और उनके योगदान को भी भूल जाते हैं। वास्तव में राष्ट्रीय नायकों की अपनी कोई वर्ग या जाति नहीं होती। वे राष्ट्र के लिए जीते और मरते हैं। यह आवश्यक है कि संपूर्ण राष्ट्र उनके योगदान का आंकलन इसी आधार पर करे।

देश में प्रायः यह भी देखने में आया है कि अधिकांश राष्ट्रीय सम्मानों और अलंकरणों के लिए योग्य व्यक्तियों के चुनाव में प्रायः विवाद होता रहा है। वास्तव में इन राष्ट्रीय सम्मानों और अलंकरणों को निजी राजनैतिक स्वार्थों और किसी भी प्रकार के अन्य छद्म एजेंडे से मुक्त रखा जाना चाहिए। भारत भूमि पर मर-मिटने वाले राष्ट्रभक्त

ही वास्तविक सम्मान के पात्र होने चाहिए। इस दिशा में आगे बढ़ते हुए भारत सरकार ने ऐसे ही राष्ट्रभक्तों को 'भारत रत्न' से सम्मानित करने का फैसला कर एक प्रशंसनीय कदम उठाया है।

मदन मोहन मालवीय जैसे राष्ट्रीय चिंतक को विलंब से ही सही, सम्मानित कर भारत सरकार द्वारा एक उचित निर्णय लिया गया है। 'महामना' पंडित मदन मोहन मालवीय की दूरदृष्टि का परिचय इस उदाहरण से मिल जाता है कि जब पूरा देश आजादी की लड़ाई लड़ने के बाद भी संशय में था, तब महामना ने स्वाधीनता की प्राप्ति को सुनिश्चित मानते हुए 'बनारस हिंदू विश्वविद्यालय' (बीएचयू) की स्थापना वर्ष 1916 में की थी। स्वतंत्र भारत के विकास व पुनर्निर्माण के लिए इंजीनियरों और तकनीकी विशेषज्ञों की संभावित विशाल आवश्यकता को देखते हुए सन 1918 में ही देश का पहला इंजीनियरिंग कॉलेज भी इसी विश्वविद्यालय में स्थापित कर दिया गया।

महामना ऐसे महान भिक्षुक थे, जिन्होंने भावी पीढ़ी के लिए 'बनारस हिंदू विश्वविद्यालय' जैसे विशाल शैक्षणिक संस्थान को सिर्फ लोगों से दान मांगकर स्थापित किया। 1300 एकड़ के विस्तृत क्षेत्र में फैले 'बनारस हिंदू विश्वविद्यालय' परिसर की विशेषता यह है कि यहां प्राथमिक से लेकर उच्च शिक्षा तक की व्यवस्था एक ही परिसर में उपलब्ध है। 'बनारस हिंदू विश्वविद्यालय' को शिक्षा का समृद्ध केंद्र बनाने के लिए मदन मोहन मालवीय ने तत्कालीन श्रेष्ठतम शिक्षकों को अनुनय-विनय कर 'बनारस हिंदू विश्वविद्यालय' से जोड़ा। इसमें 'बनारस हिंदू विश्वविद्यालय' के पूर्व कुलपति डॉ. सर्वपल्ली राधाकृष्णन भी शामिल थे।

मदन मोहन मालवीय का व्यक्तित्व भारतीयता का प्रतिबिंब था। एक अधिवक्ता के रूप में उन्होंने गोरखपुर में अंग्रेजी शासन के खिलाफ हुए ऐतिहासिक चौरी-चौरा कांड में फांसी की सजा पा चुके 150 आरोपियों को उन्होंने फांसी की सजा से बचाया था। स्वाधीनता संग्राम के लिए संघर्षरत कांग्रेस के अग्रणी राजनेता, देशभक्त, समाज सुधारक, अध्यापक, शिक्षाविद्, संपादक, गंगा एवं गोभक्त, श्रीमद्भागवत एवं गीता के अनन्य विद्वान, कर्मयोगी, वक्ता, वकील आदि भूमिकाओं में उन्होंने राष्ट्र के विकास के लिए अपना संपूर्ण जीवन समर्पित कर दिया।

- गंगोत्री से निकली गंगा की धारा को रोक दिए जाने के विरुद्ध गंगा महासभा की ओर से उन्होंने व्यापक सत्याग्रह अभियान चलाया। आखिरकार अंग्रेज सरकार समझौता करने को विवश हुई और उसने उत्तराखंड में गंगा की धारा पर कोई बांध या फैक्ट्री न बनाने का फैसला किया। मालवीय को 'महामना' की उपाधि किसने दी, इस संबंध में प्रामाणिक तथ्य उपलब्ध नहीं हैं। संभवतः महात्मा गांधी ने 1916 के कलकत्ता कांग्रेस अधिवेशन के दौरान उन्हें 'महामना-अ मैन ऑफ लार्ज हार्ट' कहा था। स्वतंत्रता आंदोलन के महत्वपूर्ण सिपाही रहे मालवीय ने उसी दौरान हिंदू महासभा की स्थापना

कर अंग्रेजों की 'फूट डालो, शासन करो' की नीति को भी टक्कर दी थी।

मदन मोहन मालवीय लगभग पांच दशक तक कांग्रेस से जुड़े रहे और चार बार इसके अध्यक्ष बने। उन्होंने हिंदू धर्म में जाति प्रथा और महिलाओं की बुरी स्थिति को सुधारने पर भी काफी जोर दिया। राष्ट्रीय और सामाजिक बदलाव के लिए उन्होंने पत्रकारिता को बेहद जरूरी माना। अदालतों के काम-काज में हिंदी को लागू करवाने में उनकी अहम भूमिका रही। धर्म को साथ लेकर विकास और आधुनिकता का सफर कैसे पूरा करना है, इसका शानदार तरीका मदन मोहन मालवीय ने सामने रखा। उन्होंने यह भी अच्छी तरह समझा था कि आध्यात्मिक ही नहीं, सांस्कृतिक, आर्थिक और औद्योगिक विकास के लिए भी सशक्त शिक्षा व्यवस्था ही किसी देश का आधार हो सकती है। इन सब अमूल्य राष्ट्रीय योगदानों के बावजूद उन्हें भारत का शीर्ष नागरिक सम्मान देने में इतने वर्ष लग गए। यह तथ्य आश्चर्यजनक अवश्य है, परंतु 'भारत रत्न' की सूची में पहले भी ऐसे अनेक नाम आते रहे हैं, जिन्हें बहुत देर से याद किया गया। वर्षों बाद 'महामना' का चयन भी बहुत आश्चर्यजनक नहीं कहा जा सकता।

भारत जैसे विशाल और सांस्कृतिक विविधता वाले देश में सर्वश्रेष्ठ व्यक्तियों का चयन आसान नहीं है। संभवतः जिस वर्ग विशेष के पास धन, जनबल और प्रचार की शक्ति हो, वह स्वयं द्वारा घोषित किसी खास व्यक्ति को 'भारत रत्न' का हकदार कहना शुरू कर दे, लेकिन इसका मतलब यह तो नहीं कि देश की संपूर्ण जनता भी उसे इस रूप में देखती हो। वस्तुतः प्रचार तंत्र के नायक कुछ और होते हैं, जबकि राष्ट्रीय जनमानस के हृदय में जगह बनाने वाले आदर्श नायक भिन्न होते हैं।

देश में बहुत सारे ऐसे प्रतिभावान और आदर्श व्यक्तित्व रहे हैं, जिन्होंने जीवन के विभिन्न क्षेत्रों में उल्लेखनीय योगदान दिया। इसके बावजूद उन्हें आज तक कोई सम्मान या अलंकरण नहीं मिला। सम्मान न मिलने के बावजूद इन महान व्यक्तित्वों का आदर कम नहीं होता। करोड़ों लोग उनके अनुयायी और प्रशंसक होते हैं और वह उनके विचारों को निरंतरता के साथ आगे बढ़ाते रहते हैं। जनता के बीच लोकप्रिय नायकों को सम्मान देने का सबसे अच्छा तरीका यही है कि उनके काम को आगे बढ़ाया जाए। उनके जीवन मूल्यों का प्रसार किया जाए और उनके आदर्शों को देश के नागरिकों द्वारा अपने आचरण में ढाला जाए।

□□

16. नवीन भारत का निर्माण

कलिः शयानो भवति संजिहानस्तु द्वापरः।
उत्तिष्ठंस्त्रेता भवति कृतं सपघते चरन।।
चरैवेति। चरैवेति।।

अर्थात, जो सो रहा है वह कलि है। निद्रा से उठ बैठने वाला द्वापर है। उठकर खड़ा हो जाने वाला त्रेता है, लेकिन जो चल पड़ता है वह कृत युग, 'सतयुग' व 'स्वर्णयुग' बन जाता है। अतः निरंतर चलते रहो, चलते रहो। स्पष्ट है कि किसी राष्ट्र के नागरिकों का आचरण ही युगों की श्रेष्ठता का मूल निर्धारक तत्व होता है। कर्मयोगी नागरिक ही अपने आचरण और साहस से भारत को 'सतयुग' और 'स्वर्णयुग' में पहुंचा सकते हैं।

वास्तव में राष्ट्र से अधिक महत्वपूर्ण कुछ भी नहीं हो सकता है। न व्यक्ति, न ही कोई समूह और न ही कोई राज्य आदि। विलासिता और स्वार्थ में डूबे नागरिक और सत्ता प्रतिष्ठान किसी राष्ट्र को बचा नहीं सकते। वास्तव में न तो इस तरफ उनका कोई ध्यान होता है और न ही इस हेतु वे पर्याप्त सक्षम ही होते हैं। ऐसा क्यों है कि राष्ट्र के गौरव पर निरंतर संकट बना ही रहता है? हमारी सीमाएं अभी असुरक्षित हैं और अनेकानेक क्षेत्रों में भारत अपेक्षित उपलब्धियां अभी तक अर्जित नहीं कर सका है।

छोटे-छोटे देश भारत से विकास की दौड़ में आगे निकलते जा रहे हैं, परंतु भारतीय नागरिकों, सरकारों, समाज तथा प्रशासनिक तंत्र की ओर से अपेक्षित सजगता, बेचैनी और चिंता दिखाई पड़नी शुरू नहीं हुई है। देश की वर्तमान दशा को देखते हुए नागरिकों की सजगता आवश्यक है। यह दुर्भाग्य है कि भारत का नागरिक अभी भी सजग, सतर्क और पूरी तरह सक्षम नहीं हुआ है। राष्ट्र के प्रति हमारी बेचैनी और चिंता अभी भी पर्याप्त रूप से दिखाई नहीं पड़ रही है। राष्ट्र का एकजुट होना अत्यंत आवश्यक है, क्योंकि प्रतिकूल परिस्थितियां और विपत्तियां कभी भी अग्रिम सूचना देकर नहीं आती हैं।

यह भी जान लेना चाहिए कि राष्ट्र की सुरक्षा, उसकी समृद्धि और उसका विकास कोई उत्सव नहीं है कि उसके लिए प्रत्येक नागरिक को आमंत्रण दिया जाएगा। राष्ट्रीय हितों की रक्षा भारत भूमि पर रहने वाले प्रत्येक नागरिक का प्राथमिक दायित्व है, जिसका भान उसे प्रतिक्षण, प्रतिपल रहना ही चाहिए। एक राष्ट्र के रूप में हमें यह जान लेना

चाहिए कि परंपराओं से कहीं अधिक महत्वपूर्ण यह राष्ट्र है। देश की सामर्थ्य को कम करने वाली तथा नागरिकों के मध्य असमानता और भेद को बढ़ाने वाली अवैज्ञानिक रूढ़ियों, परंपराओं और जड़ता से इस राष्ट्र को अनिवार्य रूप से मुक्ति दिलानी होगी।

राष्ट्र को नागरिकों के सामर्थ्य की आवश्यकता है। जब प्रश्न राष्ट्र की सुरक्षा का हो, उसकी समृद्धि का हो और उसके हित का हो, तो नागरिकों के लिए अपने उत्तरदायित्वों से मुंह मोड़ना 'राष्ट्रद्रोह' ही कहलाएगा। ध्यान रहे कि यदि राष्ट्र के गौरव का क्षरण हुआ, तो फिर कुछ भी शेष नहीं बचेगा। प्रत्येक व्यक्ति की अस्मिता और गौरव एकमात्र राष्ट्र से ही जुड़ा हुआ है।

एक राष्ट्र के रूप में इस देश में राष्ट्रीय हितों के मुद्दों पर और राष्ट्र भक्तों के साथ कई ऐसे कटु अनुभव विगत कई वर्षों में निरंतर सामने आते ही रहे हैं, जिन पर इस भारत भूमि के किसी भी संवेदनशील व राष्ट्रभक्त नागरिक को गौरव नहीं हो सकता। पिछले कुछ दशकों में एक राष्ट्र और श्रेष्ठ जीवनमूल्यों व परंपराओं के रूप में भारत टूटता और बिखरता ही चला गया है। एक राष्ट्र और समाज के रूप में भारत की यह छवि बनी है कि वह अपनी परंपराओं, संस्कृति एवं मूल्यों की रक्षा करने में असमर्थ रहा है। ऐसा क्यों है कि विगत अनेक दशकों से भारत राष्ट्रविरोधी कृत्यों और राष्ट्रद्रोहियों को निरंतर सहन करता चला आ रहा है? बड़ा सवाल यह है कि एक राष्ट्र के रूप में भारत कब, कैसे और किन परिस्थितियों में इतना अधिक असहाय, विवश और निर्बल होता चला गया?

आज चहुंओर अज्ञान, उत्तरदायित्व से पलायन और राष्ट्र के प्रति कर्तव्यबोध का ह्रास बढ़ता ही जा रहा है। 'उदर पोषण' में रमे हुए नागरिकों और येन-केन-प्रकारेण मात्र 'सत्तासीन' बने रहने के लिए अधीर व व्यग्र राजनैतिक तंत्र की चारित्रिक दुर्बलता सर्वत्र परिलक्षित हो रही है। भारत में प्रायः देखने में आता है कि अनेक छोटी-छोटी तुच्छ बातों पर झगड़े और संघर्ष हो जाते हैं। अधिकांश नागरिकों में निजी गरिमा को लेकर इतनी अधिक संवेदनशीलता है कि साधारण से साधारण और प्रायः तुच्छ बातें भी 'प्रतिष्ठा का प्रश्न' बन जाती हैं। इसी प्रकार जाति और समुदाय के हितों और सम्मान को लेकर भी भारतीय नागरिक बेहद संवेदनशील और सजग रहते हैं। छोटी से छोटी बात पर शुरू हुआ 'प्रतिष्ठा का प्रश्न' शीघ्र ही कुछ ही मिनटों में सामुदायिक संघर्ष और दंगों का रूप ले लेता है। तुच्छ से मुद्दे पर शुरू हुआ यह संघर्ष कुछ ही घंटों में उस क्षेत्र विशेष से अपने दायरे को बढ़ाकर संपूर्ण शहर और कई बार अनेक शहरों को दंगों की आग में झोंक देता है।

स्पष्ट है कि भारतीय नागरिक 'प्रतिष्ठा' के प्रश्न और 'गौरव' के भाव को बखूबी समझते हैं। 'प्रतिष्ठा के प्रश्न' और उसके महत्व के प्रति भी भारतीय नागरिक हद से ज्यादा संवेदनशील और चौकन्ने होते हैं। प्रश्न उठता है कि ये सजगता और चौकन्नापन

तब कहां चला जाता है, जब राष्ट्र की प्रतिष्ठा पर आंच आती है। निजी प्रतिष्ठा, जाति और समुदाय की प्रतिष्ठा, यदि गंभीर हो सकती है तथा जीने-मरने का प्रश्न बन सकती है, तो राष्ट्र की प्रतिष्ठा और हितों को नागरिक जीवन-मरण का प्रश्न क्यों नहीं बना सकते? एक छोटी सी घटना से हमारी निजी प्रतिष्ठा को चोट पहुंच जाती है और भारत राष्ट्र की प्रतिष्ठा गत हजारों वर्षों से तार-तार हो रही है, धूल-धूसरित हो रही है, उसकी चिंता और उसके प्रति कोई बेचैनी हमें संघर्ष का मार्ग अपनाने के लिए क्यों नहीं विवश करती है? अपनी निजी गरिमा और सम्मान के प्रति नागरिक अत्यंत सजग और सतर्क हैं, किंतु राष्ट्र की गरिमा और सम्मान के प्रति यह सजगता शून्य हो जाती है। भारत में जब तक योग्य व्यक्ति महत्वपूर्ण एवं निर्णायक पदों पर आसीन नहीं होंगे तथा योग्यता आधारित एक आदर्श शासन व्यवस्था का निर्माण नहीं होगा, तब तक भारत प्रशासनिक दृष्टि से अक्षम बना रहेगा। योग्य एवं मेधावी व्यक्ति जब तक जीवन के समस्त क्षेत्रों में देश का नेतृत्व नहीं करेंगे, तब तक परम वैभवशाली एवं समर्थ भारत का उत्कर्ष संभव नहीं होगा।

आज एक राष्ट्र और समाज के रूप में यदि हम पीछे रह गए हैं और विश्व के लिए कोई उदाहरण प्रस्तुत नहीं कर पा रहे हैं, तो इसके उत्तरदायी वस्तुतः हम स्वयं ही हैं। 21 वीं शताब्दी में यह राष्ट्र पुनः खड़ा हो रहा है और हमें अवसर दे रहा है कि हम राष्ट्र की जड़ों में जो दीमक लग चुकी है, उससे राष्ट्र को पूरी तरह मुक्त कराएं। आखिर हम उस वृक्ष को कैसे बदहाल छोड़ सकते हैं, जिसकी छाया में हम पीढ़ियों से बैठते आ रहे हैं? आज राष्ट्र को एक सत्यनिष्ठ शासन-तंत्र और सत्य तथा योग्यता पर आधारित सामाजिक व्यवस्था के निर्माण की आवश्यकता है। इसके लिए स्वयं भारतीय नागरिकों को सत्यनिष्ठा और राष्ट्रभक्ति का मार्ग अपनाना होगा। मात्र सत्ता परिवर्तन से राष्ट्र की जड़ता दूर नहीं होगी। राजनैतिक परिवर्तनों मात्र से राष्ट्र को मुक्ति भी नहीं मिलेगी। इसका निर्धारण, तो इस राष्ट्र के नागरिकों को ही अपने चिंतन, कर्म, आचरण और दूरदर्शिता से सिद्ध करना होगा।

यह ध्यान रहे कि प्रत्येक व्यक्ति का आचरण राष्ट्र के भविष्य को प्रतिक्षण, प्रतिपल निर्धारित कर रहा होता है। प्रत्येक क्षण भारत का प्रत्येक व्यक्ति अपने कृत्य से स्वयं अपना और भारत का भविष्य लिख रहा होता है। यदि हमारा वर्तमान अपने अतीत से अधिक सुंदर नहीं है, तो यह वर्तमान के लिए भी गंभीर चिंतन का विषय होना चाहिए। कोई भी नागरिक, राष्ट्र के प्रति अपने उत्तरदायित्व और कर्तव्यबोध से मुक्त नहीं रह सकता। भारत के प्रत्येक नागरिक को अपना आत्म-विश्लेषण और मूल्यांकन करना होगा। राष्ट्र के भविष्य का निर्माण केवल चुनी हुई कोई सरकार मात्र नहीं कर सकती, वरन हमारा आचरण, व्यक्तित्व एवं कृतित्व प्रतिपल एक राष्ट्र के रूप में भारत का निर्माण या ध्वंस कर रहा होता है।

व्यक्ति पूजा के दुर्गुण के चलते भारतीय राजनीति में आज 'राष्ट्र-अर्चन' कहीं नहीं

है। इस स्थिति को तत्काल बदलना होगा। राजनीति की कलुषित हो चुकी इस भूमि को पुनः पूज्य बनाना होगा। व्यक्ति पूजा करते-करते भारतीय राजनीति अभिशप्त हो चुकी है। आज सर्वत्र जन-जन के मन की भूमि पर राष्ट्रभक्ति के बीज रोपित करने होंगे। भारतीय राष्ट्रीय जीवन में प्रत्येक मनुष्य मां के गर्भ के साथ ही एक और संस्कृति के गर्भ से भी जन्म लेता है। उसी संस्कृति का नाम 'भारतीयता' है।

स्पष्ट है कि प्रत्येक भारतीय नागरिक को अपनी जननी जन्मभूमि के प्रति अपना उत्तरदायित्व समझना और निभाना ही होगा। इस भारत भूमि की एकता, उत्कर्ष, समृद्धि और गौरव में बाधक प्रत्येक तत्व को समूल नष्ट करना होगा। पुनः गौरवशाली भारत का निर्माण हो, यह प्रत्येक भारतीय के जीवन का अभीष्ट लक्ष्य होना ही चाहिए।

राष्ट्रीय चरित्र के अभाव में हजारों वर्षों तक हमने इस राष्ट्र को पराजित, असहाय और गुलामी की बेड़ियो में कराहते देखा है। शस्त्र और शास्त्र के अभाव में हम निरंतर पराजित होते रहे हैं। हमारी राष्ट्रीयता और नागरिकों में राष्ट्र की उपासना की भावना खंडित हुई है। वस्तुतः अब हमारा मात्र एक ही धर्म होना चाहिए-'राष्ट्रधर्म'। राष्ट्र की उपासना के बिना किसी भी प्रकार की अन्य स्तुति, उपासना, वंदना व्यर्थ होगी। यह सुनिश्चित है कि यदि हमने राष्ट्र की उपासना न की, तो किसी भी प्रकार की अन्य उपासनाओं का मार्ग भी संघर्षमुक्त शेष कदापि नहीं रह पाएगा। अब यह आवश्यक है कि हम सिर्फ और सिर्फ इस राष्ट्र के ही विषय में सोंचे, उसके विषय में ही विचार करें, राष्ट्र की चिंता में ही सोएं और जागें।

आस्थाओं, भाषाओं और संप्रदायों के वैविध्य में उलझकर राष्ट्रहित की तिलांजलि और बलि अब और नहीं दी जानी चाहिए। ध्यान रहे कि संप्रदाय या आस्था के मार्ग भिन्न-भिन्न हो सकते हैं, परंतु यह सब वास्तव में अंततः साधन ही होंगे, लक्ष्य नहीं। वास्तव में जीवन एक पद्धति है, जिसके हम सब अनुयायी हैं। जो सत्य से परामुख हो, वह आदर्श कदापि नहीं हो सकता। भिन्न-भिन्न उपासना पद्धतियों में भी आपस में परस्पर कोई संघर्ष नहीं हो सकता है, क्योंकि अंततः सर्वोच्च लक्ष्य तो 'आत्मनिर्माण' और 'राष्ट्र निर्माण'ही होता है। संस्कृति तो वास्तव में सत्यनिष्ठ जीवनमूल्य और दैनिक जीवन में व्याप्त अनुशासन की प्रवृत्ति है। हमारे लिए आवश्यक है कि हम सत्य के प्रकाश में अपनी परंपराओं एवं मूल्यों का कठोरतम मूल्यांकन एवं विश्लेषण करें।

यह सर्वथा निश्चित है कि सत्य का मार्ग छोड़ने के बाद कोई अन्य मार्ग शेष नहीं रह जाता। व्यक्ति, समाज और राष्ट्र के पतन का सदैव एक ही शाश्वत कारण होता है-सत्य और न्याय से परामुख होना। सत्यनिष्ठ मूल्यों में आस्था रखने मात्र से ही काम नहीं चलेगा। उसे प्रत्येक नागरिक को अपने आचरण में भी उतारना होगा। इसके लिए नागरिकों को स्वयं उदाहरण बनना पड़ेगा। हीन प्रवृत्ति, हीन भावना और येन-केन-प्रकारेण स्वार्थ सिद्धि में लगे व्यक्तियों को प्रोत्साहन देकर राष्ट्र को अब और अधिक

निर्बल नहीं किया जा सकता। इस प्रकार के आचरण वाले राजनैतिक नेतृत्व के उदय से गत कई दशकों में भारतीय राजनीति और राष्ट्र का पतन ही हुआ है। वास्तव में कोई भी व्यक्ति महत्वपूर्ण नहीं होता, वरन राष्ट्र ही सदैव महत्वपूर्ण होता है।

राष्ट्र को सर्वोच्च प्राथमिकता देनी होगी। हमारे अन्य शेष सभी दायित्व यथा उदर-पोषण, जीवन-यापन, घर-परिवार, कुटुंब-समाज, शौक-मनोरंजन, इसके बाद के ही कर्म होने चाहिए। यदि 125 करोड़ भारतीय राष्ट्र के प्रति यह भाव और प्रतिबद्धता सुनिश्चित कर लें, तो इस राष्ट्र की महान विजय सुनिश्चित है। यदि ऐसा संभव हुआ, तो एक ही क्षण में उस परम वैभवशाली और समर्थ भारत को हम अपने सामने घटित होते हुए तथा मूर्त रूप लेते हुए देख पाएंगे। आज राष्ट्र को सांस्कृतिक, बौद्धिक, सामाजिक और राजनैतिक रूप से एक सूत्र में पिरोने की आवश्यकता है। इसके बिना राष्ट्र का उत्कर्ष संभव नहीं हो पाएगा। देश में सर्वत्र फैली और नागरिकों के अंदर गहराई तक घर कर गई निराशा और लघुता के भाव को जड़ से समाप्त करना होगा। प्रत्येक नागरिक को राष्ट्रीय चेतना से अनुप्राणित करना होगा। राष्ट्र के प्रति अपने कर्तव्यों और उत्तरदायित्वों के निर्वहन के लिए प्रत्येक भारतीय को सजग, सतर्क और समर्थ होना ही होगा।

आज हमें एक राष्ट्रीय चरित्र का निर्माण करने की आवश्यकता है। राष्ट्रीय चरित्र का निर्माण इसके नागरिकों के चरित्र निर्माण से सीधे रूप से जुड़ा हुआ होता है। संपूर्ण परिवर्तन का लक्ष्य भी व्यक्ति ही होता है और साधक भी व्यक्ति ही होता है। व्यक्ति से समाज और समाज से राष्ट्र में परिवर्तन लाने का विचार संभव है। राजनीति को जीवन में व्यापक रूप से परिवर्तन लाने कां मार्ग और केंद्र बनाया जा सकता है, क्योंकि राजनीति ही जीवन के प्रत्येक क्षेत्र को प्रभावित करने का सामर्थ्य रखती है।

यदि राजनीति राष्ट्र के प्रति अपने उत्तरदायित्व बोध को समझेगी और इस राष्ट्र की उपासना को ही 'सर्वोच्च धर्म' मानेगी, तो राष्ट्र के गौरव को पुनः स्थापित करना संभव होगा। जब राजनीति ही व्यापक राष्ट्रीय हितों की अवहेलना करेगी, अयोग्य व्यक्तियों को प्रोत्साहन देगी और राष्ट्र विरोधी तत्वों और राष्ट्र विरोधी कार्यों को नजरंदाज करेगी, तो यह राष्ट्र के लिए कालांतर में विनाशकारी ही सिद्ध होगा।

स्पष्ट है कि जब वृक्ष की जड़ ही दूषित होगी, तो वृक्ष कैसे रोगमुक्त हो सकेगा? इस राष्ट्र के एक-एक कण के लिए, इसकी रक्षा के लिए मर-मिटना ही 'राष्ट्रधर्म' है। प्रत्येक भारतवासी को अब मात्र इस राष्ट्र की ही उपासना, वंदना और अर्चना करनी चाहिए। इसके अतिरिक्त कोई अन्य श्रेष्ठ या कल्याणकारी मार्ग न तो अब शेष है, न पहले ही कभी था, न ही होगा और न ही होना चाहिए। यही उचित समय है जब हमें समस्त प्रकार के पाखंडों से रहित एक स्वस्थ एवं नवीन भारत का निर्माण करना है। इस कार्य में पहले ही बहुत देरी हो चुकी है, और विलंब विनाशकारी ही होगा।

□□□